Margot Schmitz & Michael Schmitz • Liebe, Lust und Ehebett

Margot Schmitz & Michael Schmitz

Liebe, Lust und Ehebett

Ein Buch zur Sache

www.kremayr-scheriau.at

ISBN 978-3-7015-0577-7
Copyright © 2015 by Verlag Kremayr & Scheriau GmbH & Co. KG, Wien
Alle Rechte vorbehalten
Schutzumschlaggestaltung: Sophie Gudenus, Wien
Unter Verwendung eines Fotos von Photographerlondon/Dreamstime.com
Typografische Gestaltung, Satz: Birgit Mayer, Extraplan
Druck und Bindung: Druckerei Theiss GmbH, St. Stefan im Lavanttal

INHALT

LIEBES-KILLER 105

UND DANN KOMMT SIE DOCH – DIE AFFÄRE 127

DIE GRÖSSTE BEDROHUNG – DIE HEIMLICHE LIEBE 169

VERLIEBTHEIT - EIN RAUSCH

Wie von Sinnen

Katja ist frisch verliebt. In Sven. Ihrer besten Freundin schwärmt sie von ihm vor: „Mit Sven ist alles ganz anders. Er ist so aufmerksam und einfühlsam. Ich habe mich noch von niemandem so verstanden gefühlt wie von ihm. Sven ist so zärtlich. Er hat nur Augen für mich. Und er sieht toll aus. Ich fühl mich großartig an seiner Seite. Er weiß schon, was ich möchte, ohne dass ich irgendetwas sage. Wir lachen viel zusammen, über jeden Blödsinn. Wenn wir nicht zusammen sein können, schreiben wir uns andauernd kleine Nachrichten auf WhatsApp – dass wir aneinander denken, was wir gerade tun, dass wir scharf sind aufeinander. Sex ist aufregend. Wir können voneinander nicht genug kriegen. Und wenn wir mal keine Lust aufeinander haben, ist es auch gut. Es muss gar nichts passieren, dass wir uns wohl fühlen. Es ist wunderbar, einfach zusammen zu sein."

Sven erzählt seinen Freunden mit strahlenden Augen von Katja: „Sie sieht klasse aus, sehr sexy. Sie ist völlig unkompliziert, auch im Bett. Sie ziert sich nicht. Vorspiel kann sein, muss aber nicht sein. Wir können genauso gut einfach übereinander herfallen. Alles geht spontan, ohne Gebrauchsanweisung. Sie weiß, was sie will, und lässt mich das genau spüren. Sie ist witzig und kann sogar über meinen schrägen Humor lachen. Sie interessiert sich für alles. Sie sagt mir, dass sie mich toll findet, als Liebhaber und überhaupt als Typ. Wenn ich sie dabei so verliebt anschaue, schwillt mir alles Mögliche, auch die Brust."

Verliebte sind voneinander berauscht. Alles finden sie aneinander toll. Was vielleicht nicht so toll ist, nehmen sie nicht wahr, oder es fällt nicht ins Gewicht. Es hat für sie keine Bedeutung. Würde jemand sie darauf hinweisen, würden sie nur darüber lachen, es nicht ernst nehmen. Freunde, die Bedenken hegen, mischen sich besser nicht ein. Sie sollten den Zustand schlicht zur Kenntnis nehmen – und sich mitfreuen.

Wer verliebt ist, für den ändert sich zunächst das ganze Leben. Nichts ist mehr bedrückend. Probleme schrumpfen zu Bagatellen oder lösen sich in Luft auf. Die Zeit setzt aus. Alltag als Last gibt es nicht mehr. Jede Langeweile ist verflogen. Tristesse adieu. Verliebte sind fröhlich. Sie fühlen sich beschwingt. Sie schweben in scheinbar unendlicher Leichtigkeit des Seins. Mit strahlenden Gesichtern. Schöner könnte es nicht sein. Es ist wie im Märchen.

So fängt es an: Plötzlich tritt jemand in unser Leben, der uns vereinnahmt, uns beseelt, jemand, der uns mehr bedeutet als jeder sonst und wichtiger ist alles andere. Wir sind nicht mehr, wer wir waren. Weil wir begehren, verehren, umschwärmen, weil wir selbst begehrt, verehrt, umschwärmt werden. Wir fühlen uns erweckt, bewundert dafür, dass wir sind, wie wir sind. Nichts an uns ist unzureichend, nichts peinlich oder blöd. Mehr Selbstwert können wir nicht empfinden. Grenzen scheinen zu schwinden, die Zeit scheint stehen zu bleiben. Verliebtheit kommt wie ein großer Knall. Und hüllt uns in Illusion.

Jonas sieht Marie in einem weißen Bikini auf der steinernen Plattform, von der Sportler zwanzig Meter hinabspringen in den Rio Santos. Lange dunkle Haare, gebräunte Haut. „Sie wandte sich um, und nun erst sah Jonas, wie umwerfend diese Frau wirklich war. Da war etwas Geheimnisvolles in ihrem Gesicht, das er nicht einordnen konnte. Sie war nicht perfekt, ihre Bewegungen waren etwas ungelenk, fast schüchtern, und sie ließ die Schultern hängen, aber sie hatte eine Aura von Größe,

von Einzigartigkeit, er konnte es nicht erklären, und er hatte
so etwas noch nie zuvor gesehen. Er war ihr verfallen, sofort."
(Thomas Glavinic: „Das größere Wunder". S. 202)

Es kann sehr schnell gehen. In Romanen wie im richtigen
Leben. Ohne dass es dafür eine richtige Erklärung geben muss.
Jedenfalls keine, die mit Vernunft zu tun hat. Alles ist plötzlich
entfesseltes Gefühl. Deshalb ist die Literatur ja so fasziniert
von dem Phänomen und deshalb fahren Leser und Leserin-
nen so sehr darauf ab. Jedem kann es widerfahren.

„Ich habe viele Frauen gekannt, die schöner und geistreicher
waren als sie, die eine bessere Figur und einen besseren Ge-
schmack hatten. Aber diese Vergleiche sind völlig bedeutungs-
los. Denn, ich weiß nicht, warum, sie ist für mich ein besonde-
res Wesen. Vielleicht könnte man es eine Synthese nennen? Alle
Eigenschaften, die sie besitzt, sind in einem Kern verdichtet.
Zerlegt man alle Einzelteile, lässt sich daran nicht messen oder
analysieren, wem sie unterlegen oder überlegen ist. Und das
Wesen mit diesem Kern zieht mich unwiderstehlich an. Wie ein
starker Magnet. Jenseits jeder Vernunft." (Haruki Murakami:
„Von Männern, die keine Frauen haben". S. 102)

Beschreibungen, wie alles anfängt, wie der Blitz einschlägt,
was so besonders ist, ohne dass zu erklären wäre, warum, berühren uns. Schilderungen, wie das Faszinierende, Betörende,
Vereinnahmende daherkommen kann als etwas Unscheinba-
res, Normales, Gewöhnliches und sich mit einem Schlag als
dessen Gegenteil erweisen kann, setzen Fantasien und Sehnsüchte frei. Jeder kann sich hineinversetzen, sich selbst in der
Rolle sehen, erleben.

Im Märchen verändert Liebe das betrüblichste Dasein. Mit
einem Mal. Auf immer und ewig. Verliebtheit macht aus elen-

den Kreaturen unbeschwerte und glückliche Menschen. Wer – anscheinend oder scheinbar – „den Richtigen" oder „die Richtige" findet, erlebt das als Befreiung. Alles Unglück schwindet dahin. Alle Widerstände heben sich auf. Wer sich kümmerlich, unnütz, unbeachtet fühlte, blüht auf in grenzenloser Bewunderung. Die Gebrüder Grimm erzählen uns drastische Beispiele, die das schlagend deutlich machen. Es sind Geschichten, die noch immer die Blaupausen für die Filmindustrie und für Illustrierte liefern, die unsere Wünsche und Hoffnungen nähren: Auch wer lange verkannt wurde, darf Erlösung erwarten. Aus schrecklichen Biestern werden strahlende Helden, an ihre Seite drängen bezaubernde Beauties. Ekelige Frösche verwandeln sich, kurz gegen die Wand geschmettert, in wohlgebaute und betörende Prinzen, charmant und sexy. Aschenputtel streifen alles Hässliche von sich und erobern als Schönheitsköniginnen die Männer ihrer Träume. Lustlos erstarrte Dornröschen erweckt ein Kuss zu feuriger Liebe.

Märchen sind Märchen. Das sagt uns unser Verstand. Und trotzdem wünschen wir sie uns herbei. Sie sollen stattfinden – in unserem Leben. Die Vorstellung, es gäbe „den Richtigen" oder „die Richtige", schließt ein, dass alle anderen die Falschen sind. Nur „der Richtige"/„die Richtige" besitzt all die Eigenschaften, die zu uns passen, uns wunderbar ergänzen. Verliebtheit, mit all ihrem hormonellen Überschwang, gaukelt uns die ersehnte Einzigartigkeit vor, die so aber nie existiert. Verliebtheit geht einher mit der dramatisch übertriebenen Überhöhung einer einzelnen Person und damit, wie Bernhard Shaw bemerkte, der stark übertriebenen Unterscheidung zwischen einer Person und allen anderen.

Hört die Verliebtheit auf, liegt im Bett nicht mehr der Traumpartner. Solange die Illusion vorherrscht, es könne den tadellosen Richtigen geben, offenbart sich jeder – wenn der Hormonrausch endet – als Mensch mit persönlichen Eigenheiten, die Harmoniebedürfnisse aus der Balance werfen. Dann zeigt er sich als doch der Falsche – und muss verlassen werden, und die Suche nach dem Richtigen beginnt aufs Neue.

Wir ahnen, dass wir mit solchen Hoffnungen und Wünschen Illusions-Bedürfnisse nähren. Doch in unserem tiefsten Inneren halten wir an unserem Glauben fest, dass nur der oder die Richtige kommen muss, um in uns und für uns Liebe zu entfachen, die nie vergeht. So lange irren wir rastlos umher, damit wir es nicht verpassen, zum rechten Zeitpunkt am rechten Ort zu sein – wo die entscheidende Begegnung stattfindet. Dann soll alles wie von selbst gehen. Verliebt, verlobt, verheiratet. Wobei „verheiratet" heute nicht mehr den Trauschein verlangt. Es reicht das Versprechen der Verliebten, sich immer zu lieben und füreinander da zu sein – in guten und in schlechten Zeiten. Für Verliebte ist das gewiss.

Sie sehen in sich Wahlverwandte. Sie glauben, in dem anderen ihre ideale Ergänzung zu finden – als Bestätigung eigener Eigenschaften und / oder komplementäre Ergänzung, mit der sie erst richtig komplett werden. Verliebte sehen, was sie sehen wollen. Eigenschaften und Eigenheiten können Verliebte sich aus Sehnsucht danach zuschreiben, ohne genau hinzuschauen oder zu prüfen, wie es wirklich um sie bestellt ist, welchen Bestand bezaubernde Erscheinungen haben.

Aus dieser Sehnsucht und der ihr folgenden Wahrnehmung ist eine weitere Illusion zu verstehen: Verliebte meinen, sich gefunden zu haben und eigentlich schon lange zu kennen. Sie glauben, einander blind zu verstehen. Jedenfalls wünschen sie es sich eindringlich. Gerade das soll der Beweis für ihre innige Verbundenheit sein. Kleine Unstimmigkeiten können sie zutiefst betrüben. Alles gerät außer Proportion. Sie müssen sich sogleich versichern, dass Unstimmigkeiten eigentlich gar nicht bestehen oder nur auf dummen Missverständnissen beruhen. Interessensgegensätzen räumen sie keinen Platz ein. Alles, was ihnen wichtig ist, wollen sie gemeinsam erleben. Lust erscheint ihnen nur miteinander möglich – oder zumindest legitim. Keine Zeit darf schöner sein als die miteinander verbrachte, kein Gespräch intimer, ehrlicher, vertrauter als das zu zweit. Ihr Sex muss aufregender, außergewöhnlicher sein als jeder, den sie zuvor erlebt haben. Dann ist die wechselseitige Bestätigung komplett. Aus Verliebtheit wächst Eigenliebe. Sie zerstört alle Selbstzweifel. Sie lässt das Selbstbewusstsein aufblühen.

Eins-Sein

Katja und Sven fassen sich unaufhörlich an, greifen nach ihren Händen, streicheln Arme oder Rücken, drücken ihre Nasen aneinander, funkeln mit den Augen. Auch wenn sie mit Freunden unterwegs sind. Zwischen sie kommt so leicht keiner.

Sie kennen sich nun seit drei Monaten, möchten sich andauernd sehen, beisammen sein und alles scheint ihnen so wunderbar wie am ersten Tag. Noch hat jeder von ihnen seine eigene Wohnung. Aber sie sprechen schon darüber, dass sie zusammenziehen möchten. Sie finden, Svens Wohnung biete sich dafür an. Schon jetzt sind sie, wenn sie nicht arbeiten oder um die Häuser ziehen, die meiste Zeit dort. Ab und an haben sie mal einen Tag für sich. Aber sie stimmen ihre Tagesabläufe weitgehend ab, planen, was sie gemeinsam unternehmen könnten, halten sich Zeit frei, wenn noch unklar ist, wie der andere es einrichten kann, dass sie sich treffen.

Verliebte sind unzertrennlich. Vertrauen entsteht aus körperlicher Nähe. Aus Zärtlichkeit und Sex. Mehr als aus Beteuerungen. Obwohl auch die ununterbrochen gegeben werden. Verliebte suchen Halt und Geborgenheit – Sicherheit, die sie sonst so oft vermissen, in einer Welt, die unübersichtlich ist und keine Verlässlichkeit bietet. Übersichtlich und sicher schien es vielleicht vor langer Zeit einmal, als die Verliebten noch Kinder waren, wenn sie aufmerksame, umsorgende, liebende Eltern hatten. In Liebesbeziehungen, vermutet der Psychoanalytiker Wolfgang Schmidbauer, suchen wir immer auch einen Elternersatz. Wir wünschen uns Personen, die Gefahren von uns fernhalten, uns Geborgenheit schenken, für uns einen sicheren Raum schaffen.

In der Verliebtheit schwindet jede Angst. Denn nichts ist so bedeutend wie die Liebe. Selbst der Tod verliert seinen Schrecken. Ein ewiges Thema auch in der Kunst. Goethes Werther erschießt sich, weil er nicht diejenige begehren darf, die er liebt. Verdis Gilda opfert sich für den Geliebten, der sie verschmäht, und lässt sich bereitwillig erdolchen. Höchste Vereinigung bringt der Tod als gemeinsamer Liebestod. Selbst bitteres Gift schmeckt süß. Shakespeare, Puccini, Wagner schufen mit dem Stoff große Klassiker. Romeo und Julia, Cavaradossi und Tosca, Tristan und Isolde. Im Tod ewig ein Paar. Unzertrennlich.

Jeder von uns möchte besonders sein. Besonderheit macht unsere Individualität aus. Wir möchten sie bewahren, einzigartig sein. Damit sind wir allerdings auch für unser Leben verantwortlich, für alles, was wir tun oder nicht tun. Wir sind gefordert, andauernd Entscheidungen für uns zu treffen, obwohl wir nicht vorhersehen können, welche Konsequenzen sie für uns haben. Das ist anstrengend und oft erschreckend. Freiheit, bemerkte schon Erich Fromm, geht einher mit der Furcht vor Freiheit. Aus Furcht suchen wir Geborgenheit.

Die größte Geborgenheit finden wir durch Menschen, die uns lieben, die nichts an uns auszusetzen haben, für die wir ok sind, so wie wir sind. Wir sehnen uns nach Übereinstimmung, weil sie uns eine Harmonie der Gefühle verspricht. Sie scheint uns Sicherheit zu geben. In jedem von uns steckt die

Sehnsucht, für einen anderen alles zu sein und von ihm alles zu bekommen, was wir selbst brauchen. Unser Ideal ist die symbiotische Liebe. In völliger Übereinstimmung freilich lösen wir unsere Individualität auf.

In der Verliebtheit setzt unser Verstand aus. Sehnsüchte nach Harmonie, seelische Bedürfnisse, Erotik und sexuelle Begierden bestimmen das Fühlen und Handeln. Das Denken ist eingeengt, exaltiert und hochgradig labil. Das menschliche Hirn produziert dazu sämtliche Rauschmittel – Hormone, Peptide, Botenstoffe wie Dopamin, Oxytocin und körpereigene Opiate. Der Rausch ist genussvoll, wunderbar. Er soll nie aufhören. Solange wir die nötigen Rauschmittel produzieren, ist die Welt großartig – dank des Menschen, in den wir verliebt sind, den wir berauscht umkreisen als unseren strahlenden Himmelsstern. Schon Plato nannte die Verliebtheit einen „göttlichen Wahnsinn". Dort hat der Verstand nichts zu suchen. Der Psychiater Luc Ciompi ist kritischer. Er glaubt, „manche Übereinstimmung mit der Struktur einer krankhaft affektiv-kognitiven Verrücktheit" zu erkennen.

Glücklich bis ans Ende unserer Tage. So wie es Märchen uns versprechen. Märchen enden, wenn Verliebtheit sich ihre Bahn gebrochen hat. Dann herrscht endlose Seligkeit. Es geschieht nichts weiter. Es gibt nichts mehr zu erzählen. Alles scheint nur noch Glück. Nichts Überraschendes geschieht. Es gibt kein Staunen mehr. Neugier stirbt. Jede persönliche Entwicklung kommt zum Stillstand. Das Leben geht weiter und ist so doch zu Ende.

Glück ist nicht Euphorie. Euphorie ist Bekifft-Sein. Unsere körpereigenen Drogen versetzen uns in euphorische Zustände. Diese Stoffe werden in Illustrierten gerne als „Glückshormone" bezeichnet. Doch der Begriff führt in die Irre. Drogen bescheren kurzweilige Rauschzustände. Sie bieten Fluchten aus tristem Alltag. Und machen abhängig, wenn der Alltag nur mit ihnen auszuhalten ist. Sie wecken die Illusion von Glück, aber schenken kein Lebens-Glück. Glück ist kein biologisches Programm. Es entstammt keinem körperlichen Reiz-Reaktions-Schema. Glück kann berauschen und ist doch nicht bloßer Rausch.

Wir wollen Glück als Lebens-Glück. Das fällt nicht vom Himmel. Es erwartet uns kein Paradies. Lebens-Glück entsteht nicht aus glücklichen Umständen. Zwar gibt es Zufalls-Glück, doch das verfällt, wenn wir nicht selbst daraus das Richtige machen. Lebens-Glück schaffen wir uns, wenn uns unser Leben gelingt. Wir müssen unser Leben selbst in die Hand nehmen, es nach unseren Möglichkeiten, Wünschen und Zielen gestalten, dabei akzeptieren, dass wir nicht alles bestimmen und „im Griff" haben können. Doch mit dem, was wir tun und lassen, sollte es für uns „unter dem Strich" stimmen. Wir sollten uns oft sagen können, so wie es ist, ist es gut, wir hätten nichts anders machen sollen. So sollten wir auch der Liebe begegnen. Sie passiert uns nicht. Wir müssen sie uns erobern, sie gestalten und bewahren. Und das geht nie allein. Es geht immer nur gemeinsam mit anderen – als Beziehung kompletter und komplexer Menschen. Liebe speist sich aus der Neugier am Anderssein, in wechselseitiger Anerkennung und Wertschätzung von Individualität.

Märchenhafter als ein Märchen

Von Sex, Lust und Geilheit ist in Märchen nicht die Rede. So gesehen wünschen wir uns eine Liebe, die noch märchenhafter als die Märchen ist, von denen wir uns so gerne vorschwärmen lassen – von alten und von neuen Geschichtenerzählern. In Romanen, Soap Operas und Kinofilmen. Damit führen wir uns selbst hinters Licht: Liebe soll wie Verliebtheit sein. Aber das geht nicht. Verliebtheit schickt uns auf einen Drogen-Trip.

Wir haben nicht gelernt, mit Drogen so umzugehen. Um von diesem Trip runterzukommen, ohne Absturz, um aus Verliebtheit Liebe entwickeln zu können, müssen wir uns zu kundigen Drogenbeauftragten ausbilden, anstatt zu Drogenabhängigen zu werden.

Verliebte genügen im Rausch sich selbst. So soll es immer währen. Das ist das Sucht-Programm. Verliebte setzen auf spontane Stimulation. Sie nehmen nichts aneinander wahr, das sie trennen könnte. Oder sie nehmen, was sie vage ahnen, nicht ernst. Es rauscht unbeschwert und unbedacht durch ihre Köpfe. Ihre beiderseitigen Empfindungen, Begehrlichkeiten, Eigenschaften, Ambitionen erleben Verliebte als Gleichklang. Hinweise, was mit dem anderen womöglich nicht zusammenpassen könnte – Eigenheiten, Interessen, Wünsche, Ängste, Persönlichkeitsmerkmale –, blenden sie aus. Die Grenzen des Ich lösen sich auf. Der Wunsch, du bist ich und ich bin du, nimmt Fühlen und Denken in Beschlag. Verliebte sind aufeinander fixiert, empfinden sich als eins, vereinnahmen sich. Dabei bleibt für sie die Zeit stehen. Darum denken sie nicht darüber nach, wie sie miteinander Beziehung leben wollen, wenn der Rausch nachlässt und sie nicht mehr ineinander verliebt sind. Sie verwechseln akute Verliebtheit mit beständiger Liebe, oder wie Paartherapeut Hans Jellouschek sagen würde, Liebe mit Liebeserlebnissen.

Der Verstand offeriert die Einsicht, dass Verliebtheit nicht von Dauer ist. Verliebte wissen es, aber der Gedanke lässt sie unberührt, er schwebt im Irgendwo als flaue Theorie, ohne spürbaren Bezug zu ihrer Wirklichkeit. Sie wissen es und wissen es doch nicht. Im Rauschzustand betört, können sie nicht erkennen, wann und wie der Rausch endet – und was dann auf sie zukommt. Das zeitweilige Aussetzen der Vernunft ist verliebtheitsbedingt und damit unvermeidbar. Vernunft ist die Fähigkeit, Denken und Fühlen zu verstehen und nicht getrennt und unvermittelt nebeneinander bestehen zu lassen. Die Gefühlsturbulenzen der Verliebtheit und das mit ihnen verbundene Aussetzen der Vernunft treffen Frauen grundsätzlich nicht anders als Männer. Beiden geht die *Voraussicht* gleichermaßen verloren. Oft verstehen sie nicht einmal im Rückblick, was mit ihnen geschehen ist – was sie selbst inszeniert haben. Allerdings werden mit dem Ende der Verliebtheit die Geschehnisse nun der Vernunft wieder zugänglich.

Aus Verliebtheit entsteht nur Liebe, wenn der wirkliche Mensch gewollt wird – mit seinen Eigenschaften und Eigenarten, Stärken und Schwächen, Bedürfnissen und Ambitionen. Wenn Partner sich annehmen und aufeinander einlassen, sich gegenseitig Anstöße geben, neugierig bleiben und sich neugierig machen, sich überraschen, gemeinsame Ziele verfolgen und sich eigene Ziele zugestehen, Freuden und Anstrengungen teilen, Erfolge gemeinsam erleben und Niederlagen zusammen wegstecken; wenn sie im wirklichen Leben zu Reisebegleitern und Mitstreitern werden, mal voranschreiten und mal folgen, sich auch eigene Erkundungen und Wege gestatten, sich anlehnen und den Partner sich anlehnen lassen können – dann ist es Liebe.

Grimms Rache

Menschen handeln gefühlsgetrieben. Stärker als der Verstand sind unsere Leidenschaften. Auf die Liebe, die mehr ist als Leidenschaft, die tiefste Sehnsüchte nach Sicherheit und Geborgenheit erfüllen soll, bereiten sich die meisten nicht vor. Das rächt sich – meistens. Die meisten Menschen haben kein Konzept, was *ihre* Liebe sein soll. Liebe „an sich" gibt es nicht. Sie kann nur in wirklicher Beziehung entstehen, zwischen wirklichen Menschen, mit ihren jeweiligen Besonderheiten. Für Liebe gibt es kein Standard-Rezept, kein ABC, das zu lernen wäre, um „Erfolg" zu haben, so wie Illustrierte es gerne behaupten. Die meisten Menschen haben keine Idee, wie ihre Liebe zu leben, zu nähren und zu bewahren wäre. Sofern sie der Liebe überhaupt begegnet sind, geht sie ihnen im Alltag leicht verloren. Gerade deswegen wünschen sich so viele ein Liebes-Rezept, fallen bereitwillig auf derartige Versprechen herein, geben sich unreflektierten Illusionen hin, die sie Träume nennen.

Wenn die Eigenheiten, die wir in der Verliebtheit so nett fanden, uns auf die Nerven gehen, sollten wir wissen: Es ist etwas kaputt gegangen.

Katja und Sven sind mittlerweile eininhalb Jahre zusammen. Katja erzählt: „Sven hat nur noch seinen Beruf im Kopf. Morgens springt er beim Klingeln des Weckers aus dem Bett, duscht, kippt einen Espresso und rennt aus dem Haus. Kuscheln, das war mal. Abends kommt er meist spät nach Hause. Lieber geht er mit Kollegen noch einen trinken, als mit mir etwas zu unternehmen. Ich koche gerne und würde gerne mit ihm gemeinsam essen. Aber da wird selten etwas draus. Meist lass ich das Essen für ihn stehen. Das isst er dann kalt. Da lieg ich schon im Bett und schlafe. Er haut sich neben mich. Dass er da ist, merke ich, wenn ich von seinem Schnarchen wach werde. Oder wenn er anfängt, an mir rumzufummeln. Aber so habe ich keine Lust auf Sex. Außerdem stinkt er nach Kneipe. Das finde ich ekelig. Ich sag ihm sowieso, dass er sich das Rauchen abgewöhnen soll. Aber das lässt er sich nicht sagen.

Sex haben wir nur noch am Wochenende. Es ist dann so ein hastiges Rein-und-Raus, mal von vorne, mal von hinten, ganz ok, aber nicht atemberaubend. Wir reden auch nicht mehr richtig miteinander. Sven kann stundenlang über seine Arbeit reden. Er hält darüber regelrecht Vorträge. Aber andere Themen gibt es für ihn gar nicht. Was ich mache, interessiert ihn nicht sonderlich. *Er redet auch nicht mehr darüber, ob wir heiraten und Kinder haben sollten. Wenn ich das Thema anschneide, verdreht er sofort die Augen. ,Wir haben es doch nicht eilig', ist das einzige, was er dazu sagt. Dann versinkt er in seinem Tablet. Ich mach halt meinen Kram, mach meinen Job, halt die Wohnung in Schuss, treffe ein paar Freundinnen. Denen geht es auch nicht viel anders mit ihren Männern.*"

Sven sieht es so: „*Ich kümmere mich natürlich sehr um meine Karriere. Jetzt ist die Gelegenheit. Wenn ich jetzt nicht dranbleibe, ist der Zug schnell abgefahren. Katja versteht das nicht. Sie meint, ich könnte das alles – wie sie sagt – relaxter angehen. Aber das funktioniert so nicht. Das habe ich schon oft versucht ihr zu erklären, aber es kommt nicht wirklich bei ihr an. Sex ist nicht mehr wirklich prickelnd. Katja hat nur noch selten Lust. Sie ergreift nie die Initiative. Ich fände es ja geil, wenn sie mich mal lüstern im Bett erwartete, mir einfach mal sagen würde ,fick mich' oder mir einen blasen würde. Aber meist schläft sie, wenn ich komme. Am Wochenende will sie dann eher Massage als bumsen. Mal ist ja ok, aber andauernd und dann noch anstatt …*

Sie knatscht auch viel rum. Alles Mögliche passt ihr nicht. Und andauernd soll ich irgendetwas tun – aufräumen, mit ihr in die Stadt gehen, die Eltern besuchen. Habe ich aber keine Lust zu. Und wenn ich mir gemütlich eine Zigarette anstecke, schickt sie mich auf den Balkon, anstatt sich mal neben mich zu hocken. Quatschen will sie immer, aber nur über ihren Kram. Wenn ich ihr von meinem Job erzähle, fängt sie an, sich die Nägel zu lackieren. Kann sie mir doch gleich den Stinkefinger zeigen. Nun ja, so schlimm ist es nun auch wieder nicht. Das ist eben Alltag. So ist es wahrscheinlich normal."

Wir alle haben ein Bedürfnis nach Illusionen. Deshalb lassen wir sie nicht los. Wir wünschen uns etwas, von dem wir ahnen, dass es dies nicht gibt. Dennoch bleibt unsere Sehnsucht danach bestehen. Meist handelt es sich um Wünsche, die sich gegenseitig ausschließen oder zumindest nicht auf Dauer gleichzeitig zu verwirklichen sind – wie eben wilde Leidenschaft und ungestörte Sicherheit, ungebändigte Liebe und ungebremste Karriere. Es ist nicht möglich, immer alles gleichzeitig zu bekommen. Aber wir können in einer Beziehung immer wieder Situationen inszenieren, die uns Hochgefühle, Ekstase und Rausch verschaffen. Wir wissen, sie vergehen, wie jede Berauschung, die wir uns suchen. Wir müssen uns anstrengen, solche Rausch-Situationen immer wieder herzustellen. Mit ihnen heben wir ab aus tristem Alltag und faden Routinen. So können wir – bewusst und gewagt – unsere Illusionsbedürfnisse bedienen, Ambivalenzen und Ängste in berauschter Glückseligkeit auflösen. Ein Stück weit kann es uns immer wieder gelingen.

Katja könnte Sven mit Reizwäsche erwarten. Sven könnte seine Kollegen öfter mal allein trinken lassen und mit seiner Frau ein romantisches Abendessen veranstalten, mit anschließender Massage. Sie könnten sich mehr aufeinander einlassen. Und wenn sie darin ihre Wertschätzung füreinander zeigen, können sie auch darüber verhandeln, wer wem bei welchen Wünschen entgegenkommt – so dass beide mehr kriegen, was sie sich wünschen.

Doch meist ziehen Partner sich frustriert zurück, wenn der andere ihnen nicht spontan offeriert, wonach sie sich sehnen. Sie selbst machen kaum Angebote. Beide wollen Spaß, verharren jedoch im Frust, wenn es nicht wie von selbst lustig bleibt.

In der Verliebtheit zeigen wir nicht, wie wir sind, und wollen nicht sehen, wie der andere ist. Jedenfalls nicht in vollem Umfang. Wir spielen ein Spiel, in dem wir uns so attraktiv wie möglich darstellen. Alles, was uns unvorteilhaft erscheint, versuchen wir zu kaschieren. Wir wollen den besten Eindruck machen und nutzen das gesamte Repertoire, das uns dafür zur Verfügung steht.

So funktioniert auch Anmache. Mancher macht daraus eine Masche. Bei Anmache geht es um Sex ohne Liebe. Bei Verliebtheit um Liebe und Sex. Wir verlieben uns nur, wenn die andere Person in uns eine Liebesfantasie auslöst, durch ihr Aussehen, ihr Auftreten, ihre Erscheinung, durch Bemerkungen, ein Lachen, Gesten, Blicke, Stimmlage, Geruch, Körpersprache, etwas, das wir in seiner Zusammensetzung meist gar nicht richtig beschreiben können. Daher ist die Sprache von Verliebten so geprägt von einfältigen Klischees.

Mit dem Verlieben beginnt es zu knistern. Es turnt uns an. Wir kämpfen um Beachtung. Im Flirt testen wir Wirkung und Interesse aus. Wir versuchen zu spüren, was wie ankommt, sind charmant, unterhaltsam, witzig, schlau, souverän oder das genaue Gegenteil, je nachdem. Wir haben mit unserer Inszenierung längst begonnen.

Wir bemühen uns, Signale des anderen aufzunehmen und zu verstehen, um auf ihn noch besser zu wirken. Das alles geschieht nicht aus kühler Überlegung, eher intuitiv, unbewusst, angetrieben von der Anziehung und Attraktivität der anderen Person, dem Wunsch, ihr zu gefallen, ihre Gefühle für uns zu wecken, auch um Selbstbestätigung zu bekommen, sie für uns zu gewinnen, sie zu erobern. Verliebte zeigen sich als unbekümmerte Erzähler und aufmerksame Zuhörer. Wie sonst nie. Sie sagen und schreiben sich unaufhörlich kleine Nettigkeiten – und große Bekenntnisse. Mit ihrer Beredsamkeit gehen sie über sich selbst hinaus. Sie verhalten sich generös, sind achtsam, zuvorkommend, verständnisvoll, geduldig, zärtlich – über all ihre sonstigen Maße. Sie machen die größten Versprechungen. Im Sex geht es nicht nur um eigene Lust. Sie wollen aufregend auch für den anderen sein, die eigene

Potenz bestätigen, indem sie ihn/sie zu höchster Erregung und zu tiefster Befriedigung bringen.

Verliebte jauchzen wie Elvis: „Only you, can make this world seem right. Only you can make the darkness bright …" Schwören mit Robert Stolz: „Du sollst der Kaiser meiner Seele sein". Oder schmeicheln und verlocken wie Don Giovanni: „Reich mir die Hand, mein Leben, komm auf mein Schloss mit mir, kannst du noch widerstreben, es ist nicht weit von hier …" Das Non-plus-ultra besingt uns – mit erotisierendem Timbre – Tina Turner: „You're simply the best, better than all the rest. Better than anyone, anyone I ever met."

Sobald Verliebte die Eroberung geschafft und gesichert haben, sobald sie ihren Anspruch aufeinander anerkannt haben, legen sie sich nicht mehr so ins Zeug. Es ist schwer und auf Dauer gar nicht durchzuhalten, uns immer nur so zu zeigen, wie wir meinen, am besten zu wirken. Je mehr Zeit wir mit anderen verbringen, je mehr sie teilhaben an unserem alltäglichen Leben, mit all seinen Anforderungen, Widrigkeiten, Tücken und Enttäuschungen, um so weniger gelingt uns die Regie über uns selbst. Außerdem wissen wir häufig gar nicht, wie wir wirken. Wir denken darüber nicht einmal nach. Wir sind ja daran gewöhnt, dass wir so sind, wie wir sind. Simply the best? Weit gefehlt.

So sehr wir uns anstrengen, uns von unserer besten Seite zu zeigen, wir können die vielen anderen Seiten von uns auf Dauer nicht verbergen. Wie wir sind, wenn wir uns nicht inszenieren, wenn wir mit Belastungen fertig werden müssen, in lästigen Verpflichtungen stecken, angeraunzt wurden, uns Sorgen machen, unter Stress geraten, Kritik einstecken müssen, unseren Status gefährdet sehen, unter Stimmungsschwankungen leiden, unsicher, mit uns selbst beschäftigt, unaufmerksam, schlecht gelaunt, überfordert sind. Der Alltag, könnte der Wiener sagen, ist „ein Hund".

„Früher hatte Olaf nur Augen für mich. Er hat mich umschwärmt. Ist leider schon lange her", seufzt Elke. „Heute merkt er nicht einmal mehr, wenn ich ein neues sexy Kleid anhabe – eng, kurz, mit tiefem Ausschnitt. Aber auf der Straße starrt er andauernd anderen Frauen nach. Garantiert, wenn eine mit kurzem Röckchen und langen Beinen vorbeigeht. Und er merkt es nicht einmal.

Wenn er abends nach Hause kommt, will er hauptsächlich seine Ruhe haben. Da liest er Zeitung oder verschwindet hinter seinem Laptop und redet nichts. Er ist dann auch gar nicht ansprechbar. Ich frage ihn was und er hört nicht hin.

Wenn ich irgendwann auszucke und ihm, na ja, schon etwas lauter, vorhalte, dass er mich gar nicht mehr wahrnimmt, schaut er völlig perplex und tut so, als ginge ihn das alles nichts an."

„Feierabend ist anders", stöhnt Olaf. „Ich sitze friedlich in meinem Sessel, lege die Beine hoch, lese entspannt, auf einmal bricht ein Orkan über mich herein. Elke schreit rum, ‚hörst du mir überhaupt nicht mehr zu?' Erst tobt sie, dann heult sie. Ihr passt nicht, wenn ich mich zurückziehe und sie in Ruhe lasse. Wenn ich Lust auf sie habe, herrscht sie mich an, ich solle sie nicht so ‚abgrabschen'. Dann lass ich es eben sein und zieh mich zurück. Und das ist dann auch wieder verkehrt.

Ich habe darüber schon öfter mit einer Kollegin gesprochen und sie gefragt, ob sie das für normal hält, bei Frauen, meine ich. Und sie meint auch, meine Holde sei wohl etwas zickig. Mit dieser Kollegin, Veronika, kann ich ganz locker reden und scherzen."

„Ich mein, ich zieh doch nicht ein sexy Kleid an, damit Olaf durch mich durch schaut. Ich will ihm schon gefallen. Ich will auch, dass ich ihn anmache. Früher musste ich ihn nur meinen Rock ein wenig hochrutschen und bis ans Ende meiner Beine schauen lassen, dann konnte ich sehen, wie ihm der Schwanz in der Hose stramm wurde. Jetzt soll ich wollen, wenn er will, und sofort dahinschmelzen, wenn er mir an den Hintern greift. Aber wenn er sich ungerührt in seinen PC vertieft, wäh-

rend ich auffällig im Wohnzimmer hin und her gehe oder mich auf dem Sofa räkle, komme ich mir irgendwann doof vor. Am schlimmsten finde ich, wenn er mich dann, ohne hochzublicken, unvermittelt fragt, ob ich ‚bumsen‘ will. Als ob er sich vorher an einem Porno aufgegeilt hätte. Er behauptet zwar immer, er liebe mich. Aber mir kommt es so vor, als sei das nur Gerede.

Immer kriege ich die Arschkarte. Dass ich den ganzen Scheiß zuhause erledigen muss, wenn ich meinen Job hinter mir habe – einkaufen, kochen, aufräumen, Wäsche waschen, geht mir gehörig auf den Nerv. Olaf hat mit all dem nichts am Hut. Wenn er mal drei Teller in die Spülmaschine packt, meint er schon, er hätte die Küche aufgeräumt. Er denkt wohl, die Wäsche bügle sich von alleine und die Wohnung verfüge über wundersame Selbstreinigungskräfte. Die Hausaufgaben der Kinder muss immer ich kontrollieren und er ist der nette Papi, mit dem sie anschließend eine Simpsons-Episode anschauen und sich kringelig lachen. Ich finde, Liebe ist: einen Partner umschwärmen. Und, mal platt gesagt, auch den Abfall rausbringen, ohne immer darum gebeten zu werden.“

„Ich bemühe mich ja. Aber wenn ich in der Küche helfe, raunzt Elke mich an, dass ich ihr im Weg stehe oder mich dusselig dabei anstelle, die Spülmaschine einzuräumen. ‚Da mach ich es lieber selbst‘, faucht sie. Also verziehe ich mich. Dieses Gemeckere geht mir auf den Keks. Und dann auch noch vor den Kindern. Außerdem bin ich nach einem langen Arbeitstag und ewigem Stop-and-go-Verkehr raus aus der Innenstadt nicht großartig zum Plaudern aufgelegt, sobald ich zuhause ankomme. Elke könnte das einfach mal akzeptieren. Wenn sie es schon nicht versteht.

Veronika findet übrigens auch, dass das unmöglich ist. Sie sagt, sie verstehe gar nicht, warum meine Frau nicht einfach froh sei, einen so tollen, gut aussehenden und beruflich so erfolgreichen Mann zu haben. Elke ist vielleicht zu sehr Emanze –

ich weiß, dass ist politisch nicht korrekt, es so zu sagen, aber trotzdem. Gut findet sie mich nur, wenn ich ihre Ansprüche erfülle. Sonst hat sie an mir immer etwas auszusetzen. So ein Gegeneinander hat doch nichts Verführerisches. Da ist Veronika, nebenbei bemerkt, ganz anders."

Olaf und Elke finden kein Arrangement, mit dem sie sich von ihrem Alltag nicht vereinnahmen lassen. Beide hängen sich zu viel an den Hals. Und dabei sind die Zuständigkeiten nicht so verteilt, dass jeder das Gefühl hat, dabei gut wegzukommen – so gut es halt geht. Aufmerksamkeit, Verständnis und Energie füreinander haben sie schwinden lassen. Sie sind sich als Paar nicht mehr das Wichtigste.

Olaf glaubt, das liege nicht an ihm. Elke grollt. Sie lädt Olaf nicht ein, mit ihr gemeinsam darüber nachzudenken, was sie als Paar besser machen könnten. Olaf beginnt, seine Frau mit seiner Kollegin Veronika zu vergleichen. Hier wird es noch heikler. Veronika erscheint ihm verständnis- und rücksichtsvoller, dabei muss sie gar nicht zeigen, dass sie „alltagstauglicher" wäre. Sie hat es leicht, sich auf Olafs Seite zu schlagen. Sie kann ihn bewundern und anflirten. Damit stärkt sie dessen Sympathie und womöglich bald auch ihre Attraktivität. Und beide können sich in eine romantisierende Scheinwelt locken. So steuern sie mit ihrem vertrauten Geturtel am Arbeitsplatz leicht auf eine Affäre zu, die ihnen eine Flucht aus schnödem und frustrierendem Alltag anbietet.

Unter die Räder des Alltags geraten wir, wenn wir Zeit nicht mehr selbst gestalten und nur noch Verpflichtungen nachkommen – auch den fantasierten oder selbst geschaffenen. Dann geben wir uns in Zwängen auf. Wir verfolgen nicht mehr, was uns wirklich wichtig im Leben ist und wir eigentlich nicht aufgeben wollen. Wir machen uns zu Getriebenen. Unter dauernder Anspannung schwindet uns jede Spannung. Wir verlieren unsere Persönlichkeit. Die Aufgabe heißt also: Zeit selbst gestalten, Wünsche verwirklichen, sich weiter entwickeln, Spannung bewahren – und für den Partner spannend bleiben.

Angestrengte Helden

Männer neigen dazu, sich selbstbewusster darzustellen, als sie sind, als sicherer, souveräner, angeblich immer Herr der Lage. Männer wollen „cool" sein. Ängste, den Erfordernissen des Lebens, den Erwartungen ihres sozialen Umfeldes und/oder den eigenen Ansprüchen womöglich nicht gerecht werden zu können, versuchen sie meist zu verdrängen, und wenn das nicht geht, zumindest vor anderen zu verleugnen. Sie möchten bewundert werden, stark sein, unbesiegbar, furchtlos, Helden eben. Täuschung und Selbst-Täuschung halten sie nicht auseinander. Wenn sie für ihre Frauen keine Helden mehr sind, erleben sie das als narzisstische Kränkung, als identitätsbedrohenden Liebesentzug. Sie antworten darauf mit Rückzug und Verweigerung. Sie werden unnahbar. Wenn Frauen ihnen das vorwerfen, ziehen sie sich noch mehr zurück. Männer wollen herausragen. Diejenigen sein, die das große Rad drehen. Die Leistung von anderen erscheint ihnen nebensächlich. Sie lieben Helden-Geschichten, ohne in ihnen die Blendung zu erkennen. Dass schon Wagners Siegfried eine lächerliche Figur abgegeben hat, kommt selbst Kennern des „Rings" kaum in den Sinn.

Selbst-Täuschung lässt Liebesfähigkeit nicht zu. Wer die eigenen Unsicherheiten, Ängste und Unzulänglichkeiten nicht zur Kenntnis nimmt, wird gefühlsblind. Gefühlsblinde verstehen andere nicht, weil sich für sie deren Gefühlswelt nicht erschließen lässt. Sie mögen beredsam sein, reden aber an anderen vorbei. Sie machen sich nicht verständlich, weil sie sich selbst nicht verstehen.

Viele Männer, die den Helden geben, im Beruf sehr erfolgreich sind und sich zu Hause narzisstisch gehen lassen, können ihre Helden-Rolle nur spielen, weil sie eine Frau haben, die weitgehend für ihren Mann da ist. Als seelische Stütze, mitfühlende Herbergsmutter, Trösterin, Vagina zur Triebabfuhr, Dienstleisterin in allen Alltagsdingen, als Kinder- und Putzfrau. Manche Frau sieht darin den Sinn ihres Daseins. „Liebe ist die Karriere der Frauen", bemerkt Bodo Kirchhoff.

Wer früh lernte, Anerkennung und Wertschätzung über Leistung zu erwerben – weil sie anders nicht gewährt wurde – übernimmt leicht die Rollen dauerhafter Funktionalität. Männer im Beruf, Frauen in der Ehe. Doch zunehmend mehr Frauen martert irgendwann die Einsicht, welche Genugtuung ihr Gatte in einer Rollen-Aufteilung nach dem Muster „Herr und Knecht" findet. Ihm kommt es nie in den Sinn, dass seine Frau dabei auf ein eigenes Leben verzichten muss. Wiederum andere Frauen nehmen sich in ihren Ambivalenzen gefangen: Sie wollen den Helden und ein eigenes Leben. Allein, beides ist kaum zu haben. Höchstens, wenn die Partner ihre Rollen verstehen und sie – im besten Falle sogar spielerisch – wechseln können, so dass keiner von beiden auf eine Funktion festgelegt ist.

„Und den habe ich mal abgöttisch geliebt", wundert sich Mechthild. Sie versteht es nicht mehr. Von ihm versprach sie sich ein spannendes Leben, Abwechslung, Abenteuer, auch Sicherheit und Geborgenheit. Gemeinsame Lebenslust. Und jetzt denkt sie: „Er geht mir nur noch auf die Nerven. Wenn er nach Hause kommt und sich hinter seinem Computer versteckt. Oder hinter seiner riesigen Zeitung. Ein schlauer Kopf, mag sein. Aber wie er mich gar nicht mehr wahrnimmt, beim Lesen vor sich hinschmatzt, zutzelt, durch die Zähne pfeift, ungehemmt seinen immer größer werdenden Bauch über die schlabbrige Trainingshose quellen lässt, die er in der Freizeit immer trägt, in einem

verwaschenen Schlammgrün. Erstaunlich, dass gerade diese Beulenhosen selbst mit wütenden Heißwasser-Angriffen in der Waschmaschine nicht kaputt zu kriegen sind. Wenn er zu Hause ist, interessiert ihn nur noch, wann es etwas zu essen gibt, und was es gibt. Und nach jedem Mahl fragt er, was es als nächstes gibt, und wann. Und immer hat er am Essen irgendetwas auszusetzen. Mal sind die Kartoffeln zu hart, mal zu weich, mal hat der Fisch ‚keinen richtigen Biss‘ oder das Gulasch ist zu zäh, das Steak zu roh oder zu sehr durchgebraten. Am Tisch keine Freude. Anspannung. Nerv. Nie ein Lob. Keine Anerkennung, keine Wertschätzung für all die Mühe. Und selbst keinen Handgriff tun. Oder meinen, er trage schon genug zur Hausarbeit bei, wenn er gelegentlich, und auch das nur auf Drängen, den Abfall rausbringt …“ Schlimmer kann es dann nur noch werden, wenn die Lieblingsmusik läuft, mit wehmütiger Erinnerung an bessere Beziehungszeiten, wenn im Kopf das Bild aufscheint, wie der angebetete Held aufsteht, die angebetete Frau mit schmachtendem Blick zum Tango bittet und ihr verführerisch ins Ohr haucht: „Lass uns einander spüren, Schatz.“ Dann muss sie gegen sich selbst ankämpfen, um nicht loszuheulen. Doch meist fühlt sie sich mit ihrem Mann einsam, leer, stumpf. Zu immerwährender Langeweile verdammt – atemlos versinkend, erstickend in einem tiefen, kalten See.

Keiner von uns zeigt anderen alles von sich. Aber wir zeigen so manches, was uns selbst entgeht und was wir lieber nicht zeigen würden, wenn wir eine Ahnung davon hätten, wie das bei anderen ankommt. Wir offenbaren, meist ohne es zu merken, viel mehr von uns als das Image, das wir so gerne von uns kreieren möchten. Vermeintliche Helden können in Paar-Beziehungen ihre Rüstung nicht ständig schützend vor sich halten. Es ist schon „im feindlichen Leben“ anstrengend genug. Statt groß, stark und unbesiegbar zu sein, offenbaren sie sich in ihrem Beziehungs-Alltag immer wieder als angreifbar, schwach, ängstlich und geschlagen. Einst bewunderte Eigenschaften zeigen ihre Kehrseite und erscheinen als nervende Attitüden. Was früher als selbstbewusste Eloquenz wahrgenommen wurde, wird nun als aufdringliche Geschwätzigkeit empfunden, gewissenhafte Planung gilt nunmehr als Pedanterie, Vorsorge als Geiz, Sorgsamkeit als lähmende Blockade, Karriere als Beziehungskiller.

Wie er ihr, so erscheint auch sie ihm anders: Was ihm in der Verliebtheit als unterhaltsame Unbekümmertheit erschien, nimmt er nun als sorglose Oberflächlichkeit wahr, lockeren Umgang mit Geld als Unvermögen, richtig mit Geld umzugehen, Wünsche nach mehr Leben in der Beziehung als Unfähigkeit, selbst etwas auf die Beine zu stellen, erfolgreich im Beruf zu sein. In manchen Fällen sind traditionelle Geschlechter-Rollen heutzutage verdreht. Die Frau macht Karriere, steigt auf, gewinnt Status, verdient mehr, hängt im Beruf den Mann ab, wird nicht mehr als umsorgend, sondern als egoistisch, berechnend oder kalt wahrgenommen. Wie die oder der andere vom Partner wahrgenommen wird, hat immer auch mit dessen eigener Situation zu tun. Wer selbst aus seinem Leben nicht machen kann, was er sich erträumt, hat entweder unrealistische Träume oder unzureichende Ressourcen – oder beides. Gelingt dem kein besseres Leben, verstärkt das die Unzufriedenheit mit sich selbst.

Aus der Traum. Ende des Märchens. Die Realität wird mit anderen Augen gesehen. Es folgt die Rache der Gebrüder Grimm. Die Prinzessin, mit der der einstige Held verliebt auf dem Ball tanzte, ist im faden Beziehungs-Alltag zur Hausfrau geworden – mit nun strähnigen Haaren, müden Augenlidern, verzagtem Mund, auch sonst aus der Form geraten. Der ehemalige Prinz sitzt mit schütterem Haar und runtergelassener Jogginghose vor dem Computer und befingert sich, während er im Internet Pornos schaut. Gegen die Wand geklatscht, fiele er als klebriger Wichser runter. Der einfühlsame Küsser, der zärtlich Dornröschen erweckte, lässt sich gehen, wechselt seltener die Unterwäsche und die Socken und putzt sich die Zähne nicht mehr ordentlich. Er riecht aus dem Mund. Die selbst auch verwelkte Schönheit möchte ihn nicht mehr nahe bei sich haben. Übertreibung oder Real-Satire? Partnern fällt immer nur auf, wie der andere sich gehen lässt. Wie sie sich selbst gehen lassen und damit unattraktiver werden, kommt ihnen nicht in den Sinn. Das gilt für Männer wie für Frauen. Für Männer etwas mehr.

Ausstieg aus dem Liebeswahn

Im Liebeswahn fantasieren Verliebte ein endlos erfülltes Leben – ohne jede Anstrengung. Der Richtige/die Richtige soll nicht nur der ideale Liebhaber sein, sondern alle Wünsche erfüllen. Verliebte wollen sich selbst genügen und sind so völlig ungenügsam. Zum romantischen Glück, das sie sich – gegenseitig – bescheren wollen, addieren sie – gegeneinander – Ansprüche nach umfassender Versorgung, psychosozial, gesellschaftlich und materiell. Dabei können sie die Rollen so verteilen, dass einer hinauszieht ins feindliche Leben, das Geld heranschafft, soziale Absicherung und sozialen Aufstieg garantiert, und der andere für das traute Heim sorgt, die Familie umhegt und sexuell verfügbar ist. Wenn der eine erfolgreich und der andere schön ist, dürfen sich beide gesellschaftlich als Trophäe vorführen. Bisher spielen meist Männer die erste und Frauen die zweite Rolle.

Beziehung kann als Ehe so zu einer unheiligen Institution werden. Ein Partner delegiert an den anderen Aufgaben, für die er selbst nichts tun will. Damit wird Ehe zum kalkulierten Tauschgeschäft. Einer soll die Berge versetzen, der andere im

Gegenzug die Kinder groß ziehen. Ohne dass wirkliche Partnerschaft stattfindet.

Schwieriger wird es, wenn beide Partner Vollgas-Karriere machen wollen und wechselseitig voneinander erwarten, steil aufzusteigen, sich dabei gegenseitig den Rücken frei zu halten und dennoch ein Paar zu bleiben. Wer hauptsächlich persönliches Fortkommen betreibt und sich im „Social Climbing" ergeht, richtet seine Energie und Aufmerksamkeit vornehmlich auf Menschen, von denen er sich Hilfe beim sozialen Aufstieg verspricht. Zuwendung steuert er nach Kosten-Nutzen-Kalkulation. Social Climbing ist ein Kampfsport. Wie Extrembergsteigen. Je höher man steigt, umso dünner wird die Luft und umso kälter die Temperatur. Aus Partnern werden schnell Einzelkämpfer. Jeder denkt nur noch an sich. Nicht jeder hält die Anstrengung in gleicher Weise aus. Social Climber merken nicht, wann sie in die Region vordringen, die für eine Partnerschaft zur Todeszone wird. Hält einer nicht mit, bleibt der andere zurück – und muss sehen, wie er zurechtkommt? Oder bleiben Partner Partner, stoppen den Aufstieg und kehren gemeinsam um? Bis zu ihrem Basislager, um sich zu erholen und dort zu überlegen, was sie tun wollen?

Hilfreich ist ein Beziehungs-Check. Sinnvoll wäre der schon, wenn aus Verliebtheit Partnerschaft werden soll. Dazu listen beide Partner zunächst auf, was für sie wesentlich für eine Partnerschaft ist. Was sie unbedingt enthalten sollte, was wichtig, was weniger wichtig, was unwichtig ist. Damit lassen sich Motive identifizieren, die jeder in der Beziehung verfolgt. Zu den Rubriken sollte gehören: Vertrauen, Sex, Selbstständigkeit, Treue, Beruf, Einkommen, öffentliches Leben, Kultur, Fitness, Luxus, Wohnraum, eigene Freunde, eigene Familie, Kinder, Zeit für sich selbst. Und was immer sie sonst für wichtig halten. Jeder bewertet die einzelnen Rubriken auf einer Skala von -5 bis +5. -5 markiert den untersten, +5 den höchsten Wert. Dann trägt jeder in die Liste ein, wo er den Partner in der jeweiligen Rubrik vermutet. Zu achten ist darauf, in welchen Bereichen es große Abweichungen gibt. Als groß ist eine Abweichung zu bewerten, wenn sie mehr als zwei Punkte beträgt. Abweichungen, die größer sind, weisen auf unterschiedliche Wertigkeiten, Diskrepanzen und mögliche Konflikte hin.

Anschließend sollte jeder dem anderen seine erste Selbstbewertung vorlegen, so dass beide ihre Abweichungen sehen. Damit ist reichlich Stoff für ein Sondierungs-Gespräch gegeben.

Im nächsten Schritt sollten sie für die jeweiligen Rubriken genauer bestimmen, was sie mit dem jeweiligen Begriff meinen und woran sie erkennen würden, dass man sich entsprechend der Bewertung verhält. Partner offenbaren und reflektieren, was sie für sich und was sie voneinander erwarten und können so gemeinsam bedenken, ob Erwartungen zusammenpassen.

Vertrauen ist für jeden von großer Bedeutung. Aber worin Vertrauen sich beweist, kann sehr unterschiedlich gesehen werden. Jeder gönnt jedem seinen Beruf. Doch die Vorstellung, wie viel Zeit und Energie er verlangen darf, variiert unter Partnern unter Umständen sehr stark. Was für den einen Luxus ist, erscheint einem anderen womöglich als schlicht notwendig. Ein Gespräch darüber fördert Verständigung. Verständigung weckt Verständnis. Verständnis kann in Gemeinsamkeit münden, es kann allerdings ebenso Meinungsverschiedenheiten deutlich machen. Man muss spüren, wie sich das eine und das andere „anfühlt", wie man damit leben würde, wie es einem damit ginge.

Zentral ist die Frage, für wie selbstständig sich jeder hält, wie eigenständig jeder sein will und wie er in dieser Hinsicht vom anderen gesehen wird. Daraus ergeben sich wichtige

Hinweise, wer welche Ansprüche an die Beziehung stellt. Ein Mensch, der von seinem Partner glaubt, dass der für ihn das Leben ordnet, ihm Sinn gibt, als sein Versorger fungiert, bringt zum Ausdruck, für wie wichtig und bedeutsam er den anderen hält. Aber auch wie abhängig er von ihm ist. Der Partner darf sich auserkoren fühlen als Retter und Held. Er mag daraus einen Schub für sein Selbstbewusstsein erhalten. Doch irgendwann wird übergroße Bedürftigkeit jedem zur Last. Wer einen Partner zu seinem Retter machen will, gibt Selbstständigkeit auf und macht den anderen verantwortlich für sein eigenes Wohl und Wehe. Die Bürde kann keiner tragen. Eine wirkliche Partnerschaft ist mit ihr nicht zu entwickeln.

Liebe kommt von selbst. Aber Liebe erhält sich nicht von selbst. So ernüchternd es sich anhören mag: Liebe muss ein gemeinsames Projekt sein. Gelingen kann es nur, wenn beide Partner ständig daran arbeiten. Liebe braucht Nahrung und Pflege.

Liebe allein schafft keine Lust. In Liebe kann Verlangen und Begehren sogar leicht verloren gehen. Dann kommt es zu Frust und häufig zu Affären. Und dann ist schnell alles infrage gestellt und die Beziehung in höchster Gefahr. Die Vorstellung, für den anderen alles zu sein, zerplatzt jäh. Sicherheit erodiert. Geborgenheit entschwindet. Identität ist erschüttert. Paare müssen verstehen, wie das passiert und was sie dagegen tun können. Wir wünschen uns Liebe und guten Sex. Aber die Herausforderung kann darin bestehen, wie es Paar- und Sexualtherapeut Ulrich Clement zuspitzt, „Sex trotz Liebe" zu erhalten.

LIEBE IST VIEL VERLANGT. SORRY!

Ein Herz und eine Seele. Ein Irrtum

Liebe ist paradox: In ihr wollen wir für unseren Liebespartner einzigartig sein, anders als alle anderen. Wir wollen geschätzt werden für unsere Individualität. Ohne diese Individualität könnten wir nicht einzigartig sein. Uns fehlte jede besondere Qualität. Zu unserer Individualität gehören Fähigkeiten, Eigenschaften und Eigenheiten, Talente, Defizite, Gedanken, Fantasien, Wünsche, Befürchtungen, Ambivalenzen, Ungereimtheiten, Ecken und Kanten. Geliebt werden wollen wir, wie wir sind – mit allem, was zu uns gehört. Und das wünscht sich unser Liebespartner genauso von uns. Gerade darin soll sich wahre Liebe erweisen.

Gleichzeitig wünschen wir uns, mit unserem Liebespartner „ein Herz und eine Seele" zu sein. Der Eine/die Eine soll für uns alles sein. Ausschließlich. Auf immer und ewig. In vollkommenem Gleichklang. Ohne Gegensätze und Dissonanzen.

Ein Herz und eine Seele können wir aber nur sein, wenn wir Ecken und Kanten schleifen, alle Gegensätze überwinden, nie in Interessenskonflikte geraten und ungestörte Harmonie schaffen. Bedürfnisse dürften nie auseinanderstreben, müssten immer gleich sein oder dem anderen störungsfrei vermittelt werden, Gefühle dürften kaum voneinander abweichen. Wir dürften uns nicht mehr wesentlich voneinander unterscheiden. Wir müssten unsere Individualität aufgeben.

So zugespitzt formuliert, mag der Gedanke absurd erscheinen. Doch genau aus dieser Vorstellung entsteht die Paradoxie der Liebe. Jeder von uns ist gefangen in den widerstreitenden Bedürfnissen, Individualität zu entfalten und stetige Harmonie in der Beziehung zu sichern. Beziehung suchen wir – in einem großen Maße –, weil sie uns Angst nehmen soll. Die Angst davor, alleine nicht bestehen zu können. Und das ist ja keine irrationale, sondern eine sehr begründete Angst. Auf uns allein gestellt, können wir sehr wenig. Zum Glück und auch zur Freiheit gehört es, wie der österreichische Philosoph Robert Pfaller betont, sich auf andere einzulassen.

Der Wunsch, ein Herz und eine Seele zu sein, ist – überhöht – der Wunsch, mit einer geliebten Person zu verschmelzen. Das Bedürfnis nach einem derartigen Zusammenleben bezeichnen Psychologen als Verlangen nach Symbiose. In einer symbiotischen Beziehung darf es keine Gegensätze und keine Geheimnisse geben. Geheimnisse sind Grenzziehungen – also Abgrenzungen. Die Unterschiede zwischen Ich und Du verschwimmen. Eins sein erfordert, all das zu übersehen oder zu verdrängen, was Partner unterscheidet, Interessen, Bedürfnisse, Neigungen, Sehnsüchte, Ängste, Hoffnungen, Eigenheiten und Eigenschaften. Symbiose verlangt Ignoranz. Würden Unterschiede benannt, wäre damit schon ein Beziehungs-Defizit markiert. Über Interessenausgleiche wird nicht verhandelt. Alles soll übereinstimmen, gemeinsam, ohne dass groß darüber geredet wird. Die Liebe soll sich gerade darin erweisen, dass die Partner genau voneinander wissen, was der andere möchte, und sich gegenseitig jeden Wunsch erfüllen. Da Wünsche jedoch nicht immer vorauszuahnen sind, Gegensätze aber nicht auftreten können, ergeben symbiotische Partner sich in Indifferenz. So geht einer ihrer Dialoge – Beispiel Richard und Regina:

„Wozu hast du Lust?"
„Weiß nicht, sag du."
„Mir ist eigentlich egal."
„Ich möchte aber, dass es für dich gut ist."
„Mir geht es gut, wenn es dir gut geht."

So kann es ewig weitergehen. Keiner weiß, was der andere will und woran er ist. Wenn Partner über unterschiedliche Empfindungen, Interessen und Bedürfnisse hinweggehen, werden sie unehrlich, sich selbst und dem anderen gegenüber. Beispiele? Geschenke, die gut gemeint gegeben werden, tatsächlich aber nichts sind, was der andere sich wünscht, werden mit geheuchelter Freude entgegengenommen und nicht als das bezeichnet, was sie sind – als vergebliche Liebesmüh. Berührungen, die zärtlich und/oder anturnend sein sollen, aber nicht als zärtlich oder anturnend empfunden werden, werden nicht benannt, wie sie wirken, und so nicht verändert. Partner bleiben in ihren Vorstellungen hängen, erkunden nicht ihre Verschiedenheit, lassen sich also nicht wirklich aufeinander ein. Auch nicht beim Sex. So schwindet Lust und wird Sex mechanische, fade, fantasielose Routine.

Wir möchten alle großartige Liebhaber sein, doch von Sex und Erotik, so der Altmeister der Sexualforscher Volkmar Sigusch, hätten wir kaum eine Ahnung. Unser Sex-Leben, urteilt er in einem Interview in „profil wissen" vom September 2014, sei arm. Die meisten von uns seien zu egoistisch, um gemeinsam guten Sex zu haben. Uns fehle Liebeskultur und die Kunst der Erotik. Sigusch bringt es drastisch auf den Punkt: „Wir praktizieren einen Karnickelsex, ohne zu wissen, wie die Geschlechtsorgane des anderen eigentlich beschaffen sind."

In der Verliebtheit reicht vielen Menschen Sex, bei dem sie schlicht und sehr direkt zur Sache gehen, völlig aus. Sie finden ihren Sex wunderbar. Ohne Anstrengung, einfach geil. Das freilich hat einen einfachen Grund: In der Verliebtheit ist die Reizschwelle sexueller Erregung so niedrig, dass Unbeholfenheit, falsche Selbstgewissheit, einfältige Routine, mangelnde Sensibilität nicht zur Lustbremse werden. Später dann aber schon. Dann wissen viele Männer mit der Klitoris ihrer Partnerin nicht richtig etwas anzufangen. Sie wissen tatsächlich nicht, wie die Vagina beschaffen ist, wo und wie sie ihre Frauen berühren sollten, um deren Lust aufzubauen und zu steigern. Viele Frauen nervt es, dass ihre Männer meinen, sie müssten – wenn sie ihr Partner kurz befingert – wie auf Knopfdruck scharf werden. Grobes Reiben, Schrauben, Drehen an Klitoris oder Brustwarzen turnt sie nicht mehr an. Auch männliche Glieder sind sensibler, als selbst die meisten ihrer Besitzer meinen. Sie pflegen mit sich selbst ruppigen Umgang, rubbeln und rammeln. Karnickelsex. Dennoch sprechen sie bei sinkender Lustschwelle nicht mehr auf jede ruckelnde Handreichung an. Jeder braucht seine besondere Griffigkeit und hat seine bzw. ihre Vorlieben. Sie stehen keinem ins Gesicht geschrieben. Sie zu verstehen, verlangt Aufmerksamkeit und Kommunikation, den Mut, über eigenen Sex und persönliche Lust zu sprechen.

Partner, die voneinander blindes Verständnis erwarten, für Vorlieben und Wünsche, können sich gar nicht richtig entdecken. Weder beim Sex noch sonst wo. Wahrnehmen können sie den anderen, ohne dass der sich mitteilt, nur nach den eigenen Vorstellungen, geprägt durch die eigenen Erfahrungen und Erwartungen. Solange die Faszination der Verliebtheit groß ist, bleiben solche Dissonanzen leise. Doch mit der Zeit werden sie lauter – und unangenehmer. Doch auch dann werden sie meist nicht offen angesprochen. Viel häufiger als die Benennung von Wünschen ist die Konfrontation mit Vorwürfen, was der andere tut oder unterlässt. Sie werden verbunden mit Mutmaßungen über dessen Motive, sind allerdings mehr subjektive Interpretation und Unterstellung, getränkt von Frust und Enttäuschung, nicht die korrekte Beschreibung von Vorgängen in der anderen Person.

„Ich kann es nicht leiden, wenn du mir sofort zwischen die Beine fasst", herrscht Regina ihren Mann Richard an. Ihr ist der

Geduldsfaden gerissen. „Ich habe es dir schon tausendmal ge-
sagt. Einfach über mich herzufallen, finde ich widerlich. Scharf
macht mich das überhaupt nicht. Ganz im Gegenteil."
„Wenn ich dich frage, ob du Lust hast, sagst du auch immer
nein", hält Richard dagegen.
„Ja, willst du oder willst du nicht. So kommst du an. Meinst du,
das ist anturnend? Du verlangst, dass ich schon will, egal was
du tust."
„Aber das ist doch normal, dass man will. Ich meine, nach ein
paar Tagen ohne Sex will doch jeder, der nicht krank ist."
„Du willst mir also sagen, dass ich nicht alle richtig auf der
Reihe habe." Regina kommt in Rage.
„Na, ja, findest du das normal? Früher hast du es jedenfalls geil
gefunden, wenn ich dich befummelt habe. Und du hast dich
auch gerne mit meinem Schwanz beschäftigt. Jetzt scheint er
dich schon zu stören, wenn er stramm steht."

Männer, die hören, sie seien nicht zärtlich, verstehen meist
gar nicht, was mit der Vorhaltung gemeint ist. Sie wissen
nicht, was sie anders machen sollen. Sie bleiben unbeholfen
oder ziehen sich zurück. Solches Verhalten werten Frauen oft
als Unwillen. Ihnen kommt nicht in den Sinn, dass es Unwis-
sen und Unsicherheit sein könnte. Ist ihnen selbst die Lust
vergangen, handeln sie sich schnell den Vorwurf der Männer
ein, „merkwürdig", „kompliziert" oder „frigide" geworden zu
sein. Damit ist die Konfrontation perfekt. Beide tauschen nur
noch Vorwürfe aus, je häufiger, umso gemeiner. Statt Sex zelebrieren beide Streit. Vermittlung findet nicht mehr statt. Frust
macht sich breit.

Langeweile im Bett

Sex nach dem immer selben Muster wird irgendwann langweilig. Die schnelle Nummer aus dem Stand ist nur aufregend, wenn beide schon scharf sind – oder miteinander sofort scharf werden. Doch das ist in anhaltenden Beziehungen immer seltener der Fall. Partner müssen Erregung entstehen lassen, aufbauen – für sich und gemeinsam. Ständige Wiederholung lässt keinen Raum für Überraschungen. Sie führt zu Erstarrung. Neugier, Fantasie, Ausstieg aus festgefahrenen Mustern, Ängste überwinden, Neues wagen, spielerisch, bei dem auch einmal etwas schiefgehen darf, all das nährt Lust – und hält eine Beziehung lebendig.

Eigene Wünsche zu äußern, zu eigenen Wünschen zu stehen, dafür Verantwortung zu übernehmen, fällt vielen Menschen schwer. Sie fürchten, sich damit zu sehr in einen Gegensatz zu anderen zu manövrieren. Wenn Wünsche aber nie Wirklichkeit werden, bleibt man in den eigenen Wunschvorstellungen gefangen. Oder man versucht, sich das Wünschen überhaupt abzugewöhnen. Tatsächlich können viele Partner nicht sagen, was sie sich vom anderen wünschen würden. Sie befällt Wunsch-Taubheit. Damit werden auch die Gefühle taub. Und so lässt auch die Fähigkeit nach, Signale vom anderen zu empfangen, mit denen er andeutet, was er sich wünschen würde. So entsteht Allround-Frust.

Eintönigkeit generell nimmt Kraft und zersetzt Beziehungs-Substanz. Paare, die ihre Lust verkümmern lassen, gehen auch sonst meist nachlässig miteinander um. Sie suchen ihre Komfortzonen in Routinen und richten sich darin ein. Ihren Alltag gestalten sie nach den ewig gleichen Mustern. Sex haben sie immer nur abends im Bett, bevorzugt in Missionars-Stellung oder mal im doggy style. Mehr als zwei, drei Varianten kommen nicht in Betracht.

Viele Partner bestehen auf fester Rollenverteilung, auf der Matratze und in der Küche, sie gehen stets in die gleichen Lokale, steuern immer wieder dieselben Urlaubziele an, spulen dort ihr eingefahrenes Erholungsprogramm runter, Sonne, Strand, Drinks an der Bar. Für Wellness, Entspannung, Abwechslung und Aufregung ist Personal zuständig: Barkeeper, Masseure, Trainer, DJs, Entertainer – all inclusive all inclusive. Partner geben sich nicht ungeteilte Aufmerksamkeit, spüren sich nicht nach, entdecken sich nicht mehr. Sie lassen sich behandeln, aber behandeln nicht sich selbst. Dann geht es zurück in die Alltagsroutine.

So dümpelt das Leben dahin – auch das Sexualleben. Mitunter kommt es fast vollständig zum Erliegen. Das hat in einer Ehe auch zu tun mit der ständigen Verfügbarkeit. Der Partner, der immer da, immer greifbar ist, verliert an Attraktivität. Spannung braucht Distanz, Abwechslung, Überraschung. Darum müssen Partner sich bemühen, sonst wird die Ehe zum Liebeskiller. Partner sind dann nicht mehr Paar-Partner füreinander. Sie übernehmen Funktionen wie sonst Geschwister oder Eltern. Sie mögen in solcher Rollenverteilung ihren Alltag effizient managen, zusammenhalten, sich lieben, nur stellen sie keine Paar-Beziehung mehr her. Als Paar geben sie sich auf. Paar-Partner sind zwei Menschen füreinander nur, wenn ihre Beziehung auch sexuell ist, wenn sie sich begehren und Lust miteinander haben.

Bedürfnisse nach Sicherheit nehmen in dem Maße zu, wie die Welt als ständige Veränderung und zunehmende Herausforderung erlebt wird, als Turbulenz, die Gewohnheiten hinwegfegt, die unübersichtlich und bedrohlich ist. Beziehung soll „ein Bollwerk gegen die Wechselhaftigkeit des modernen Lebens" sein, schreibt Psychotherapeutin Esther Perel in ihrem Buch „Wild Life – Die Rückkehr der Erotik in die Liebe". Partnerschaft soll behagliche Liebe, Wohlwollen, Verständnis,

Rast und Ruhe, Freundschaft und Sicherheit fördern. Auf wilde Leidenschaft kommt es in der Beziehung nach einer Weile nicht mehr so an. Der Anspruch stellte beide Partner nur vor weitere Herausforderungen.

Eine Beziehung als Bollwerk gibt Stärke. Symbiotische Beziehungen bedienen den Wunsch, einzigartig und großartig zu sein, sie nehmen Ängste, das Leben nicht bestehen zu können. Allerdings treiben sie die Angewiesenheit auf den anderen zur Abhängigkeit. Gibt es nur noch ein „Wir", ignorieren Partner das „Ich" und geben sich auf. Individuelle Entscheidungen, was jedem wichtig ist, was jeder braucht, kommen nicht mehr in Betracht. Damit geben Partner Macht über sich selbst auf. Es stirbt die Eigenständigkeit beider. Verliert ein Partner seine Eigenständigkeit, also seine Individualität, schwindet damit auch das Verlangen nach ihm. Attraktivität und Anziehung, Lust und Begehren entstehen auf Dauer nicht aus bloßer Körperlichkeit. Jedenfalls nehmen die rein körperlichen Reize eines Partners, wenn wir sie häufig wahrgenommen haben, stetig ab.

Routinen beruhigen. Und wenn das Leben eine Achterbahn ist, braucht jeder seine Rückzüge und Rituale. Rituale sind nicht an sich schlecht. Schlecht ist nur, wenn das Leben fast nur noch aus Routinen und Ritualen besteht. Dann verkümmert Neugier. Man verschließt sich vor der Welt und vor eigenen Empfindungen.

Der Wunsch nach Abwechslung, Aufregung und Leidenschaft versiegt nicht. Das Leben kann nicht gleichzeitig turbulent und geruhsam, aufregend und geordnet sein. Wir könnten es allenfalls in einer Abwechslung verschiedener Situationen oder Phasen schaffen. Aus dem einen in den anderen Modus umzuschalten, Umstände und Bedingungen dafür zu schaffen und dabei auch noch die richtige Balance zu finden, ist eine komplizierte Angelegenheit.

„Und wie lange hast du gestern noch vor der Affenkiste gesessen?", *fragt Marion ihren Mann, als sie morgens die Kaffeemaschine anwirft und er in die Küche kommt. Ihr Ton klingt aufsässig.* *„Und warum hast du schon wieder geschlafen, als ich ins Bett gekommen bin?", gibt Erwin ihr vorwurfsvoll zurück.* *„Wenn du mit mir etwas anfangen wolltest, müsstest du ja nicht andauernd den Fernseher brummen lassen, sondern könntest ja früher zu mir ins Bett kommen, bevor ich hundemüde bin."* *„Ich habe nicht den Eindruck, dass du irgendetwas von mir willst. Ich kann mich nicht erinnern, wann du mich das letzte Mal im Bett haben wolltest."* *„Du kommst mir ja immer zuvor."* *„Sonst passiert ja gar nichts."* *„Weißt du doch gar nicht. Hast du noch nie ausprobiert."* *„Du meinst, wenn ich nicht fernsehen würde, sondern mit dir ins Bett ginge, hättest du Lust?"* *„Könnte sein."* *„Könnte auch nicht sein."* *„Könnte auch nicht sein."* *„Und dann ist es der übliche Frust."* *„Musst du aushalten."* *„Du könntest mir auch zeigen, wenn du Lust hast."* *„Da müsste ich dich erst vom Fernseher wegkriegen."* *„Du könntest mich einladen zu dir ins Bett."* *„Und du würdest kommen. Auch wenn Fußball läuft."* *„Wenn Dortmund spielt eher nicht. Sonst schon."* *„Da bin ich aber gespannt."* *„Käme auf einen Versuch an."*

Marion und Erwin schaffen es in diesem Gespräch, aus ihrem Schuld-Ping-Pong auszusteigen. Bisher retournierten beide eine Vorhaltung sogleich mit einem verschärften Gegen-Vorwurf, den der andere heftig zurückschmetterte. Das war schon bald nicht mehr Ping-Pong, sondern harter Schlagabtausch. Es ging schließlich nur noch darum, den anderen von der Platte zu putzen.

Nun kämpfen sie nicht mehr gegeneinander, sondern spielen miteinander. Sie machen sich Angebote, eröffnen Chancen, Bedürfnissen nachzukommen, von denen sie bislang glaubten, damit abgeschmettert zu werden. Erwin will sich nicht mehr vor dem Fernseher verschanzen, wenn Marion ihm zu verstehen gibt, dass sie von ihm noch etwas will. Ohne sie zu bedrängen. Dann kann Marion ihn locken. Sie öffnen sich füreinander, statt sich gegeneinander zu verbarrikadieren.

Partner müssen aufmerksam dafür bleiben, was der andere sich wünscht. Jeder hat seine Wünsche. Sie sind eben nicht immer identisch. Partner müssen Wünsche benennen und abgleichen. Dann können sie sich entgegenkommen, ohne das Gefühl zu haben, in plumpen Tauschhandel zu verfallen. Geben ist seliger denn nehmen. Wäre eine gute Überlegung für den Beginn.

Sich annähern und sich aufeinander einlassen! Bedürfnisse erkennen, ihnen nachgehen, sie in den Nuacen ihrer Vielfalt erkennen. Das verlangt Aufmerksamkeit und Training. Das sollten Partner sich klarmachen und dann auch zugestehen, dass auch mit dem besten Willen nicht immer alles perfekt klappt. Doch mit Übung und bestem Willen wird es ihnen immer besser gelingen.

Erst in symbiotischen Beziehungen fühlen viele sich als Mensch komplett. Damit jedoch stellen sie sich selbst Fallen auf. Alles ist nur noch „Wir", und mit dem „Wir" lassen symbiotische Partner ihren „Ichs" keinen Raum. Sie nehmen die Luft zum Atmen, mitunter im wahrsten Sinne des Wortes.

„Können wir das Fenster ein wenig aufmachen?", fragt Veronika ihren Hans, als sie zusammen im Bett liegen.

„*Dann bekomme ich Zug. Du weißt doch, dass ich das nicht vertrage*", entgegnet er.

„*Es ist heute aber so stickig.*"

„*Ach, da gewöhnst du dich schon dran. Denk einfach nicht andauernd daran. Du machst dich nur selbst ganz narrisch.*"

„*Vielleicht sollte ich heute nebenan schlafen. Dann kann ich das Fenster aufmachen.*"

„*Dann schlafe ich aber nicht gut, wenn du nicht neben mir liegst. Komm, ich nehm dich in den Arm und du schläfst einfach ein.*"

„*Na gut.*"

Symbiose ist wechselseitige Instrumentalisierung – und Gefangennahme. Dabei kann mal der eine, mal der andere der Stärkere sein und sich durchsetzen. Symbiose kann jedoch auch stattfinden in komplementärer Ergänzung – einer gibt immer den Ton an, braucht die Gefolgschaft des anderen, und der andere gibt nach, ordnet sich unter. Glaubt einer, erst durch die Akzeptanz des anderen sich selbst zu finden und zu sich selbst zu kommen, ist ein Abhängigkeitsverhältnis etabliert. Die Idee dahinter: Durch den anderen erst werden, was man sein kann. Verantwortung übertragen. Bestätigung verlangen. Selbstzweifel in Schach halten.

Funktionier – für mich

Viele Frauen, so ein Kalauer, wundern sich, dass ihre Männer so glücklich verheiratet sind. Es sind Männer, die mit Frauen eine funktionelle Beziehung unterhalten. Sie selbst machen Karriere, ihre Frau kümmert sich um den Rest des Lebens – Familie, Haushalt, Gäste, sie organisiert den Alltag und plant den Urlaub. Funktionelle Frauen sorgen dafür, dass das Leben weitgehend so abläuft, wie ihre Männer es sich vorstellen.

Viele Frauen, die sich zunächst auf eine solche Rollenaufteilung eingelassen haben – aus Anpassung, um die Beziehung zu pflegen, oder weil es so ihren eigenen Vorstellungen entsprochen hat –, sind mit diesen Funktionszuweisungen allerdings auf Dauer nicht zufrieden. Die so gestaltete Beziehung wird für sie zu einer zunehmenden Enttäuschung. Sie müssen viele eigene Interessen hintanstellen oder gar ganz aufgeben. Sie verzichten auf Lebens-Chancen und persönliche Entwicklung. Für ihre Männer sind sie nützlich, aber als Person langweilig. Langweilige Menschen sind nicht sexy.

Dass Frauen ihre Funktionen erfüllen, gehört zu den selbstverständlichen Erwartungen vieler Männer. Sie mögen ihre Frauen dafür, aber sie lieben sie nicht. Liebe kann nur bestehen, wenn beide Partner sich Raum für Entwicklung lassen, sich gegenseitig unterstützen, Eigenständigkeit und unterschiedliche Interessen fördern, an ihren unterschiedlichen Gedanken- und Lebenswelten teilhaben, sich dorthin gegenseitig immer wieder einladen, sich gegenseitig neue Erlebnisse und Erkenntnisse bescheren.

Nur wer weiß, was er will, kann zielstrebig und selbstwirksam sein. Wer nicht weiß, was er will, irrlichtert durchs Leben, lässt sich von anderen treiben. Partner, die echte Partner sein wollen, dürfen nicht auf Bestätigung angewiesen sein, um sich selbst akzeptieren zu können. Sie müssen ihre Stärken und Schwächen erkennen, Selbstzweifel und Ängste zu einem guten Maß aushalten können und lernen, sie so zu regulieren, dass sie erträglich sind und die Entwicklung eigener Potenziale nicht blockieren.

Dauernde Enttäuschungen zerstören Zutrauen und Vertrauen. Wenn Zutrauen und Vertrauen verloren gegangen sind, betrachten Partner sich zunehmend skeptisch. Sie verstehen ihre unterschiedlichen Gefühlswelten nicht und sehen den anderen öfter negativ. Die Wahrnehmung löst Ressentiments aus.

Schlechte Gefühle dominieren. Amerikanische Psychologen nennen das „Negative Sentiment Override". Der Paarforscher John Gottman beobachtete über viele Jahre die Konsequenzen solcher Gefühls-Überwältigung und stellte dazu eine aufschlussreiche Statistik auf: Paare, die sich in einen solchen Zustand gebracht haben, bemerken die Hälfte von positiven Gesten und Bemerkungen ihres Partners gar nicht mehr. Sie werden überhört und übersehen. Beiläufige und gewichtige Bemerkungen wie:

„Du hast dich heute aber schick gemacht."

„Elegant eingeparkt."

„Schön, dass du so früh zuhause bist."

„Ich will dich nicht verletzen."

„Den Einkauf hast du auch noch geschafft."

„Das war eine nette sms, die du mir geschrieben hast."

„Ich versteh dich."

Doch das signalisierte Verständnis kommt nicht an, ebenso wenig wie sonstige Beteuerungen, Komplimente, Anerkennung. Jeder ist mit sich und seinen Emotionen so beschäftigt, dass ihm tatsächlich, ohne Absicht oder Böswilligkeit, entgeht, welche Botschaft der andere abgeschickt hat. Ehrliche Bemühungen, sich anzunähern, gehen so ins Leere. Derjenige, der sie unternimmt, erlebt das als Scheitern, als Zurückweisung – des eigenen guten Willens und der eigenen Person. Und das tut weh. Der Schmerz provoziert Rückzug, Resignation und Wünsche, sich dafür zu revanchieren, auch, dem anderen Schmerz zuzufügen. Wer beim anderen abblitzt, ahnt nicht, dass seine Signale bei ihm gar nicht angekommen sind. Ihm wird Ignoranz, Desinteresse, Absicht unterstellt.

Enttäuschungen erzeugen Wut. Wer wütend wird, sinnt auf Rache und Vergeltung. Und heizt Konflikte weiter an.

Was wäre dagegen zu tun? Beharrlichkeit in den Bemühungen, Wiederholung, Nachfrage, wie Gesten oder Bemerkungen wahrgenommen wurden, damit ließe sich Verständnis schaffen und Verbesserung der Beziehung erreichen.

Gottmans apokalyptische Reiter

Das Miteinander zerstören, so John Gottman: Kritik, Verachtung, Rechtfertigung und Mauern. Diese Verhaltensweisen nennt er „die vier Reiter der Beziehungs-Apokalypse". Wer ihnen freien Lauf lässt, treibt eine Beziehung in den Abgrund.

Wie Kritik Beziehung zerstört

Mit Kritik sind Mäkeleien an der anderen Person gemeint. Sie kommen oft in sachlicher Verkleidung daher. Wer sie loslässt, stellt sie gerne dar als schlichte Beschreibung oder nüchterne Festellung:

„Du hast nur deinen Beruf im Kopf." Heißt übersetzt: Alles andere ist dir egal, auch ich bin es.

„Wertschätzung höre ich von dir gar nicht." Heißt übersetzt: Du denkst nur an dich. Ich bin dir wurscht.

„Du regst dich ständig auf, mit dir ist nicht vernünftig zu reden." Übersetzt: Du hast dich nicht im Griff. Du hast eine Schraube locker. Mit dir ist nichts zu vereinbaren.

„Deine Eltern sind einfach furchtbar, nicht auszuhalten." Übersetzt: Du kommst aus einer irren Sippe. Mit denen stimmt doch was nicht. Und du willst mich da reinziehen. Kommt gar nicht infrage. Solltest dich lieber selbst von denen fernhalten.

„Du willst nur Sex." Übersetzt: Rammeln, rammeln, rammeln. Zärtlichkeit: null. Liebe: niente.

„Du bist nicht einfühlsam und nicht zärtlich." Übersetzt: Dir fehlen ein paar entscheidende Gefühle. Dich interessiert nur, wenn es bei dir juckt.

Jeder dieser Sätze – die Übersetzungen zeigen es pointiert – ist ein Vorwurf an die andere Person. Ihr werden Nachlässigkeiten, Defizite, Unvermögen vorgeworfen. Es geht gar nicht um konkrete Situationen. Hier werden Verallgemeinerungen losgelassen und Charakter-Urteile gefällt.

Wenn ein bestimmtes Verhalten ein angeblich immer wiederkehrendes Verhalten ist, gehört es – mit dieser Unterstellung – unabänderlich zur anderen Person. Damit sind die Vorwürfe eine Kritik an der anderen Person, Urteile über deren Persönlichkeit. Dann war der Kritisierte nicht egoistisch, unaufmerksam, aufgebracht, grob, sondern damit benennt der Kritiker ein Verhalten, das er als festes Persönlichkeitsmerkmal des anderen markiert. Indem er das Verhalten aus dem Charakter des anderen erklärt, hat der Kritiker selbst damit nichts mehr zu tun. Er ist unbeteiligt, nicht verantwortlich, nicht jemand, der die Interaktion mitbestimmt, sondern lediglich Opfer. Opfer nehmen sich jedes Recht, sich zu beklagen. Sie müssen sich nicht ändern.

Selbst Bemerkungen, die vorgeblich sehr konkret sein sollen und angeblich nur auf einzelne Handlungen gerichtet sind, schleppen, als eigentliche Meldung, den persönlichen Vorwurf mit.

„Das Essen ist versalzen" lässt sich übersetzen in: „Du hast nicht achtgegeben, hast dir keine Mühe gegeben" oder: „Du kannst nicht kochen". Jedenfalls markiert die Kritik ein Verhalten, das der Kritiker der anderen Person als Fehler ankreidet.

„Du bist gegen den Bordstein gefahren." Das merkt der Fahrer selbst und empfängt mit der zusätzlichen Aussage die Kritik: „Du kannst nicht autofahren." „Jedenfalls nicht so gut wie ich."

„Man muss sich aber doch gegenseitig sagen können, was man nicht gut findet, was nervt und was der andere anders machen könnte! Sogar zum eigenen Vorteil." Ein solcher Einwand ist berechtigt. Doch für unsere Gefühle sind wir selbst verantwortlich. Wir dürfen sie nicht dem anderen vorwerfen. Wenn uns etwas nervt, liegt das an uns. Es ist unser persönliches Empfinden. Für Nerverei gibt es keinen objektiven Maßstab. Was den einen nervt, muss den anderen noch lange nicht nerven. Dem einen mag ein Partner, der viel redet, auf den Wecker gehen. Ein anderer findet solche Plauderei womöglich sehr unterhaltsam. Was einer als Witz meint, empfindet ein anderer als Sarkasmus, eine beiläufige Bemerkung wird gewertet als Stimmungskiller.

Wir können unsere Gefühle beschreiben. Wir können sagen, was uns nervt. Wir sollten es aber nicht zu einem Vorwurf machen und sagen: Du nervst mich. Wenn wir sagen, „es nervt mich, wenn …", übernehmen wir die Verantwortung für unsere Gefühle und sprechen nicht dem Partner die Schuld dafür zu.

Wichtig ist in einer Paar-Beziehung, dass beide ihre jeweiligen Ansichten und Eigenheiten verstehen und akzeptieren. Liebes-Partner sind kein Arbeits-Team und zwischen ihnen besteht auch kein Coaching-Verhältnis. Liebes-Partner wollen angenommen werden, wie sie sind, und sich so nahe sein. Dazu müssen sie ihre Gefühlswelten erkunden, ihre unterschiedlichen Gefühle verstehen und akzeptieren. Sie dürfen sich Gefühle nicht gegenseitig vorwerfen und nicht aneinander rumerziehen. Gerade in ihrer Unterschiedlichkeit müssen sie sich gegenseitig annehmen und darin eine Bereicherung erkennen.

Verachtung führt in den Beziehungs-Abgrund

Kritik verletzt immer. Ein Stück weit. Auch wenn sie noch so vorsichtig formuliert wird, auch wenn damit gute Absichten verfolgt werden. Kritik, die direkt gegen die Person gerichtet wird, ist ein frontaler Angriff. Verbunden mit persönlicher

Abwertung und Gehässigkeit zielt sie darauf, den anderen zu erniedrigen, zu beschämen, fertig zu machen.

„Du bist zu blöd, um richtig einzuparken."

„Wenn bei dir mal ein Essen nicht versalzen ist, ist das ein Wunder."

„Du redest nur immer groß daher und bringst nichts zustande."

„Du bist genau wie deine Mutter."

„Logik liegt dir leider fern."

„Du hast keinen Geschmack."

„Im Bett bist du nicht gerade eine große Nummer."

Derartige Anwürfe drücken nur noch Geringschätzung und Verachtung aus. Sie lassen keinen Zugang mehr zu. Sie provozieren wütende Gegenangriffe oder schmerzliche Unterwerfung.

Zusätzlich demütigend und beschämend sind verächtliche Bemerkungen, wenn sie vor anderen Leuten gemacht werden. Wer vor Publikum angeschossen wird, fühlt sich nicht nur verletzt, sondern an den Pranger gestellt, öffentlich beschämt, der Lächerlichkeit preisgegeben. Verächtliche Bemerkungen sind Tiefschläge. Es gibt kaum ein Mittel, sich dagegen zu verteidigen. Jeder aufgebrachten Replik fehlt es an Souveränität. Mit starkem Selbstbewusstsein sind verächtliche Anwürfe auszuhalten. Aber wer von einem Menschen verächtlich gemacht wird, zu dem er sich eine innige Beziehung wünscht, dem zerfällt schnell die Nehmer-Qualität. Nähe macht verletzlich. Partner, die sich sehr nahe waren und schon lange kennen, können sich gegenseitig besonders gut verletzen. Sie wissen, wo sie das Selbstbewusstsein des anderen attackieren, wo dieser sich schlecht zu schützen weiß und wo sie ihm die größten Schmerzen zufügen können.

Verachtung ist ein Anschlag auf die persönliche Integrität. Sie treibt schnell in ungebremste Eskalation. Dann werfen sich Menschen gegenseitig die größten Gemeinheiten an den

Kopf. So giften Partner sich an, die sich einmal sehr geliebt haben, und halten sich womöglich vor, diese Liebe sei nichts als ein riesengroßer Irrtum gewesen. Sie hassen sich in solchen Momenten. Der Hass macht sie irrsinnig. Er lässt sie nicht sehen, dass sie sich noch immer lieben. Doch das ist meistens (noch) der Fall.

Wünsche hinter Vorwürfen lesen lernen

Wer einen Partner verächtlich macht, ist selbst tief enttäuscht und verletzt. Verachtung ist ein Anschlag, der das eigene Selbstbewusstsein stärken und Genugtuung verschaffen soll. Es ist ein hilfloser Versuch, sich aus Hilflosigkeit zu befreien und Verachtung gegen Verachtung aufzurechnen. Verachtung wird von Verächtern als Revanche verstanden. Sie wähnen sich im Recht, mit gleicher Münze heimzuzahlen. Dem eigenen Empfinden nach sind die losgelassenen Gehässigkeiten nur Reaktion auf selbst empfangene Verachtung.

Wer wirklich angefangen hat mit dem verächtlichen Schlagabtausch, ist gar nicht zu ergründen. Die Partner werfen es sich gegenseitig vor. Jeder kann aus seinem emotionalen Gedächtnis Begebenheiten abrufen, mit denen die eigene Verletzung sofort wieder schmerzt. Meist ist aber nicht einer der Gute und der andere der Böse, sondern beide haben sich gegenseitig von einer Untergriffigkeit zu nächsten hochgeschaukelt. Sie sind sich selbst außer Kontrolle geraten. Das geschieht, weil sie die Wirkung der eigenen Gehässigkeit bagatellisieren, sie als bloße Reaktion ausweisen und irrtümlich denken, der andere meine, was er gesagt hat, genau so wie er es gesagt habe – nur so! Tatsächlich steckt in den allermeisten Fällen hinter jeder groben Gemeinheit und jeder scheinbar resümierenden Aussage ein Wunsch, der auf das genaue Gegenteil hinweist. Nur ist das in einer mit Wut aufgeladenen Auseinandersetzung nicht zu erkennen.

„Du gehst mir maßlos auf die Nerven. Ich halt dich nicht mehr aus." Mit dem Satz beschreibt ein verbal um sich Schlagender, dass er nicht mehr weiß, wie er die Situation aushalten und bewältigen kann. Aber er signalisiert damit auch: „Hilf mir, ich brauch dich."

„Ich liebe dich nicht und ich habe dich nie geliebt." Kann so sein. Aber für Partner, die einmal ineinander verliebt und länger zusammen waren, stimmt das in aller Regel nicht. Verletzt und wütend mögen sie kaum mehr spüren, was sie noch immer verbindet und wie sehr sie sich noch wollen. Gefühle von Schmerz und Zorn vereinnahmen das Empfinden von Partnern, die nur noch aufeinander losgehen. Andere Gefühle kommen in solchen Situationen nicht mehr zur Geltung. Klar zu denken, gelingt ihnen längst nicht mehr. Doch tief in ihnen bunkern sie das Verlangen nach Annahme, Wertschätzung, Geborgenheit, Liebe. „Ich habe dich nie geliebt" ist keine nüchterne Feststellung. Eher drückt der Satz aus, „ich fühle mich schon länger nicht geliebt", und dahinter steckt der Wunsch: „Zeig mir, dass du mich doch liebst."

Das Falscheste, was ein Partner sagen kann, den der Satz trifft, „Ich habe dich nie geliebt", ist: „Dann kann ich ja gleich gehen". Er soll nämlich gar nicht gehen. Er soll genau das Gegenteil tun – Nähe, Zuneigung, Liebe zeigen. Wer verletzt ist, meint sich schützen und wehren zu müssen vor Angriffen. Ihm kommt kaum in den Sinn, dass Angriffe ein Mittel der Selbstverteidigung sind. Dagegen gibt es ein einfaches Mittel: Mitgefühl. Wer nicht mehr fürchten muss, zurückgewiesen und zurückgelassen zu werden, muss sich nicht verteidigen und muss nicht angreifen.

„Dann lassen wir uns am besten scheiden." Der Satz wird zig-mal gesagt, bevor er wirklich ernst gemeint ist. Ähnlich wie: „Schleich dich … Du bist mir wurscht … Du hängst mir zum Hals raus … Ich habe keine Lust mehr … Es ist sinnlos … Verschwinde … Mit uns ist es aus …" In diesen Sätzen drückt sich eine tiefe Verletzung aus und in höchster emotionaler Aufwallung mag es so erscheinen, als gäbe es keinen anderen Ausweg, als die Beziehung aufzukündigen oder gar mit aller Kraft zu zerstören, damit sie ein für alle Mal erledigt ist. Aber das ist nur die Vorstellung in akuter Gefühlseskalation, wenn schlechte und destruktive Gefühle vereinnahmen. Sobald diese Gefühle nachlassen, ist die Wahrheit eine ganz andere. Gewünscht wird das genaue Gegenteil von dem, was Partner sich im tobenden Streit gegenseitig an den Kopf knallen. Tatsächlich sind Sätze wie oben aufgeführt Hilferufe und keine Drohung. Mit dem ihnen zugrundeliegenden Wunsch: „Zeig mir, dass du mich noch willst."

Partner, die es schaffen, solche Wünsche zu verstehen, können sich darauf beziehen und dem anderen sagen und zeigen, dass er/sie gewollt ist. Sie steigen somit selbst aus der Eskalation aus und ermöglichen auch ihrem Partner den Ausstieg – den auch er sich zutiefst wünscht. So könnte es gehen:

„Ich spüre, dass ich dich sehr verletzt habe. Das tut mir leid. Ich möchte dich nicht verletzen. Ich möchte, dass wir uns nicht verlieren. Dafür will ich tun, was ich tun kann. Sag mir, was du gerne von mir hättest. Und ich sage dir anschließend, was ich mir von dir wünsche. Wir gehen durch eine schwierige Zeit. Aber ich glaube nicht, dass wir uns egal sind. Du bist mir nicht egal. Mich verbindet viel mit dir. Wir hatten viele wunderbare Zeiten. Wir müssen also etwas miteinander können. Anscheinend haben wir vergessen, was und wie. Ich würde mir wünschen, dass wir darüber nachdenken und uns nicht weiter streiten."

Partner, die von Vorwürfen nicht mehr runtersteigen können, kommen aus dem Streiten nicht mehr heraus. Jede Kleinigkeit löst wieder einen aus. Eine Nachlässigkeit, eine achtlose Bemerkung, ein Ärger, der durch etwas ganz anderes hervorgerufen sein mag. Die Wut-Auslöser sind zahlreich und leicht zu entzünden. Wenn Enttäuschung, Ärger, Schmerz, Wut Paare immer wieder vereinnahmen, sollten sie sich therapeutische Hilfe suchen, um aus ihren niederschmetternden Schlagabtäuschen auszusteigen.

Nichts ist destruktiver, als die Konfrontation stets aufs Neue dadurch anzufeuern, indem Partner sich gegenseitig Bemerkungen und Verhaltensweisen aus der Vergangenheit vorwerfen. An der Vergangenheit ist nichts mehr zu ändern. Eine Beziehung ist nicht zu heilen, indem die Partner immer wieder alte Wunden aufreißen. Ändern könnten sie nur ihr Verhalten jetzt und in der Zukunft. Nur damit könnten sie ihre Beziehung reparieren. Aber dazu kommt es nicht, wenn man sich von Verletzungen aus der Vergangenheit immer wieder einfangen lässt, Vergehen wechselseitig gegeneinander aufrechnet und davon nicht loskommt.

Gehen Partner immer wieder in den Clinch und dreschen nur noch unkontrolliert aufeinander ein, treiben sie in einen Beziehungskrieg. Beide führen ihn. Schuld daran soll aber immer nur der andere haben. Eigene Angriffe sollen lediglich notwendige Verteidigung sein. So eskaliert der Beziehungskrieg. Kriegsparteien kämpfen besinnungslos und stürzen sich lieber in den Abgrund, als sich um Frieden zu bemühen. Dann brauchen sie respektable Vermittler, versierte Therapeuten, die dazwischengehen, Kampfpausen ausrufen, Waffenverbote einfordern, Partner dazu anhalten, sich Wünsche zu sagen statt Rundumschläge auszuteilen.

Mit Rechtfertigungen in die Konfrontation

Attacken kann keiner gut wegstecken. Sie verletzen, schmerzen, reizen zum Gegenangriff. Haben Partner sich schon oft und lange enttäuscht, ist die Stimmung latent gereizt. Der andere wird zur Reizfigur. Läuft etwas schief, wird es ihm/ihr angelastet. Die Retourkutsche folgt auf dem Fuß. Zum Beispiel so:

„Jetzt bin ich gegen die Tonne gefahren, weil du sie im Weg hast stehen lassen." – „Du passt halt nie auf. Bist deppert. Musst ja nicht dagegenfahren."

„Ich bin zu spät in mein Meeting gekommen, weil du so ein Theater gemacht hast, dass ich noch den Frühstückstisch abräume." – „Freiwillig tust du ja nie was. Und morgens kommst du nie zeitig hoch und kannst dir deine Zeit nicht einteilen. Erstaunlich, wie du deinen Job überhaupt schaffst. Ich schenk dir ‚Getting things done'. Wird aber wohl auch nichts nutzen."

„Schon wieder kein Kaffee im Haus. Kannst du nicht einmal dafür sorgen, dass er uns nicht ausgeht? Du hast doch wirklich mehr als genug Zeit, um mal eben einzukaufen." – „Du rührst keinen Finger, meckerst nur rum, wenn was nicht da ist. Ich sollte mich eigentlich um gar nichts mehr kümmern. Außerdem trinkst du sowieso zu viel Kaffee. Macht dich nur herzkrank. Sei froh, dass keiner da ist."

„Jetzt habe ich mich verfahren, weil du nicht aufgepasst hast. Ich hab doch gesagt, pass auf." – „Das GPS reicht jedem normalen Menschen. Außerdem stehen überall riesige Wegweiser. Musst nur hinhören und die Augen aufmachen. Oder brauchst du Hörgerät und Brille?"

Indem wir dem anderen unsere Missgeschicke als seine/ihre Vergehen vorhalten, sprechen wir ihm die Schuld zu für das, was schiefgelaufen ist. Und damit sind wir selbst frei von jeder Schuld. Ärger nährt Ärger. Schnell sind frühere Enttäuschungen und Verletzungen wieder präsent. Die kommen dann sofort wieder auf den Tisch. Päng. Päng. Wir tun gerne so, als würden wir selbst immer nur reagieren. Wir rechtfertigen unser Verhalten als Verteidigung und rechtmäßigen Gegenangriff. Indem der andere es ebenso macht, schlagen wir nur noch aufeinander ein.

Mauern

Wenn zu Hause die Stimmung stets angespannt ist, beginnt der Partner-Stress, sobald beide zur Türe hereinkommen. Geredet wird nur noch das Nötigste und selbst dabei entzündet sich schnell Streit.

„Wie es hier wieder aussieht. Das reinste Chaos."

„Wenn du kochst, sieht die Küche danach aus, als hätte eine Bombe eingeschlagen."

„Musst du immer diesen Idioten-Sender einschalten."

„Kannst du immer nur rummeckern."

„Du lässt dich gehen."

„Du denkst immer nur an Fressen und Ficken."

Mit Anschüttungen und Vorwürfen bringen gereizte Partner sich aus dem Stand in Wallung. Die Spannung nimmt blitzartig zu. Männer ziehen sich dann oft zurück. Männer eher als Frauen. Wir riskieren eine etwas klischeeartige Beschreibung. Aber sie entspricht beobachtbaren Verläufen. Mauernde Männer reden nichts mehr. Sie verstecken sich hinter der Zeitung oder dem Computer, schalten den Fernseher ein oder gehen in ihre Werkstatt. Sie verbarrikadieren sich oder weichen dem Partner aus, beschäftigen sich mit irgendwelchen Dingen, um beschäftigt zu erscheinen. Und um wieder runterzukommen von ihrer Wut. Frauen können das auch, tun es aber seltener. Frauen wollen häufiger reden. Männern wird das schnell zu viel. Außerdem droht County in neuen Streit auszuarten. Es muss nur einer mit Vorwürfen loslegen. Mit angestautem Ärger geht das von jetzt auf gleich. Da ist der Druck im Kessel eh hoch und der Deckel fliegt schnell weg. Wer dicht dabei steht, kann nur Schaden nehmen.

Frauen empfinden den Rückzug ihrer Männer als Kommunikations-Verweigerung. Männer, die sich in sich selbst zurückziehen, bauen eine Blockade um sich. Frauen erleben das als passiv-aggressives Verhalten. Für Männer ist es aber vielmehr Selbstschutz. Ohne diesen Rückzug würden sie schnell in Rage geraten. Männer, stellt auch Gottman fest, haben einen stärkeren Flucht- oder Kampf-Impuls als Frauen und werden von ihren Gefühlen leichter „überflutet". Ihr Mauern, der Rückzug auf sich selbst, dient ihnen auch als Schutz vor solcher Überflutung.

Es hilft nicht, wenn Frauen ihren Männern vorwerfen, dass sie sich zurückziehen. Damit geben sie ihnen nur neuen Grund für weiteren Rückzug. Sie sagen dann nämlich, dass sie sich zurückziehen, weil sie angemeckert werden, während die Frauen ihnen entgegenhalten, sie meckerten ja nur, weil sie sich zurückzögen. Das Beispiel war schon für Paul Watzlawick ein Klassiker.

Frauen wollen reden, Männer wollen Sex

Ihr Verhalten können Männer nur ändern, wenn sie spüren, dass sie Rückzug nicht nötig haben, um sich selbst zu schützen. Je weniger sie sich bedrängt fühlen, um so eher kann dieses Gefühl einsetzen. Damit ist das Problem noch nicht gelöst. Denn viele Männer tun sich schwer, ihre Gefühle zu ergründen und noch schwerer, sie in Worte zu fassen und darüber zu reden. Sie haben es weniger gelernt und sind es weniger gewohnt. In vielen Familien herrscht die Erwartung vor, Jungs sollten „nicht emotional" werden. „Indianer kennen keinen Schmerz." – „Reiß dich zusammen." – „Ist doch nicht so schlimm." – „Angsthase." – „Kein Grund zu weinen." – „Weichei". Später im Beruf sollen Männer das längst gelernt haben. Emotionen sollen im Job keinen Platz haben. Sie gelten als irrational.

Wenn Konflikte entstehen, wollen Frauen reden, Männer wollen Sex. Weil sie so Nähe suchen. Männer wollen ihren Gefühlen nur ungern nachspüren. Mit der Aufforderung können sie oft gar nichts anfangen. Sie können Gefühle allenfalls in „gut" oder „schlecht" unterteilen, aber nicht konkret benennen. Zumal ihnen Gefühle wie Angst oder Scham als Tabu gelten. Männer reden lieber über das, was sie tun und leisten. Aber sie möchten anerkannt und geliebt werden als Person und nicht als Leistungsträger. Obwohl sie aus Leistung den größten Teil ihrer Anerkennung und ihres Selbstwertgefühls ziehen. Bei vielen ist das Bewertungsschema auf ihrer neuronalen Festplatte programmiert. Es schlägt durch im Beruf und im Bett. Männer wollen immer wissen, ob sie „gut" waren. Vorher orten sie bei sich keine Gefühle. Und auch nachher oft nur wenig andere als Leistungsstolz.

Wir befinden uns ständig im „Einerseits/Andererseits". Das liegt daran, dass sich viele verschiedene Gefühle und Motive in uns Geltung verschaffen, und oft zerren sie uns in sehr unterschiedliche Richtungen. Gerade in Beziehungen. Sich den eigenen Gefühlen und Motiven zu nähern, sie in ihrer Vielfalt und Gegensätzlichkeit zu erkennen, ist ein entscheidender Schritt, um sein Leben selbst in die Hand nehmen zu können. Denn nur wenn wir Vielfalt und Gegensätzlichkeit begreifen, können wir Ausgleich und Ordnung in uns schaffen, entscheiden, was uns wichtig, weniger wichtig oder nur von vordergründiger Bedeutung ist. Männer mögen dazu mehr Starthilfe brauchen. Aber auch Frauen sind große Verleugner ihrer inneren Gegensätzlichkeiten. Wir alle verwickeln uns immer wieder in unerfüllbaren Begehrlichkeiten und singen trotzig Freddy Mercury: „I want it all, I want it now". Gibt's aber nicht.

Deshalb dürfen Partner sich nicht mit Ansprüchen überfrachten. Sie müssen Druck wegnehmen, von sich und ihrem Gefährten, auf Vorwürfe verzichten, zum Gespräch ermuntern, aber Gespräche nicht erzwingen, Raum lassen, um Gefühle zu ergründen, dazu ermuntern, Verständnis zeigen und

Geduld walten lassen – so könnte es besser gehen. Hier ist ein Ritual angebracht: Sie sollten sich regelmäßig einmal pro Woche eine Stunde Zeit nehmen, um über Ansprüche und Wünsche zu sprechen, die sie aneinander haben, und sich verständigen, was sie sich erfüllen wollen oder können.

Gefühle sind trickreich und oft nur schwer zu verstehen. Jeder von uns hat seine eigenen Gefühle, Empfindungen und Empfindlichkeiten, in unterschiedlicher Ausprägung, in einem verschiedenen Mix, je nach Situation. Jeder lebt in seiner eigenen Gefühlswelt. Das heißt: Gefühle einer anderen Person verstehen wir noch schwerer als unsere eigenen. Aber nur wenn wir Gefühle verstehen – die eigenen und die von anderen – können wir Beziehung bewusst gestalten. Wenn wir begreifen, was in uns und bei anderen Wut, Angst, Sorge, Trauer hervorruft, was Zutrauen, Sicherheit, Geborgenheit gibt. Wenn wir erkennen, dass die Angst, allein gelassen zu werden, umschlagen kann in Wut, und dass hinter solcher Wut der Wunsch steckt, angenommen, gehalten, beschützt zu werden.

Mit kleinen Ritualen können Partner sich wechselseitig Aufmerksamkeit und Wertschätzung schenken. Dadurch gewinnen sie in ihrer Beziehung viel Stabilität und Sicherheit. Wieder gilt: Sie müssen sich darüber verständigen, was sie sich wünschen, was sie brauchen. Für den einen kann es sein, morgens einen Kaffee oder Tee ans Bett gebracht zu bekommen. Oder vor dem Aufstehen ein bisschen zu kuscheln oder mal schnell ineinander zu rutschen. Oder beim Nachhause-Kommen in die Arme genommen zu werden. Den Nacken streicheln. Zusammen eine rauchen. Flamenco- oder Tango-Musik hören. Oder swiss classic. Oder sich erzählen, wie der Tag war, und aufmerksam zuhören. Oder alles nacheinander.

Belebend ist es freilich, aus Ritualen, die zu Zwangshandlungen geworden sind, auszusteigen. Besinnung und Rückbesinnung helfen.

Helmut macht Amelie einen Vorschlag: „Lass uns doch heute einmal nicht zu deinen Eltern fahren. Muss es jedes Wochenende sein? Können wir uns diese Zeit nicht auch einmal für uns nehmen? Wir könnten in den Wald fahren und einen langen Spaziergang machen. So wie früher. Das war sehr romantisch. Wir sind stundenlang gewandert, haben geschaut, die Natur genossen und über viel geredet, was wir sonst nie besprochen hätten. Das hat uns immer sehr nahe zueinander gebracht. Und dann könnten wir wieder in der Waldschenke einkehren, in der wir früher so oft gemütlich gesessen sind."

Frieda hat eine Idee: „Was hältst du davon, wenn wir heute einfach im Bett bleiben. Es ist Samstag. Keiner muss arbeiten. Wir gehen auch nicht einkaufen. Wir haben eh noch einiges im Kühlschrank. Und zu Mittag bestellen wir uns einfach Sushi. Oder Pizza. Darf doch auch einmal sein. Oder? Aus dem Netz können wir uns einen Film runterladen. Es gibt einige, die wir schon lange anschauen wollten. Außerdem fallen mir noch ein paar andere Sachen ein, die wir sehr gut im Bett machen könnten."

Langweile – der Preis für Sicherheit

Eine eingespielte Beziehung bietet Sicherheit, Ordnung, beruhigende Gewohnheiten. So kann der Alltag gemeinsam gut bewältigt werden, mit gegenseitiger Unterstützung und Aktivitäten, an denen beide Freude haben, mit Musik-, Essens- und Weingenüssen, Unternehmungen mit Freunden, schönen Urlauben. Ein behagliches und geruhsames Leben. Was könnte es Schöneres geben?

Wir mögen es nicht nur behaglich und geruhsam. Nicht nur. Nicht auf Dauer. Wir möchten ebenso Abwechslung, Herausforderung, Spannung, Aufregung. Wir hätten gerne zwei Welten, zwischen denen wir nach Lust und Laune hin und her gehen können, uns mal in der einen und mal in der anderen aufhalten, bis wir genug von der einen Welt haben und uns wieder nach deren Gegenteil sehnen. Kann es diese zwei Welten geben – in einer Welt? In einer Beziehung?

Wir müssen uns beide Welten schaffen. Behaglichkeit und Sicherheit stellen wir her durch geordnete, übersichtliche, berechenbare, zu kontrollierende Abläufe. Deshalb etablieren wir Routinen. Sie sollen uns diesen Wunsch erfüllen. Allerdings haben sie einen Nebeneffekt, der uns zunehmend stört: Langeweile. Mit Routinen, die gewünschte Berechenbarkeit und Verlässlichkeit schaffen, geht die Abwechslung und das Aufregende in der Beziehung verloren. Spannung bauen wir auf, wenn wir etwas Neues erleben. Mit allem Neuen ist immer auch eine gewisse Unsicherheit verbunden. Wir wissen ja nicht, was uns wirklich erwartet. Wir mögen Fantasien und Hoffnungen hegen. Aber wir finden keine Gewissheit.

Wer seine Beziehung in Schwung halten will, sollte mit Neugier nach Neuem suchen, neue Reize, Anregungen, Empfindungen entdecken und seinen Partner dazu einladen. Und sich überraschen lassen. Dazu müssen immer wieder Bequemlichkeiten, Vorbehalte und Hürden überwunden werden.

Wer gerne isst, kann immer wieder neue Restaurants ausprobieren. Die Globalisierung liefert heutzutage reichhaltige Exotik direkt vor unsere Haustür. Es ist nicht schwer, sie zu erleben. Kochen zu lernen kann noch viel spannender sein. Schon achtsames Einkaufen stimuliert. Denn jedes gute Kochen verlangt zunächst einmal gute Produkte. Um sie auszuwählen, braucht man Wissen und Geschmack. Beides ist zu entwickeln, ja, wir entwickeln es überhaupt nur, wenn wir immer wieder Neues ausprobieren. Beim Kochen entwickeln wir Geschick. Es kann auch zusammen Freude bereiten. Es gilt, Talente zu entdecken. Die wenigsten Männer kochen. Aber die meisten Sterne-Köche sind Männer. Da scheinen doch viele etwas zu verpassen. Jedenfalls ist kochen nicht Frauen-Angelegenheit.

Fernseh-Shows wie „Got to Dance" oder „Dancing Stars" zeigen uns, welch erstaunliche Bewegungsfähigkeit Menschen entwickeln können, von denen wir zunächst meinen, sie hätten zwei linke Füße. Jeder mag sich in dem Show-Personal wiedererkennen oder auch nicht. Jedenfalls muss keiner, der Walzer, Foxtrott oder Boogie Woogie bisher abgeschworen hat, pikiert die Nase rümpfen, sondern kann das freudige Gehupfe und Geschiebe als Frage an sich selbst verstehen: Könnte es mir Freude bereiten, tanzen zu lernen? Es käme auf einen Versuch an. Jedenfalls gibt es viele, die nach zunächst zaghaften Versuchen freudige Tänzer geworden sind und dabei ein ganz neues Körpergefühl und als Paar einen gemeinsamen Rhythmus gefunden haben.

Es muss ja nicht tanzen sein. Manche blühen auf, wenn sie singen lernen, einem Chor beitreten, Theater spielen, zu Lach-Veranstaltungen gehen. Auch das gibt es: Lachen lernen! Sich vom Lachen anderer anstecken lassen. Ein wohltuendes Gemeinschaftserlebnis. Ohne stand-up comedians. Man muss dazu nicht auf den „Weltlachtag" warten (der durch die indische Yoga-Lachbewegung initiiert wurde und an jedem ersten Sonntag im Mai zelebriert wird).

Egal, was es ist, es ist nie ein „kenn ich schon, hab ich schon, brauch ich nicht". Liebe verlangt nach Offenheit und Kreativität. Eintönigkeit ist Einfalt. Einfalt tötet Liebe.

Nur das Neue stimuliert in einer Beziehung das Prickeln und das Begehren. Ein Partner, den wir schon lange haben, ist uns durch seine Gewohnheiten vertraut geworden. Wir haben ihn erobert und erforscht, meinen, ihn restlos erkannt zu haben. Wir wissen um seine Empfindsamkeiten und Befindlichkeiten. Wir kennen seinen Körper genau, mit allen Attraktionen und Gewöhnlichkeiten. Und dann reizt er uns nicht mehr so wie zu den Zeiten, als Liebe und Leidenschaft noch zusammengehörten, als noch jede Berührung, jedes Betrachten Entdeckung und Aufregung war. Doch vieles können wir, wenn wir aufmerksam bleiben, immer wieder neu entdecken. Wenn wir achtsam schauen und fein fühlen. Körper sind voller Überraschungen. Geschlechtsorgane sind so unterschiedlich wie Gesichter. Keck offeriert uns die Sexualwissenschaftlerin Ann-Marlene Henning ein kleines Gedankenspiel: „Würdet ihr das Geschlechtsteil eures Partners im Fundbüro unter anderen Gleichartigen wiedererkennen?" Wer es nicht könnte, muss viel verpasst haben. Es gibt noch viel zu sehen und zu spüren. Sexualität ist in ihrer Vielfalt nicht angeboren, und was es dabei zu genießen gibt, will gelernt sein.

Routine-Sex ist so aufregend wie Grüner Tee. Kann man immer wieder mal haben. Aber immer nur Grünen Tee?

WIE UNROMANTISCH! LIEBE IST ARBEIT

Wir hätten gerne eine einfache und sichere Anweisung, wie uns Liebe gelingt. Ein Liebes-ABC, dem wir folgen könnten. Illustrierte versprechen uns so etwas immer wieder. Doch schon die Tatsache, dass sie immer wieder mit neuen Rezepten kommen, beweist, dass es keinen schlichten Katalog von Do's and Don'ts für die Liebe gibt. Natürlich können wir viele Eigenschaften aufzählen, die wir für förderlich halten: Aufmerksamkeit, Mitgefühl, Zärtlichkeit, Leidenschaft, Zuspruch, Schutz, Vertrauen. Doch all diese Begriffe haben für jeden von uns eine andere Bedeutung, ein anderes Gewicht, jeder von uns erwartet besondere Ausprägungen von Gefühlen, Haltungen, Verhaltensweisen und dies in noch einmal besonderer Kombination. Liebe erfahren wir nicht als Idee. Liebe müssen wir leben. Nur so entwickeln wir unsere Liebesfähigkeit.

Wie wir liebesfähig werden

Genau genommen gibt es Liebesfähigkeit an sich nicht. Beziehungsfähigkeit, so argumentiert auch Paar- und Sexualtherapeut David Schnarch, entwickeln wir erst in der Beziehung – mit dem Partner, mit dem wir eine Beziehung wollen. Bedeutsam ist, welche Beziehung wir wollen und welche Beziehung sich der Partner wünscht. Beide Bedürfnisse müssen zusammenpassen.

Doch selbst damit passt es noch lange nicht. Denn es gibt viele fragwürdige Motive, sich aufeinander einzulassen. Motive, die den Partner nicht als eigenständige Person anerkennen oder instrumentalisieren und daher Partnerschaft gar nicht zulassen:

- Angst vor dem Alleinsein
- Jemanden zu brauchen, um den man sich kümmert
- Jemanden zu brauchen, der sich kümmert
- Versorgt zu werden
- Sozial aufzusteigen und Status zu gewinnen

Wer Angst hat, alleine zu sein, und deshalb eine Beziehung eingeht, dem kommt es darauf an, jemanden zu haben, an den er sich klammern kann. Die Beziehungsperson soll eine Funktion erfüllen, Angst zu nehmen, das Leben bewältigen zu können. Um den Partner als Person geht es gar nicht. Ebenso wenig, wenn ein Abhängigkeitsverhältnis über „brauchen" oder „gebraucht werden" entsteht. In beiden Varianten kettet der eine den anderen an sich, um dadurch Selbstbestätigung und Selbstwert zu erhalten. Die Abhängigkeit muss konserviert werden, weil allein durch sie die Beziehung Sinn erhält. Am besten geht das mit einem Menschen, der sich in die Gegen-Abhängigkeit begibt – jemand, der einen braucht, der sich kümmert, liiert sich mit einem, der einen sucht, um den er sich kümmern kann.

Wer bekümmert werden will, pflegt seine Unselbstständigkeit genauso wie der Kümmerer, der ja den anderen haben muss, um sich als Kümmerer zu bestätigen. Immer jemanden zu brauchen, der sich kümmert, ist allerdings nervend und frustrierend. Keiner fühlt sich wohl in ständiger Abhängigkeit. Dagegen begehrt irgendwann jeder auf, freilich ohne sich aus der Abhängigkeit befreien zu können, weil das Beziehungsmuster es gar nicht zulässt, Fähigkeiten zur Eigenständigkeit zu entwickeln. Kümmerern gehen dagegen die Ansprüche der Bekümmerten zunehmend auf die Nerven. Sie kommen nicht dazu, für sich selbst zu empfinden, zu denken und zu handeln. So halten Abhängige sich gegenseitig in Schach und blockieren Wege zur Entfaltung selbstständiger Individualität.

Instrumentell ist ein Verhältnis, wenn einer sich in eine Partnerschaft begibt, um dadurch – nach seinen Vorstellungen und Ansprüchen – finanziell abgesichert zu sein und/oder sozial aufzusteigen, sich an der Seite eines anderen zu sonnen in einer höheren gesellschaftlichen Position. Dieser Verdacht kommt auf, wenn junge und schöne Frauen mit alten und verknitterten, aber betuchten Männern zusammen sind. Meist suchen sie eher dessen Portemonnaie als den Vaterersatz. Bisweilen suchen sie auch beides.

„Jetzt schäme ich mich richtig dafür. Ich habe Günter nie geliebt. Ich habe ihn geheiratet, weil er mir die große Welt versprach. Ich hatte nach der Uni gerade angefangen in der Firma, da lief ich ihm über den Weg. Er sprach mich an. Ich wusste damals gar nicht, wer er war. Eine Kollegin klärte mich auf: ‚Das ist unser Finanz-Vorstand. Big-Shoot. Vielleicht bald sogar CEO.‘ Ich dachte mir, Mann-oh.

Kurz darauf wurde ich in ein Förderprogramm für high potentials aufgenommen, dann in eine Gruppe von Nachwuchskräften, die an Strategie-Diskussionen mit Vorständen teilnehmen sollten. Da hatte ich dann öfter mit ihm zu tun. Schließlich machte er mich zu seiner Assistentin. Für mich ein rasanter Aufstieg. Ich hing nun andauernd in seinem Schlepptau und er begann, mir den Hof zu machen. Na ja, so kam das dann …

Als in der Firma schon über unser Verhältnis geredet wurde, fragte er mich, ob ich ihn nicht heiraten wolle. Er war geschieden. Ich dachte, na gut. Sex war nie aufregend, aber auch nicht so häufig. Fast hatte ich den Eindruck, ihm genügte es, mich öffentlich als die Seine vorzuführen. Da blühte er richtig auf. Ich hörte auf zu arbeiten. Ging nicht mehr in die Firma, als seine Frau. Und Günter meinte, ich hätte es ja gar nicht nötig. Ich bekam ein Kind und ein fettes Taschengeld, war eine gute Mutter und spielte die bewundernde Ehefrau an seiner Seite. Und hatte bald einen Liebhaber. Mein Fitness-Trainer. Mit dem hielt das nicht lange. Aber ich dachte, so kann es gehen. Ab und zu einen Lover. Günter merkt es sowieso nicht. Über die Jahre folgten ein paar Affären. Bis ich Jörg kennenlernte und mich richtig in ihn verknallte. Jörg ist Anwalt. Wir haben uns zusammen eine kleine, geheime Wohnung eingerichtet. Unser Liebesnest. Wenn Günter auf Geschäftsreise oder sonst überschaubar beschäftigt war, und das war er oft, haben Jörg und ich uns dort getroffen. Mein Holder hatte keinen blassen Schimmer. Das ging zwei Jahre so. Aber dann wollten Jörg und ich uns ganz. Und dann musste ich es so hinkriegen, dass ich geschieden wurde, das Sorgerecht für meinen nun achtjährigen Sohn erhielt – und von Günter eine ordentliche finanzielle Abfindung. Aber dafür hatte ich ja einen guten Anwalt."

Wir sind paradoxe Wesen. Wir alle haben Bedürfnisse nach Individualität und nach Miteinander. Wir möchten selbstständig sein und umsorgt werden. Wir sind angetrieben von Egoismus und eingefangen durch Gemeinschaft, weil wir es mit uns alleine nicht aushalten. Aus dieser Spannung in uns entsteht die Spannung in unseren Beziehungen. Die stärkste Spannung entsteht da, wo die Bedürfnisse sich in ihren schärfsten Gegensätzen entfalten: in der Paar-Beziehung. Das macht diese Beziehung aus, davon lebt sie. Mit dem Bedürfnis nach Individualität stärken wir nicht nur unser Ich, wir fordern auch das Ich des Partners. Nur in seiner Individualität erleben wir ihn als jemand Besonderen. Nur so ist er für uns verlockend, reizvoll, attraktiv, stimulierend, inspirierend, begehrlich.

Liebe ist Ich und Ich

Beziehung lebt aus Ich und Ich. Soll heißen: Das Du gibt es nur, wenn im Du das Ich des anderen anerkannt und geschätzt wird. Das Ich im Du ist immer anders als das eigene Ich. Das macht die Beziehung spannend. Daraus entsteht ständige Herausforderung. Es verlangt Aufmerksamkeit und Zuspruch. Und es führt immer wieder zu Irritationen, Unsicherheit, Reiberei, Konflikt und Streit. Das ist nicht zu vermeiden. Das gilt es zu akzeptieren.

Man muss das eigene Ich kennenlernen, mit seinen Talenten, Beschränkungen, Ambitionen, all seinen Widersprüchlichkeiten, es aushalten und mögen, um lebenstüchtig und beziehungsfähig zu werden. Das ist keine leichte Aufgabe. Zumal wir uns ständig verändern – mit Interessen, Bedürfnissen, Ansprüchen, Zielen. So bleibt es eine immer fortbestehende, neu zu bewältigende Aufgabe. Man muss sein sich wandelndes Ich annehmen, erkennen, welche Wünsche, welche Sorgen, welche Potenziale in ihm stecken. Und man muss genauso das Ich des Partners kennen- und schätzen lernen. David Schnarch nennt diesen Prozess „Differenzierung". Erst mit ihr entwickeln wir „die Fähigkeit, das Bedürfnis nach Individualität und das Bedürfnis nach Miteinander in ein Gleichgewicht zu bringen", schreibt er in „Die Psychologie sexueller Leidenschaft". Wir dürfen uns selbst nicht aufgeben, uns nicht in unserer Entwicklung bremsen und wir dürfen nicht von unserem Partner verlangen, sich aufzugeben. Wir müssen ihn aushalten, wenn Spannungen aus unterschiedlicher Individualität entstehen. Ihm Ambitionen oder Träume auszureden, ihm einzureden, dass die eigenen Wünsche auch seine sein müssten, beraubt ihn seiner Individualität.

Solange wir um einen Partner werben, ist es ein Spiel. Gambling. Womöglich mit hohem Einsatz. Mit kühnen Risiken, Tricks und Bluffs. Es ist keine wahre Liebe. Kann es gar nicht sein. Wahre Liebe kann nur entstehen, wenn unabhängige Menschen miteinander Beziehung herstellen, sich aufeinander einlassen, ohne ihre Unabhängigkeit aufzugeben. Echte Partnerschaft verlangt von jedem Partner gefestigte Individualität, also Kenntnis und Akzeptanz seiner Individualität. Jeder muss sich Ziele setzen, sie anstreben, Enttäuschungen und Niederlagen überwinden, den Mut nicht verlieren, es aushalten, dass wir immer wieder auf uns zurückgeworfen sind und selbst Entscheidungen treffen müssen, ohne vorhersehen zu können, welche Konsequenzen sich daraus für uns ergeben. In solchen Situationen fühlt jeder sich allein, existenziell verunsichert, mitunter bedroht.

Die Fähigkeit, Einsamkeit, Individualität und existenzielle Verunsicherung auszuhalten, ist für Psychotherapeutin Esther Perel auch „Vorbedingung für ein dauerhaftes lustvolles Interesse an einer Beziehung". Denn nur diese Fähigkeit schützt vor Abhängigkeit, Unterwerfung und Selbstaufgabe. Sie bewahrt Individualität, auf beiden Seiten, Individualität, ohne die Liebe mit Lust nicht zu bewahren ist.

Lust in der Partnerschaft ist Begehren nach einer Person. Partnerschaft nährt sich nicht aus Lust an sich. Lust an sich wäre Trieb. Den Trieben sind Personen einerlei. Begehren nach einer Person entsteht aus Individualität – der Beziehung zweier Individuen. Näher als durch Sex können Partner sich nicht kommen. Doch nicht jeder Sex verlangt oder schafft Nähe. Das gelingt nur in echter Beziehung, wo beide sich aufeinander und füreinander einlassen, sich entdecken, in Erregung treiben und fallen lassen – und auffangen. Erregung ist mit Egoismus, Gier, Rücksichtslosigkeit und Aggression verbunden. Partner müssen sich das trauen und gegenseitig gestatten. Dann lassen sie sich aufeinander ein, ohne sich selbst aufzugeben. Sie empfinden Lust und bereiten Lust nicht nur dem anderen.

Liebe ist: sich einlassen!

Zwei Menschen mögen schon lange zusammen sein, sich als Paar geben und doch haben sie sich nie wirklich als Partner aufeinander eingelassen. Das gibt es öfter, wie aufgeführt, aus verschiedenen Gründen.

Manche nehmen den zum Partner, der sich gerade anbietet. Sie sind irgendwie in die Beziehung gestolpert. Sie bietet Annehmlichkeiten. Die beiden arrangieren sich im Alltag, führen einen Haushalt, haben regelmäßig Sex, gestalten gemeinsam ihre Freizeit, gehen in Restaurants und ins Kino, treffen Freunde, fahren zusammen in Urlaub. In solcher Allianz hat jeder einen um sich und muss sich keinen suchen. So geht die Beziehung dahin, ohne große Aufs und Abs. Geregelt, berechenbar, bequem. Emotional auf Sparflamme. Ohne echte Liebe.

Das Paar bleibt zusammen, weil im Großen und Ganzen alles klappt, die Beziehung angenehm nützlich ist. Zwischendurch schleicht sich womöglich der Gedanke ein, so das Glück zu verpassen. Wer zweifelt, hält immer wieder mal Ausschau nach Alternativen. Wer mit jemandem zusammen ist, ohne sich richtig eingelassen zu haben, scannt den Beziehungsmarkt, steuert in Affären. Solange er dort nicht den Kick findet, kehrt er jedoch rasch zurück in heimische Behaglichkeit.

Stefanie und Helmut sind seit 15 Jahren verheiratet. Er reüssiert in der Werbebranche. Sie arbeitet Teilzeit in einer PR-Agentur. Das Paar hat drei Kinder. Helmut ist bereits viermal von zu Hause ausgezogen, jedes Mal wegen einer anderen Frau. Stefanie kämpft mit sich, ob sie ihn nach dem Scheitern seiner jüngsten Affäre „zurücknehmen" soll, so wie bisher.

Eine gute Frage. Was sagt man darauf als Berater? Besser, man gibt keinen Rat, sondern stellt Fragen, die hoffentlich

Stefanie helfen zu verstehen, was mir ihr geschieht und was sie zum Geschehen beiträgt und wie es ihr (voraussichtlich) gehen wird, je nachdem, welche Entscheidung sie trifft.

Das kann sie nur selbst beurteilen, wenn überhaupt. Ein Therapeut kann darauf hinweisen, dass sie Helmuts Gehen und Kommen schon so oft akzeptiert hat, dass er vermuten darf, so könne es immer weitergehen. Unter solchen Voraussetzungen wird er seine Haltung gegenüber seiner Frau nicht ändern. Er wird ständig auf dem Sprung bleiben, gehen, wenn es ihm beliebt, ohne jede Rücksicht, kommen, wann es ihm passt, ohne jeden Genierer. Damit verletzt Helmut seine Frau, stellt sie als Partnerin infrage, erschüttert ihr Selbstwertgefühl, blamiert und beschämt sie vor aller Welt. Die Kinder werden zu Opfern der elterlichen Beziehungsdramen. Sie verstehen das Hin-und-Her nicht, fühlen sich vom Vater ständig allein und im Stich gelassen. Seinen wiederholten Beteuerungen, nun bleibe er wirklich bei seiner Frau und seinen Kindern, können sie nicht mehr glauben. Sie lieben ihren Vater, sind aber zutiefst von ihm enttäuscht und oft auch richtig wütend auf ihn. Die Mutter glauben sie stützen zu müssen, ohne ihr geben zu können, was sie braucht.

Helmuts andere Beziehungen scheitern letztlich immer wieder daran, dass er sich auch dort nicht einlässt und mit den Erwartungen der anderen Frauen nicht klarkommt. Anfangs findet er sie pflegeleicht und sie finden ihn toll, als erfolgreichen, witzigen, kreativen und charmanten Star in einer schillernden Branche. Nach einiger Zeit stören sie allerdings Helmuts Pascha-Allüren. Sie finden ihn zu egozentrisch, unachtsam, unbeteiligt und dann nicht mehr unterhaltsam. Die Rolle der umsorgenden Hausfrau und unambitionierten Bewunderin wollen sie nicht übernehmen.

Stefanie leidet. Unter ihrer Rolle und der Treulosigkeit ihres Mannes. Sie kann sich schon selbst nicht mehr ausstehen.

Aber sie hat Angst vor einer Trennung. Sie möchte nicht alleine sein. Eine Trennung betrachtet sie zudem als finanzielle Katastrophe.

Sie muss sich überlegen, wo für sie die Grenzen der Zumutung liegen und ihrem Mann das klarmachen.

Helmut sollte darüber nachdenken, was er mit sich, mit seiner Frau, seinen Kindern, mit den anderen Frauen und mit sich selbst veranstaltet. Beide werden in ihrem Durcheinander nur unglücklich. Die Einsicht könnte für sie ein Motiv sein, sich mit sich selbst und ihrer Beziehung auseinanderzusetzen.

Um ihre Beziehung zu gestalten, müssen Partner wissen, was sie wollen und voneinander haben können. Fantasierten Beziehungs-Idealen nachzuhängen, bringt nichts, weil keiner von beiden ideal ist. Nur ideale Menschen könnten ideale Beziehungen herstellen. Doch die gibt es nicht. Wir haben alle mehr Schwächen als Stärken und kämpfen ständig mit uns selbst.

Zu Beziehungsfähigkeit gehört Realitätssinn und die Fähigkeit, sich für jemanden zu entscheiden und sich auf ihn einzulassen. Verlangt ist auch Rücksichtnahme. Dümpelt eine Beziehung vor sich hin oder artet sie aus zu einer Kaskade von Katastrophen, dann sollten Paare sich ernsthaft fragen:

- Haben wir uns wirklich aufeinander eingelassen?
- Haben wir uns als Personen und Partner angenommen?
- Was macht uns zum Paar?
- Fühlen wir uns zusammengehörig?
- Stehen wir mit innerster Überzeugung zu unserer Partnerschaft?
- Denkt einer von uns – oder denken gar beide –, da müsste doch jemand sein, der besser zu mir passte?

Diesen Fragen sollte jeder zunächst für sich nachgehen und sie erst gemeinsam behandeln, wenn jeder einzeln schon ein ganzes Stück Klarheit gefunden hat. Jeder muss zunächst ehrlich zu sich selbst sein. Erst dann können beide gemeinsam prüfen, was ihre Beziehung hergeben könnte. Was sie daraus machen könnten. Ohne wieder zurückzufallen in ein zermürbendes Durcheinander.

Antworten auf diese Fragen können in die eine oder in die andere Richtung gehen. Womöglich auch bei einem Partner in die eine und beim anderen in die entgegengesetzte:

Haben wir uns wirklich aufeinander eingelassen? „Ja, du warst für mich die Person, mit der ich Liebe leben wollte." – „Ich war mir eigentlich nie sicher, ob das Liebe ist, ob ich mich wirklich binden will."

Haben wir uns als Personen und Partner angenommen? „Ich will dich mit all deinen Eigenheiten. Ich schätze deine Selbstständigkeit und dein Zutrauen, dass auch ich meinen Weg gehen kann, ohne dass wir uns dabei verlieren." – „Ich mag dich schon, aber es gibt auch viele Eigenschaften, die nicht zusammenpassen und mit denen wir uns immer wieder auf den Nerv gehen. Außerdem hat jeder von uns doch immer sein Ding gemacht. Egal, wie es dem anderen dabei ging."

Was macht uns zum Paar? „Uns verbinden viele Interessen. Vieles, was wir gerne tun, macht uns gemeinsam mehr Freude, als wenn es jeder für sich machte. Wir haben Ziele, die wir erreichen wollen und nur zusammen erreichen können. Ich bin stolz, dein Partner zu sein und zeige das gerne allen." – „Na ja, das Leben zusammen ist angenehm. Einfacher als allein. Praktischer eben. Wir müssen uns halt arrangieren. Sonst ist mir meine Unabhängigkeit sehr wichtig. Wir müssen ja nicht immer aufeinander hängen. Machen andere ja auch nicht."

Gibt es vielleicht doch jemanden, der besser zu mir passte? „Denke ich nicht. Fühle ich auch nicht. Ich schätze, was uns verbindet, uns zusammenhält. Keiner hat nur Eigenschaften, die ein anderer rundherum toll findet. Das muss man

akzeptieren. Und darf es nicht gegeneinander verwenden." –
„Wie soll ich das wissen? Vielleicht bin ich dem Richtigen noch nicht über den Weg gelaufen. Wir beharken uns schon sehr. Sicher, man kann nicht immer auf Wolke Sieben schweben. Aber bei uns ist es doch recht eintönig. Glück stell ich mir eigentlich anders vor."

Wer ständig Vorbehalte gegenüber seinem „Partner" hegt und den Beziehungsmarkt screent, ob es nicht bessere Alternativen gibt, der lässt keine wirkliche Partnerschaft zu. Der unterhält lediglich eine lockere Liaison, unverbindlich, unzuverlässig. Andere – Affären – dienen dann dem Zweck, auszutesten, ob nicht jemand daherkommt, der attraktiver, aufregender und passender ist als der aktuelle Beziehungspartner. In einer derartigen Beziehung – eigentlich der Negation von Partnerschaft – ist der andere allenfalls reduziert zur zwischenzeitlichen Notlösung. Er / sie hilft, über das Alleinsein hinwegzukommen und Bequemlichkeiten zu erlangen.

Zukunftsbilder – Visionen, nicht Halluzinationen

Wenn Partnerschaft erodiert, können Paare sich helfen, indem sie sich erzählen, wie sie die Anfänge ihrer Beziehung erlebt haben, was sie angezogen, inspiriert, verbunden hat. So lassen sich Wünsche und Hoffnungen, positive Erfahrungen und Ressourcen erinnern. Das Ziel ist es, Ressourcen zu reaktivieren und die Leitidee ihrer Beziehung wieder zu entdecken, die – wie Paartherapeut Hans Jellouschek sagen würde – „Vision" zurückzugewinnen.

Alexandra und Ulrich erzählen sich, wie es früher war:
„Erinnerst du dich, wie du mir früher Geschichten von dir erzählt hast? Ich habe dir ins Gesicht geschaut und geglaubt, ich

kann sie mitlesen. Ich habe mich dir so nah gefühlt. Ich wollte dir unter die Haut kriechen. Oder in deinen Augen versinken."

„Du hast mir zugehört, mich angelacht. Dein strahlendes Lachen hat auch mich immer strahlen lassen. Mir wurde sofort warm ums Herz."

„Du hast gesagt: Mein Gesicht ist spannender als großes Kino."

„Wir sind früher oft einfach weggefahren. Wir haben im Auto stundenlang gequatscht. Wir haben irgendwo angehalten, Cappuccino getrunken und uns den Milchschaum ins Gesicht geblasen."

„Es musste gar nicht immer etwas passieren. Wir haben uns gefreut, zusammen zu sein. Auch wenn keiner den Nerv hatte, irgendwas zu reden."

„Erinnerst du dich an die Party, als dieser Typ andauernd mit mir tanzen und flirten wollte und du irgendwann auf ihn zugegangen bist und gesagt hast: ‚Ich nehme an, Sie haben nichts dagegen, wenn ich Ihnen meine Frau entführe.' Der hat vielleicht blöd geschaut. War völlig platt. Ich hätte losbrüllen können."

„Damals, als ich dieses Angebot hatte, Abteilungsleiter zu werden und nicht wusste, ob ich das kann, da hast du mir Mut gemacht. Ohne deine Unterstützung hätte ich mich das nicht getraut."

„Wir konnten im Bett nebeneinander hocken und lesen, uns aus unseren Büchern vorlesen. Uns dabei in den Arm nehmen, spüren. Und wenn einer von uns angefangen hat, den anderen zu streicheln, flogen die Bücher in die Ecke."

„Wenn ich einen Orgasmus hatte, musste ich weinen. Vor Freude. Und vielleicht auch vor Angst, ich könnte die Nähe nicht aushalten, weil ich fürchten muss, ich könnte dir verlorengehen. Dann hast du dich noch näher an mich gedrückt und mir ins Ohr geflüstert: Ich halte dich und werde dich immer halten."

„Du hast gekocht, nur für uns. Ich habe den Wein aus-
gesucht. Auf dem Tisch standen Kerzen. Irgendwann hast du
deinen Slip ausgezogen und einfach lässig auf den Tisch ge-
legt. Ganz beiläufig. Als wäre das völlig normal. Dein Slip war
schon feucht. Ich bin sofort scharf auf dich geworden. Und
du hast dich nehmen lassen. Aufgeräumt haben wir erst am
nächsten Tag."

„Ich wollte unbedingt ein Kind von dir. Ich wollte, dass du
in mich reinspritzt und ich spüre, jetzt ist es passiert."

„Schwanger fand ich dich betörend. Und als Amelie gebo-
ren wurde, war ich dir unendlich dankbar. Unendlich. Stimmt
immer noch."

„Wir dachten beide: Das ist es. Wir, nur wir. Fürs ganze
Leben."

Eine Vision ist ein „Zukunftsbild". Eine Beziehung lebt nur,
wenn wir sie gestalten. Um sie gestalten zu können, brauchen
wir eine Vorstellung davon, eine Vision, wie sie sein könnte.
Die Vorstellung nähren wir aus unseren Wünschen und Ambitionen. Sie bestimmen, was wir uns vornehmen, was wir erreichen möchten. Sie orientieren uns auf Aufgaben und Ziele. Sie
geben uns Energie, Kraft und Ausdauer. Beziehungspartner
müssen wissen, was ihnen persönlich wichtig ist und wie ihre
jeweiligen Vorstellungen zusammenpassen könnten.

- Worum wollen wir uns gemeinsam bemühen?
- Was wären konkrete gemeinsame Ziele?
- Was könnten die ersten Schritte dorthin sein?
- Woran würden wir erkennen, dass wir wirklich tun, was
  wir uns vorgenommen haben?
- Was bereitet nur miteinander die größte Freude?
- Was müssen wir tun, um uns sagen zu können: So wie es
  ist, ist es gut?

Zukunftsbilder sind Entwürfe. Sie bestehen aus guten Vorsätzen und attraktiven Projekten. Sie entstehen aus einer Fülle von Ideen, bündeln sie zu Leitideen. Sie geben Orientierung. Doch gute Vorsätze allein reichen nicht. Was aus ihnen werden kann, zeigt sich erst, wenn sie umgesetzt werden. Erst dann erweist sich, was möglich ist. Manchmal ist es mehr, manchmal weniger als erhofft. Erfolge festzuhalten, sich zu sagen, aufzuschreiben, macht neuen Mut. Enttäuschung zu benennen ist Voraussetzung dafür, sie überwinden zu können. Zu versuchen, sie runterzuschlucken, bereitet nur Magenschmerzen. Zukunftsbilder führen uns an unsere Grenzen und erlauben uns, zu wachsen. Bisweilen sind auf unserem Weg Korrekturen erforderlich, vorgeschrieben durch Ereignisse, die wir nicht vorhersehen konnten. Und oft tun sich für uns, wenn wir uns offen dafür halten, Chancen auf, von denen wir nicht einmal geträumt haben.

Die Entwürfe unserer Zukunftsbilder müssen nicht außergewöhnlich, einzigartig, ohne Beispiel sein. Aber sie müssen persönlich sein, den Beziehungspartnern entsprechen, für sie echt sein. Jedes Zukunftsbild setzt sich aus verschiedenen Motiven zusammen. Diese Motive können zunächst einfach und bescheiden formuliert sein. Sie umzusetzen in wirkliches Leben wird noch schwer genug. Motive für ein Zukunftsbild könnten lauten:

- Wir möchten füreinander da sein, uns aufeinander verlassen können.
- Jeder soll die Wünsche und Anliegen verfolgen können, die ihm wichtig sind. In allen Lebensbereichen.
- Wir wollen uns nicht als Paar verlieren. Wir achten aufeinander.
- Wir möchten neugierig bleiben, lernen, uns entwickeln, jeder für sich und gemeinsam, mit gegenseitiger Unterstützung.

- Wir möchten eine Familie gründen und Kinder haben.
- Unsere Kinder wollen wir darin unterstützen, ihre Interessen zu verfolgen und Talente zu entwickeln.
- Auch dabei wollen wir uns nicht aufgeben als Paar.
- Wir pflegen unsere Leidenschaften und erobern uns stetig neue.
- Wir haben auch nach vielen Ehejahren noch aufregenden Sex miteinander.

Es hilft, zu visualisieren, wie das sein wird, zu ahnen, zu spüren, wie es sich anfüllt, welche Gefühle die dazugehörigen Bilder auslösen. Davon sollten die Partner sich erzählen. Ausgeschmückt mit vielen Details. Mit aller Freiheit für die Fantasie. So wird das Zukunftsbild ihrer Beziehung fülliger, farbiger, reicher an Facetten und Konturen, prägnanter und schärfer. So wissen und fühlen Partner: Es ist ihr Bild. Sie könnten es sich tatsächlich malen.

Abstrakte Malerei kann faszinieren. Zukunftsbilder für eine Partnerschaft müssen jedoch konkreter sein. Partner sollten ausbuchstabieren, was einzelne Elemente für sie bedeuten, welche Erwartung, welches Verhalten sie damit verbinden.

Wenn sie sich versichern, füreinander da sein zu wollen und sich aufeinander verlassen zu können, sollten sie an konkreten Beispielen aufzeigen, was sie sich vorstellen. Zum Beispiel können sie sich gegenseitig fragen: Was tust du, wenn ich krank bin? Was, wenn es mich aus meinem Beruf schleudert? Was, wenn ich das Gefühl habe, mir wächst alles über den Kopf?

Versichern Partner sich, aufeinander achten zu wollen, könnten sie vereinbaren, sich jede Woche einmal in Ruhe zusammenzusetzen und sich gegenseitig zu erzählen, was sie besonders beschäftigt. Wenn sie sich vornehmen, neugierig zu bleiben, könnten sie übereinkommen, dass jeder dem anderen einmal im Monat etwas vorschlägt, was sie bisher noch nie gemacht haben. Jeder lädt den anderen zu einer Unternehmung ein, die er für spannend hält. Überraschungen sind erwünscht. Um solche Ideen entwickeln zu können, müssen Partner sich Zeit nehmen, sich umschauen, was die Welt zu bieten hat. Wer sich eintaktet in Verpflichtungen, kann nur noch daran denken, was er zu erledigen hat. Damit wird alle Konzentration und alle Kraft verbraucht, sonst nichts mehr wahrgenommen. Neue Ideen und Fantasien kommen so nicht in den Sinn.

Frisch Verliebte schaffen sich ihre eigene Zeit. Zeit nur für sich. Ohne Verpflichtung. Sie gehen spazieren, sitzen in Kaffeehäusern, haben stundenlang Sex, bleiben auch danach noch aneinander liegen, hören Musik. Was machen sie als Eheleute? In ihrer sogenannten Freizeit? Sie verplanen den Tag. Sie gehen in den Supermarkt, räumen die Wohnung auf, lassen sich vor dem Fernseher berieseln und werden müde. Unsere Faustregel lautet: Partner brauchen fünf Stunden unverplante Zeit in der Woche – um Gedanken schweifen zu lassen, frei zu denken, Gefühlen nachzuspüren, Interessen zu erkunden, wach und wachsam zu bleiben, um auf sich selbst und die Partnerschaft zu achten.

„Kenn ich nicht, will ich nicht" kommt nicht infrage. So lassen sich auch Leidenschaften pflegen: Offen bleiben, nach Neuem Ausschau halten, es ausprobieren. Um nicht in vagen Vorsätzen hängen zu bleiben, sollten Partner konkrete Schritte vereinbaren: Was wollen wir angehen? Wie? Wer kümmert sich darum?

Jedes Paar kann sein Zukunfts-Bild immer wieder betrachten und – im Laufe der Zeit – verändern, einzelne Motive in den Hintergrund treten lassen, andere hervorheben, deutlicher zeichnen, neue Elemente hinzufügen. In ihrem Zukunftsbild mögen sie in einem eigenen Haus wohnen, gemeinsam ein Unternehmen betreiben, Bücher schreiben, Turniertänzer sein, in einer Band spielen, die Welt umsegeln oder in ein anderes Land ziehen. Egal was, es muss für beide wichtig sein, attraktiv, verbunden mit Leidenschaft. Eine Paar-Beziehung lebt von Leidenschaften, nicht nur beim Sex.

Verstellte Fluchten

Frisch verliebt wollen Partner ständig zusammen sein. Doch aufregend ist die Beziehung auch gerade deshalb, weil sie nicht ständig zusammen sind. Sie wohnen in ihren eigenen Wohnungen, haben ihre eigenen Freunde, ihre Familie, Hobbys, Gewohnheiten, ihre Schrullen und Nachlässigkeiten. Mit all dem kommen sie sich nicht so sehr ins Gehege.

Um sich zu sehen, müssen sie sich verabreden. Treffen verlangen Entscheidungen. Man kann sich auch voneinander erholen, Distanz zulassen. Vor sich hinleben. Oder sich in den Job werfen. Oder zwischendurch mal wieder individuelle Interessen entdecken, Sport treiben, Bücher lesen, im Internet versinken, am Telefon hängen, Kumpel oder Freundinnen treffen, sich mit ihnen stundenlang festquatschen, nur noch an Borussia Dortmund denken – Vereinsmotto: Echte Liebe!

„Als ich noch nicht mit Jessica zusammen wohnte, bin ich öfter mit meinen Kumpeln um die Häuser gezogen", erzählt Nick. „Das war immer lustig. Ich musste nicht darauf achten, wie spät es war oder ob ich vielleicht ein Bier zu viel getrunken hatte. Wenn Jessica mich am nächsten Tag fragte, konnte ich ja auch leicht ein wenig schummeln, sagen, es sei gar nicht so spät geworden und so. Wenn ich jetzt mit ihnen unterwegs bin, schaue ich andauernd auf die Uhr. Jessica erwartet, dass sie noch wach ist, wenn ich nach Hause komme. Wenn ich später

als halb zwölf komme, wird Jessica nervös, ab zwölf unleidlich. Sie sagt, sie könne nicht schlafen, weil sie damit rechnen müsse, jederzeit von mir geweckt zu werden. Versteh ich nicht. Aber sie behauptet, so sei das eben. Wenn ich also ihren Ärger vermeiden will, muss ich schauen, dass ich mich rechtzeitig von meinen Kumpeln abseile. Doch dann bekomme ich natürlich von denen was zu hören. ‚Stehst schon ganz schön unter dem Pantoffel' ist noch eine ihrer vornehmeren Bemerkungen.“

Wenn ich nach Hause komme, muss ich unter die Dusche. Weil Jessica findet, dass ich nach Kneipe stinke. Na hallo. Und wenn ich dann neben ihr im Bett liege, will sie von mir wissen, ‚wie es war'. Eigentlich habe ich gar keine Lust, ihr das alles haarklein zu erzählen. Nicht, dass ich irgendetwas zu verheimlichen hätte. Aber ich fühle mich unter Berichtszwang. Außerdem bin ich müde, will meine Ruhe und habe keine Lust mehr, lange zu quatschen. Aber sie braucht das. Sagt sie.“

„Früher habe ich stundenlang mit meinen Freundinnen telefoniert“, erzählt Jessica. „Nick geht das unheimlich auf die Nerven. Er wird richtig aggressiv. So war er früher nie. Immer nett, reizend, zuvorkommend. Jetzt schnauzt er mich an: ‚Musst du immer mit irgendwelchen Gänsen an der Strippe hängen? Ihr plappert doch die ganze Zeit nur irgendwelchen Schwachsinn.' Kann ihm doch egal sein. Ist doch meine Sache. Aber er hält das nicht aus.

Er führt sich auch auf, wenn ich mich morgens schminke. Ich mag nicht ungeschminkt aus dem Haus. Um mich zurechtzumachen, brauche ich halt meine Zeit. Er mosert dann rum: ‚Musst du immer stundenlang das Bad blockieren? Bist auch so schön genug. Musst dich nicht so für deine Kollegen aufmotzen.' Na hallo. Höre ich da Eifersucht? Warum sollen mich nicht andere auch toll finden? Ich lass mir doch deswegen nicht gleich von ihnen ans Höschen fassen.“

Auch Hans hat seinen Kummer. „Martina hat von Fußball keine Ahnung. Ist ja ok. Aber wenn sie andauernd vor dem Fernseher hin und her läuft, wenn ich schaue, mit irgendeinem Zeug auf mich einredet, mich zwischendurch küssen oder verführen will, dann reißt mir schon mal der Geduldsfaden.

Wenn ich nach dem Match nicht sofort die Kiste abschalte, knatscht sie rum. ‚Couch potatoe. Warum muss du dir jetzt von diesen Quatschköpfen noch vorstammeln lassen, wie das Spiel war? Du hast es doch selbst die ganze Zeit angeschaut.'

„Dass Hans gerne kocht, finde ich an sich ja wunderbar. Aber die Küche sieht danach immer aus, als ob eine Bombe eingeschlagen hätte. Alle möglichen Abfälle verstopfen den Abfluss vom Abwaschbecken. Als wäre das der Mülleimer. Zig Töpfe stehen herum. Geschirr. Besteck. Auf dem Herd sind Soßen eingebrannt. An der Lampe klebt Crème fraîche. Rotwein fließt den Küchenschrank hinunter.

Wenn er das wenigstens selbst wegräumen würde. Aber unser Deal ist: Der eine kocht, der andere räumt auf. Wenn ich koche, veranstalte ich erst gar nicht so eine Sauerei. Wenn ich koche, dann ist Hans anschließend mit der Küche in einer Viertelstunde fertig. Wenn er kocht, brauche ich eine Stunde.

Wenn Hans nicht selber den Kochlöffel schwingt, ist die Küche für ihn eine No-Go-Zone. Also wenn es um Hausarbeit geht, ganz generell, ist er der größte Drückeberger unter Gottes Sonne. Wäsche waschen? Badezimmer putzen? Betten neu beziehen? Kommt ihm nie in den Sinn. Manchmal finde ich, er kann ein richtiges kleines Ferkel sein."

Der Partner mag enttäuscht sein, wenn er nicht immer die Aufmerksamkeit und Zuwendung bekommt, die er sich gerade wünscht. Aber damit kann jeder, der noch sein eigenes Leben hat, klarkommen. Prioritäten dürfen sich zwischenzeitlich verschieben, es geht (noch) ohne große Erklärungen.

Es geschieht en passant. Es entspricht den mitgebrachten persönlichen Lebensverhältnissen, dem eingeschliffenen Lebensrhythmus.

So kann sich jeder zurückziehen in seine eigene Nische, für sich sein, kann sich dort auch gehen lassen, ohne sich anstrengen und inszenieren zu müssen, ohne aufmerksam, zuvorkommend, ideenreich, initiativ, charmant, verführerisch und überhaupt umwerfend sein zu müssen. Denn das ist auf Dauer ja anstrengend. Man darf auch mal schlaff, entschlusslos, mürrisch oder ungewaschen sein, muss nicht die Küche oder das Badezimmer putzen, die Wäsche waschen oder Unterwäsche bügeln, wenn einem mal die Hausarbeit zum Hals raushängt. Sieht ja keiner. Man kann für alles, womit man gerade nicht Erwartungen des Partners bedienen will, Sachzwänge oder Ausreden erfinden. „Ich muss unbedingt mal wieder bei meiner Mutter vorbei." – „Meine Kollegen steinigen mich, wenn ich wieder nicht mit ihnen bowlen gehe." – „Bei mir ist Großeinkauf fällig." Es bleiben kleine Freiheiten und kleine Fluchten.

Die gibt es nicht mehr, wenn ein Paar zusammenzieht. Man will sich nicht mehr verabreden müssen und gibt damit auch ein großes Stück Freiheit auf. Der Ort, wo man hingehört und hingeht, ist die gemeinsame Wohnung. Man teilt sich das Badezimmer, wacht morgens zusammen auf, geht abends zusammen ins Bett oder trifft sich jedenfalls dort. Man erklärt sich gegenseitig, was man am Tag zu tun hat, wann man nach Hause kommt, warum es später als gewöhnlich wird. Man stellt sich aufeinander ein.

In einer gemeinsamen Wohnung sind Partner viel öfter zusammen, deswegen ziehen sie ja in eine Wohnung. Sie synchronisieren so weit wie möglich ihre Tagesabläufe, managen ihren Alltag mit all seinen praktischen Anforderungen, ordnen Zuständigkeiten und müssen dabei ihre individuellen Vorstellungen zusammenbringen. Haushaltsführung, Arbeitsteilung, Ordnung – das werden für die meisten rasch Themen ständiger Kontroversen, weil Aufgaben lästig sind und Vorstellungen auseinandergehen, wie und wann sie zu erledigen sind. Partner begegnen sich andauernd, erklären sich, stellen sich gegenseitig unter Beobachtung und infrage, überziehen sich mit Erwartungen, beginnen, sich zu kontrollieren.

Von seinem Partner zu erwarten, dass er/sie stets aufmerksam ist und zur Verfügung steht, ist überzogen, völlig unrealistisch. Jeder ist in großem Maße mit sich und seinen Angelegenheiten beschäftigt – mit Tagesanforderungen, Verarbeitung von Ereignissen, Vorbereitung von Aufgaben, mit allen möglichen Gedanken und Interessen. Aufmerksamkeit für den anderen, will Gottman ermittelt haben, ist nur zu 30 Prozent der Zeit möglich. Da das für beide Partner gilt, ist die Wahrscheinlichkeit, dass sie zur gleichen Zeit füreinander aufmerksam sein können, nur 9 Prozent (0,3 x 0,3 = 0,09). Während 91 Prozent der Zeit kommt es somit leicht zu Fehl-Kommunikation – mit entsprechenden Enttäuschungen und Verletzungen.

Für die meisten Partner ist es undenkbar, eine innige Beziehung zu leben und in verschiedenen Wohnungen zu wohnen. Oder in einer Wohnung zu wohnen und den Tag nicht gemeinsam zu planen. Ein gemeinsames Schlafzimmer ist für die allermeisten selbstverständlich. Getrennte Betten? Unvorstellbar. Partner begegnen sich mit allen Launen, Unpässlichkeiten und Eigenheiten. Andauernd. Wenn sie genervt, ungeduldig, närrisch, kauzig, dünnhäutig, kurios, schrullig, eigenartig, wunderlich, gereizt, durchgeknallt, überspannt, verschroben sind. Kein Spinner bleibt verborgen. Sie können nicht voreinander ausweichen. Dafür haben sie auch gar kein Konzept. Das würde ja ihrer Idee von Zusammenwohnen widersprechen. In den meisten Paar-Wohnungen hat nicht

jeder ein eigenes Zimmer, in das er sich ohne Erklärungs-
zwang zurückziehen könnte.

Prallen Eigenheiten aufeinander, ist die Harmonie gestört – und für jeden das innere Gleichgewicht. Partner sehen
das als Konflikt, nicht als Normalität einer Paar-Beziehung. So
setzen sie sich in die Falle: Sie müssen sich mit vielen persönlichen Eigenheiten in vielen Situationen aushalten, die sie zuvor
elegant haben vermeiden können.

Kinder – die kleine Katastrophen

Die nächste grundlegende Veränderung tritt ein, wenn das
Paar ein Kind hat. Kinder stellen alles in der Beziehung auf
den Kopf. Keiner, der noch keine Kinder hat, kann sich vorstellen, wie sehr. Kinder brauchen jede Menge Zeit, Beschäfti-
gung, Unterhaltung, Fürsorge. Schon ein Kind fordert ein Paar
enorm. Wir leben nicht mehr in Großfamilien, in denen das
Kind zig Bezugspersonen hat – Großeltern, Tanten, Onkel,
Neffen, Nichten. Zuständig sind (fast) immer die Eltern. Gele-
gentliche Entlastung bietet allenfalls ein Babysitter. Viele Mütter wollen sich allerdings nur verhalten zugestehen, dass sie
einen Babysitter brauchen, weil sie sich für schlechte Mütter
halten, wenn sie regelmäßig Hilfe in Anspruch nehmen. Oder
weil sie Angst haben, andere Menschen würden nicht sorgsam, verantwortungsbewusst und liebevoll mit ihrem Kind
umgehen.

Kleine Kinder müssen gefüttert, gewaschen, unterhalten,
beruhigt, getragen, geschaukelt, in den Schlaf gesungen, in all
ihren Entwicklungsphasen gefördert, getröstet, unterstützt,
beschützt, bewundert werden. Sie sollen ihre Finger nicht in
die Steckdose stecken, nicht vor ein Auto laufen, keine Treppe
hinunterstürzen, nicht in ein Schwimmbecken fallen. Später

sollen sie lernen und gut in der Schule sein. Viele Eltern hegen die höchsten Erwartungen und widmen sich früh und intensiv dem Heranwachsen ihrer Sprösslinge. Sie wollen keines ihrer Talente unentdeckt und unentwickelt lassen – und überfordern ihre Kinder damit permanent.

Für viele Mütter ist Muttersein – noch immer – ihr Hauptberuf, immer ist es eine vereinnahmende Tätigkeit. Beruf ordnen sie nach. Eine Mutter, die zugeben würde, dass sie verrückt würde, müsste sie sich den ganzen Tag nur um ihre Kinder kümmern, müsste sich jede Menge Tadel anhören. Weil sie sich gängigen Rollen-Klischees nicht unterwirft. Die traditionelle Mutter-Rolle verlangt: Selbstaufgabe. Männer, auch die „modernen", halten sich in Kinder-, Familien- und Haushaltsangelegenheiten nach wie vor eher zurück. Sie betrachten die damit verbundenen Aufgaben meist als zeitlich begrenzbaren Nebenjob. Sie glänzen allenfalls als Freizeit-Papis.

Die üblichen Beziehungs-Stationen sind:

- Verliebt sein
- Zusammenziehen
- Heiraten
- Kinder kriegen

Dazu bemerkt Wolfgang Schmidbauer in „Die heimliche Liebe – Ausrutscher, Seitensprung, Doppelleben": „Jede von ihnen muss in vielen Fällen mit einer Abnahme der erotischen Spannung erkauft werden."

Anspruchsfallen

Junge Männer und Frauen machen es sich selbst nicht leicht. Neuere Forschung teilt uns mit: Sie alle wollen Karriere machen, viel Geld verdienen und richtig guten Sex haben. Und das in einer stabilen und erfüllenden Partnerschaft. Mit Kindern. – Schöne Träume! Die Wirklichkeit ist anders.

Die Ansprüche sind, alle zusammen, nur schwer zu erfüllen. Junge Männer geben sich gerne partnerschaftlich. Doch die meisten pushen ihre Ambitionen auf Kosten der Frauen. Sie enttäuschen ihre Partnerinnen nachhaltig – und zahlen schließlich selbst drauf.

Frauen und Männern entgleitet Lebensfreude, weil sie es nicht schaffen, ihre Wünsche angemessen abzuwägen und mit ihren Ambivalenzen fertig zu werden. Beide wünschen sich Aufstieg und Erfolg und erwarten das auch vom anderen. Sie setzen sich selbst und sich gegenseitig unter Druck und kommen so ins Schleudern.

Wir erleben einen gewaltigen Wertewandel. Das dokumentiert eine Studie des Berliner Wissenschaftszentrums für Sozialforschung („Frauen auf dem Sprung", September 2013). Seit Jahren befragen die Forscher Männer und Frauen, um zu orten, wie sich Einstellungen ändern. Die heute 25- bis 35-Jährigen, so ihr Resümee, denken und empfinden heute vielfach anders als noch vor fünf Jahren.

Fast jeder junge Mann, exakt 97 Prozent, verlangt heute, dass seine Partnerin „viel Geld verdient". Vor fünf Jahren taten das noch 83 Prozent. Frauen, so der Männer-Anspruch, sollen Karriere und Kohle machen – aber ihnen bei ihren eigenen Ambitionen nicht in die Quere kommen. Männer fahren rigoroser ihre Ellenbogen aus und beanspruchen selbst mehr Führungspositionen denn je.

Aufstrebende Frauen treten ihnen in der Arbeitswelt zunehmend als Konkurrenz entgegen. Mit besserer Ausbildung und stärkerem Selbstbewusstsein, zusätzlich ermuntert durch schillernde Vorbilder – wie Marissa Mayer, CEO von Yahoo, oder Sheryl Sandberg, COO von Facebook. Die Amerikanerinnen erscheinen global als Trendsetter. Sie zeigen, dass die gläserne Decke, an der Frauen bisher so leicht hängen bleiben, mit starkem Willen und Zielstrebigkeit zu durchbrechen ist.

Doch die reißerischen Illustrierten-Storys über schöne und kluge Frauen im Top-Management spiegeln die Realität nicht angemessen wider. Es sind wahre Geschichten, aber sie erzählen, tatsächlich, von Ausnahmen. Mit nüchternem Blick erkennen die meisten Frauen das. 53 Prozent urteilen, „wer Kinder hat, kann keine wirkliche Karriere machen". Das liegt an – teils vehementer, teils subtiler – männlicher Gegenwehr, an Ressentiments und Vorurteilen in Unternehmen. Aber es liegt in einem hohen Maße auch daran, dass die eigenen Partner ihre Frauen im Stich lassen.

Karriere macht nur, wer sich voll in den Job wirft. Beruflicher Aufstieg muss als das große Ziel gelten, dem alles andere nachgeordnet wird. Männer setzen eine solche Priorität lässiger. Von ihren Frauen fordern sie gleichfalls, dass sie im Job stetig vorankommen, aber obendrein sollen sie den Wunsch nach Kindern erfüllen und den kompletten Haushalt schmeißen.

So brutal und offen sagt das kaum ein Mann. Aber die Haltung und das Verhalten der allermeisten zwingen zu diesem Schluss. Kinder zu haben ist für Männer und Frauen nahezu gleich wichtig. Männer sagen zwar, dass sie sich an Hausarbeiten beteiligen. Aber in aller Regel liefern sie nur symbolische Gesten, nicht tatkräftige Unterstützung. Weniger als 10 Prozent der Männer sind bereit, ein Jahr Elternzeit zu nehmen. Knapp 20 Prozent können sich vorstellen, allenfalls zwei Monate den Beruf hintanzustellen. Für über 30 Prozent kommt ein Kinder-Ausstieg überhaupt nicht infrage. Frauen dagegen sind oft bereit, für Kinder mehrere Jahre zu investieren, den Job zurückzustellen oder zumindest auf Teilzeit zu gehen.

Bilder mögen uns täuschen. Wir sehen immer mehr moderne Männer, überall, sogar in Japan. Sie schieben Kinderwagen, tragen kleine Kinder auf dem Arm oder treiben sich auf Spielplätzen rum. Doch zu Hause sieht es so aus:

58 Prozent der Frauen geben an, dass sie die Arbeit des Wäschewaschens „immer" alleine erledigen, 36 Prozent erklären , „meistens". Beim Putzen und Kochen ist es nicht viel anders. Frauen gehen zudem häufiger einkaufen und kümmern sich mehr um die Kinder. Die meisten Männer machen weniger Familien-Arbeit, sobald sie kleine Kinder haben. Und noch weniger, wenn die Kinder in die Schule kommen. Die Unterschiede zwischen gut und weniger gut gebildeten Männern sind gering. Und nebenbei bemerkt: Frühere Männer-Generationen sind noch ich-bezogener als jüngere.

Viele Männer enttäuschen ihre Frauen. Mit wenig Willen, ihr Verhalten zu korrigieren. Sie wollen ihre Pflichten und Verantwortungen nicht wahrhaben und schenken ihren Frauen nicht die Aufmerksamkeit, die sie sich als Partnerin wünschen. In Coachings bringen Frauen das immer häufiger zur Sprache.

Junge Frauen sind selbstbewusster geworden und halten entschiedener an eigenen Ambitionen und Wünschen fest. So klagen sie darüber, dass Männer zu viel Zeit in ihrem Job verbringen, zu Hause von den beruflichen Themen nicht loskommen, meinen, ständig erreichbar sein zu müssen, andauernd am Smartphone hängen, ihren Frauen nicht ausreichend zuhören, sich nicht richtig für sie interessieren, keine Intimität mehr aufbauen, keine Spannung. Viele Männer verwalten die Beziehung, sodass sie hilft, den Alltag zu bewältigen. Auf der Strecke bleibt Beziehungsleben, verloren geht leidenschaftliche Liebe. Dafür gibt es keine Energie mehr. Auch der Sex, so eine oft zu hörende Klage, wird immer fader.

Besonders häufig konstruieren Männer solche Partner-Verhältnisse, die in Dienstleister-Jobs sind, zum Beispiel Anwälte und Unternehmensberater. Die verlangen von sich, alles für den Klienten/Kunden zu geben plus alles für die Firma.

Für Frau und Kinder bleibt kaum noch Zeit, Energie, Aufmerksamkeit. Wünsche der Partnerin werden nicht mehr wahrgenommen oder nicht in ihrer Bedeutung erfasst. Sie werden immer weniger erfüllt. Beziehung kann so nur verkümmern.

Junge Frauen fordern mehr vom Leben. Erfolg im Beruf ist für sie wichtiger geworden. Auch Bildung und Einkommen. Sie wünschen sich einen reüssierenden Partner. Aber sie wollen auch eine lebendige Beziehung – Anteilnahme, Auseinandersetzung, Aufregung, nicht nur Reden und Romantik, sondern ebenso Leidenschaft und „richtig guten Sex". Das wünschen sich heute 87 Prozent, vor fünf Jahren waren es 51. Hastiges Gehampel und Geschraube, träges Geschiebe, ein müder Mann, die kurze Nummer – zählt für sie nicht dazu.

Männer wollen nach wie vor schöne Frauen – solche, die auch für andere begehrlich sind. Das mag Eifersucht wecken, aber wichtiger ist Bestätigung für das eigene Ego. Eine Frau an seiner Seite zu wissen, die viele andere Männer attraktiv finden, nährt das Ich. Männer handeln und behandeln Frauen – wie eh und je – als Trophäe.

„Eine intelligente Frau ist für einen Mann heute attraktiver als früher", erklärt Soziologin Jutta Allmendinger im Gespräch mit den Autoren. Der Grund, so die Forscherin, die selbst in Harvard promovierte und in Berlin habilitierte: Gut ausgebildete Frauen können eher im Beruf aufsteigen und viel Geld verdienen. Männer, meint sie, schätzten bei Frauen Klugheit mittlerweile mehr als Schönheit. Sie spitzt zu: „Schlau ist das neue Sexy".

Männern gibt eine Frau, die viel im Kopf hat, das im Beruf unter Beweis stellt und ein hohes Gehalt kassiert, einen kräftigen Ego-Push. So ist für statusbewusste Manager eine erfolgreiche Anwältin, Ärztin oder Unternehmensberaterin besonders begehrenswert. Gerne suchen Karrieremacher auch Partnerinnen aus der gleichen Berufssparte. Das halten sie für praktisch. Denn zu Hause reden sie am liebsten über ihre Arbeit und erwarten dafür Verständnis und Unterstützung.

Das erhoffen sich auch die Frauen von ihren Männern. Doch sie wollen echte Partnerschaft, in allen Lebensbereichen. Männer sind sich meist selbst näher und nehmen sich entsprechend wichtiger. Generationenwechsel, das mag überraschen, bringen da keine wesentliche Änderung. Auch junge männliche Manager sind meist schlicht gestrickt: Erst kommen sie und ihr berufliches Streben. Denn im Job finden sie die meiste gesellschaftliche Anerkennung, den größten Statuszuwachs und den heftigsten Machtgewinn. Danach lechzt ihre die Männer-Seele besonders.

„Führung heißt Macht. Und die geben Männer ungern ab", so Professorin Allmendinger. Männer, mahnt sie, müssten in Teilzeit gehen, Familienarbeit übernehmen, bereit sein, weniger als ihre Partnerinnen zu verdienen. Dafür freilich gibt es keine Anzeichen.

Männer wollen nicht sehen, wie sie auf Kosten ihrer Partnerinnen vorankommen und wie sie ihre Frauen vernachlässigen. Irgendwann kriegen sie die Rechnung jedoch serviert. Die meisten Frauen wollen nämlich nicht unendlich auf ihre Bedürfnisse verzichten. Mit zunehmender Ungeduld konfrontieren sie ihre Männer mit ihren Wünschen. Wenn die Männer sich nicht ändern, ziehen sich die Frauen (innerlich) zurück. Immer öfter machen sie dann einfach ihr Ding. Sie verfolgen ihre eigenen Prioritäten. Sie hängen ihre Partner ab. Und Spaß und guten Sex finden sie heimlich, ganz einfach im Internet, zum Beispiel auf sex-dating.de oder secret.at.

Paare sollten sich immer wieder auch Gelegenheit verschaffen, miteinander über ihre großen Themen zu sprechen: Wie es um die Beziehung steht, was sich verändert, weil sie beide und die Umstände, unter denen sie leben, sich verändern, wie jeder sich und wie die Beziehung sich entwickelt, wo sie gedeiht, wo sie hakt. Partner, die es nicht tun und sich treiben lassen, verlieren den Anschluss.

„Ich kann nicht mehr so leben wie bisher", sagt Conny. „Ich bin völlig erschöpft. Ich habe zu viel Arbeit am Hals. Mein Mann und ich, wir leben nur noch nebeneinander her." Liebe? „Schon seit Jahren nicht mehr". Sex? „Dreimal im Jahr. Oder viermal."

Conny ist zuständig für die beiden Kinder, Jonas, 10, und Kathie, 12. Ihr Mann Ottmar arbeitet für einen großen Konzern in leitender Funktion. Er ist Bauingenieur und viel unterwegs. Conny verwaltet ein Miethaus, „das Ottmar gehört". Dafür bekommt sie von ihrem Mann ein Gehalt von 1200 Euro im Monat. „Den Job kann ich aber nicht so machen, wie ich es mir vorstelle. Wir müssten in das Haus investieren. Renovierungen sind fällig. Aber Ottmar weigert sich, dafür einen Kredit aufzunehmen. Obwohl es sich rasch rechnen würde. Aber darüber ist mit ihm nicht zu reden."

Conny würde viel lieber „einen sozialen Beruf" ausüben. Sie engagiert sich schon seit einiger Zeit in der Alten- und Krankenpflege. Ehrenamtlich. Sie müsste eine Zusatzausbildung absolvieren, sagt sie, um daraus eine bezahlte Arbeit machen zu können. „Aber dann müsste ich die Hausverwaltung aufgeben. Das will Ottmar nicht. Wir müssten jemanden anstellen und ich würde während meiner Ausbildung zwei Jahre lang nichts verdienen. Das, meint er, könnten wir uns nicht leisten. Ich glaube aber, es geht ihm mehr darum, dass ich etwas verdiene und er nicht für all unsere Kosten aufkommen muss."

Haushalt, Kinder, Alten- und Krankenpflege, Hausverwaltung. Wenn wir allen Aufwand zusammenrechnen, kommt Conny auf eine 80-Stunden-Woche. So powert sie sich immer weiter aus. Sie spürt, dass sie das auf Dauer nicht schafft. Sie glaubt jedoch, ihre Arbeitsstunden nirgendwo reduzieren zu können. Bei der Hausverwaltung nicht, „weil sonst alles verkommen würde, das könnte ich nicht verantworten". Hilfe für den Haushalt „kann ich mir nicht leisten". Die Kinder „brauchen halt ihre Zeit". Die Pflege „macht mir so viel Freude. Da hab ich das Gefühl, etwas Richtiges, Wichtiges und Sinnvolles zu machen".

Den Vorschlag, mit ihrem Ehemann über eine andere Verteilung von Aufgaben zu verhandeln, ihr die Zusatzausbildung zu finanzieren, sie die Hausverwaltung abgeben zu lassen, wehrt Conny ab. „Da komm ich nicht gegen ihn an." Obwohl eine genaue Betrachtung zeigt, dass es für die Familie auch unter solchen Umständen keinen finanziellen Engpass geben würde. Von dem Angebot, ein Gespräch mit ihrem Mann zu moderieren, hält sie ebenfalls nichts. „Da würde er sich gar nicht drauf einlassen."

Conny glaubt, in ihrer Ehe keine weiteren Ansprüche stellen zu dürfen. Sie lässt sich nicht ermutigen, ihrem Mann deutlich ihre Wünsche zu sagen und ihn um Unterstützung zu bitten. Sie sagt, sie würde sich jetzt mal ein paar Tage Erholung gönnen, in ein kleines Wellness-Hotel fahren und überlegen, was sie weiter tun will.

Danach bricht Conny die Beratung ab. Sie glaubt, an den Umständen, in denen sie sich befindet, nichts ändern zu können. Sie traut es sich nicht zu und sie lässt sich nicht bestärken. Sie nimmt lieber die Belastungen weiter auf sich und erträgt ihre Enttäuschungen, anstatt daran etwas zu ändern.

Der Eltern langer Schatten

Menschen, die als Kinder immer „brav" sein mussten, also so zu sein hatten, wie die Eltern es von ihnen erwarteten, tendieren auch später dazu, sich an den Erwartungen ihrer Partner auszurichten. Sie geraten eher an Menschen, denen diese sich unterordnende Haltung entgegenkommt, die selbst dominieren. Eigene Bedürfnisse und Interessen schieben die schon immer „Braven" schnell beiseite oder lassen sie nicht gelten.

Brigitte erklärt, sie wäre gerne eine bessere Ehefrau für ihren Mann. Aber sie enttäusche ihn zu oft. Sie hält die Wohnung stets picobello, hilft den beiden Kindern ständig bei deren schulischen Aufgaben, obwohl sie selbst Teilzeit als Sprechstundenhilfe arbeitet. Morgens bereitet sie das Frühstück für alle zu, abends, wenn ihr Mann nach Hause kommt, richtet sie das Essen her und – wie sie sagt – „umsorgt ihn, so gut ich kann". Die Zeitung liegt neben seinem Sessel. Das Bier ist so gekühlt, wie er es gerne hat, „nicht zu kalt". Dennoch hört sie oft Vorwürfe. Mal passt ihrem Mann dieses, mal jenes nicht. Es geht um das Essen, den Zustand der Wohnung oder das Verhalten der Kinder.

Brigitte geht es dann schlecht. „Ich komme mir blöd vor." Sie wertet die Vorhaltungen ihres Mannes nicht als Mäkelei. Vielmehr meint sie, darin ihre Unzulänglichkeit zu erkennen. Sie wirft sich vor, es ihm nicht ausreichend recht zu machen.

Das gelang ihr schon bei ihrem Vater nicht, wie sie erzählt. Bei ihm hatte sie schon als kleines Mädchen einen schweren Stand. Die Aufmerksamkeit und Wertschätzung des Vaters galt hauptsächlich ihrem Bruder. Sie versuchte es mit besonderer Anstrengung. Wichtig, das sagte der Vater ihr immer wieder, waren vor allem gute Noten in der Schule – und keine eigenen Ansprüche. Nach diesem Muster führt sie auch ihre Ehe.

Als sie mit ihrem Mann darüber spricht, ihm erzählt von ihrem Vater, dabei auch weint, ist der tief betroffen. Er möchte seiner Frau zeigen, dass er sie schätzt und liebt. Er kann sogar erkennen, dass er Eigenschaften des Vaters hat, die Brigitte leicht in ihr gelerntes Verhaltensmuster führen. Er verspricht, darauf mehr zu achten.

Das hilft Brigitte. Doch sie muss lernen, selbst aus ihrem Muster auszusteigen. Das gelingt, wenn sie Wertschätzung für sich gewinnt, für das, was sie tut, für die, die sie ist. Damit kann sie sich aus ihren Unterwerfungsritualen ein gutes Stück befreien. Sie wirbelt damit, trotz des guten Willens ihres Ehemannes, die Beziehung durcheinander, weil sie immer mehr ihre Dienstleister-Rolle aufgibt. Doch ihr Mann passt sich an, übernimmt selbst mehr Aufgaben und Verantwortung, nicht ohne gelegentliches Murren, aber doch.

Eine gute Beziehung gelingt nur, wenn es füreinander Rücksicht und Unterstützung gibt, als ein ausbalanciertes Geben und Nehmen. Das bedeutet gerade nicht, dem anderen jeden Wunsch von den Lippen abzulesen – und zu erfüllen. Bitten und Erwartungen des anderen müssen Partner nicht immer nachkommen, aber sie sollten den anderen auch nicht abweisen oder auflaufen lassen. Sie müssen sich bemühen, zu verstehen, worum es dem anderen geht, was ihm wichtig ist. Das sollte auch ihnen wichtig sein und das sollten sie zeigen.

Jeder für sich

Jeder Partner führt auch sein Leben. Jeder hat seine Geschichte. Die prägt. Zu dieser Geschichte gehören die ursprüngliche Familie, Verwandte, Freunde, Lehrer. Jeder hat persönliche Erlebnisse, Herausforderungen, Hoffnungen und Enttäuschungen, Erfolge und Niederlagen, hegt eigene Interessen und Ambitionen, setzt seine Prioritäten, erledigt individuelle Aufgaben, lässt andere lieber liegen und verfolgt persönliche Ziele. Dabei trägt er in den Beziehungen und Systemen, in denen er sich bewegt, zu deren Dynamik bei. Er beeinflusst, was geschieht, und wird durch das, was geschieht, selbst beeinflusst. Mit einigen dieser Beziehungen und Systeme hat sein Partner nichts oder nur sehr wenig zu tun. Auf ihn wirkt, was dort passiert, nur indirekt, über seinen Partner. Jeder muss mit seinen Beziehungen und Systemen selbstständig zurechtkommen, sie mitgestalten, nach Möglichkeit verbessern, und erdulden, was nicht zu ändern ist. Jeder führt ein agiles Leben. Partner entwickeln sich daher niemals synchron.

Aus unterschiedlichen persönlichen Entwicklungen können Partner viele Anregungen gewinnen, die sie individuell und als Paar weiterbringen. Sie können Neues entdecken, sich mit neuen Themen, Fragen und Herausforderungen beschäftigen. Dazu müssen sie freilich an den Entwicklungen des Partners teilhaben. Geschieht das nicht, leben sie nebeneinander her und entwickeln sich zunehmend auseinander. Sie werden sich fremd. Und dann verlieren sie sich.

Partnerschaft gedeiht nur, wenn beide Partner sich wirklich füreinander interessieren. Sie müssen sich dem anderen mitteilen, zuhören, sich vermitteln. Für Beziehungen ist das ein Lebens-Elixier. Es reicht nicht, miteinander zu reden. Gespräche müssen zu Verständigung und Verständnis führen. Das geschieht nicht, nur weil man miteinander redet. Darum müssen beide sich bemühen. Vor allem müssen es beide wollen.

Partner müssen sich nicht alles erzählen. Es sollte für sie keinen Berichtszwang geben und keinen Druck, jederzeit für alles zugänglich zu sein. Sie müssen sich aufeinander einlassen und füreinander öffnen können. Partner tun sich leichter mit ihrer Beziehungspflege, wenn sie vereinbaren, wie sie den anderen an ihrem Leben teilhaben lassen wollen, wovon sie erzählen möchten, was für sie bedeutsam ist, welche Atmosphäre und welche Zeit sie sich dafür wünschen.

Gut kommunizieren

Beziehungsstörungen beruhen oft nicht auf "Kommunikations-störungen". Vielmehr ist es umgekehrt. Verständigung findet nicht statt, weil in der Beziehung schon zu viel schief läuft. Dann wird auch die Kommunikation zunehmend schlechter. Weil es dabei immer wieder zu Kontroversen kommt. Kommunikationsstörungen sind der Ausdruck von Beziehungsstörungen: Wünsche und Erwartungen sind schon zu oft enttäuscht worden. Gespräche schon zu oft in Vorwürfe und Streitigkeiten ausgeartet. Dann sind bestimmte Themen zu Reizthemen geworden, der andere womöglich schon zur Reizfigur. Die "apokalyptischen Reiter" (Gottman) beherrschen die Szenerie. Durch Reden wird dann nichts besser. Es wird schnell nur noch schlimmer.

Kommunikations-Regeln können Orientierung geben, wie die Reiter einzufangen wären –, zum Beispiel:

- Auf Vorhaltungen verzichten. Also nicht: „Du hast", „du warst", „du musst" …
- Die Schuld nicht beim anderen suchen. Also nicht: „Weil du …", „nur deshalb habe ich …"
- Situationen, die dem Paar zu schaffen machen, konkret beschreiben: „Als wir …, da habe ich beobachtet, dass …"
- Verallgemeinerungen unterlassen. Also nicht: „Du bist immer …", „jedesmal, wenn …"
- Sich Wünsche sagen: „Ich hätte gerne, dass du …"
- Dem anderen erklären, welches Verhalten gezeigt werden müsste, damit Wünsche in Erfüllung gehen: „Setz dich zu mir und gib mir deine ganze Aufmerksamkeit", „leg das Smartphone beiseite", „schau mich an", „halt meine Hand". „Spring nach dem Sex nicht sofort aus dem Bett, bleib bei mir, nimm mich in den Arm" …
- Aus Vorwürfen die dahinterliegenden Wünsche lesen, im

Zweifelsfall nachfragen: „Du sagst, ich kümmerte mich nicht?" „Was kann ich dir Gutes tun, um dir zu zeigen, dass du mir wichtig bist?"
- Sich auf die Wünsche und nicht auf die Vorwürfe beziehen: „Welche Aufmerksamkeit würde dich erfreuen?"

In einer angespannten Beziehung fällt es den Partnern schwer, sich an solche Regeln zu halten. Aber wenn sie aufgestellt und akzeptiert sind, können sie sich gegenseitig daran erinnern, wenn Emotionen hochkochen und in Streiterei münden. Wenn sie merken, der Puls schießt in die Höhe, kann es am besten sein, zu sagen: „Lass uns eine Pause machen, mich bringt das jetzt so in Wallung, da könnte ich leicht etwas sagen, was mir hinterher leid tut."

Eine gute Kontrollfrage an sich selbst könnte sein: Was würde ich sofort bleiben lassen, was nicht mehr hinnehmen müssen, wenn ich nicht mehr in dieser Partnerschaft wäre? Damit sagt man sich selbst, was man sofort abstellen sollte – im eigenen Verhalten, im Umgang miteinander.

Schwierigkeiten, miteinander gut zu kommunizieren, verweisen in aller Regel auf tiefergehende Probleme. Und das kann Angst bereiten. Die Auffassung, es gelte lediglich, Kommunikationsstörungen zu beseitigen, kommt uns dagegen zupass, wie David Schnarch bemerkt, „weil uns die Vorstellung gefällt, wir könnten uns aus jeder verfahrenen Situation dadurch, dass wir sie ‚verstehen' und ‚in Worte fassen', sozusagen herausreden". Probleme sollen dadurch zu lösen sein, dass man sich „ruhig" zusammensetzt und „vernünftig" miteinander redet. Doch es gibt keine Beziehungs-Vernunft, die Gefühle nicht integriert. Partner reden gegeneinander, weil sie ihre Wünsche aneinander nicht vermitteln können. So stellt Schnarch fest, dass die Aussage, die Kommunikation zwischen uns klappe nicht, sich meist übersetzen lasse mit: „Ich weigere mich, diese Botschaft zu verstehen – schick mir eine neue." Nämlich eine, die meinen Wünschen entspricht.

Paare, die kaum noch miteinander reden, haben weitgehend die Hoffnung aufgegeben, eigene Wünsche mit dem anderen erfüllen zu können. Indem sie sich anschweigen, teilen sie sich mit, dass sie annehmen, der andere wolle nicht hören, was sie denken. Dann gibt es keinen Grund mehr, sich mitzuteilen. Geschwiegen wird bis zur Gleichgültigkeit oder bis zur Verbitterung.

Der Therapeut Guy Bodenmann meint, die meisten Paare hätten „eigentlich relativ angemessene Kompetenzen", auch in punkto Kommunikation. Diese würden allerdings häufig nicht angemessen genutzt, weil die Partner unter zunehmendem Alltagsstress zusammenbrechen. Für Bodenmann wird Stress somit zur „Schlüsselvariablen". Demnach gelte es, in der Beziehung (und in der Therapie) vor allem herauszufinden, was den jeweiligen Partner oder alle beide zu sehr belastet. Stress-Reduktion sei der entscheidende Ansatz, um eine Beziehung wieder zu verbessern.

Wer sich von den Anforderungen des Alltags überfordert fühlt, bringt eine solche Belastung in sein Beziehungsleben ein. Stress führt zu einer Fülle von negativen Auswirkungen. Er beeinträchtigt die Gesundheit, raubt den Schlaf, frisst Energie, zerrt an den Nerven, treibt in die Insuffizienz. Es mag erforderlich sein, zunächst Stress-Symptome zu behandeln, auch medizinisch. Unter Stress kann eine Beziehung zusammenbrechen.

Allerdings entsteht Beziehungsstress vielfach aus Enttäuschungen und Verletzungen in einer Partnerschaft, die nicht auf Alltagsstress zurückzuführen sind. Damit belasten Partner ihre Kommunikation, ihren gesamten Umgang miteinander. Zusätzlicher Alltagsstress verstärkt die daraus erwachsenden Probleme. Aber Alltagsstress ist nicht unbedingt die eigentliche Ursache der Paar-Konflikte. Liebe stellt sich nicht von selbst ein und erhält sich nicht allein dadurch, dass Partner ihren Alltagsstress in den Griff kriegen. Da lockt Bodenmann uns auf eine falsche Fährte.

Um sich selbst erhalten zu bleiben und Beziehung als Paar-Beziehung lebendig zu erhalten, ist es hilfreich, immer wieder eine Bestandsaufnahme zu machen. Nicht erst, wenn man das Gefühl hat, vor den Trümmern einer Beziehung zu stehen. Dann nämlich ist es viel schwerer, sie wieder zu kitten und liebenswert zu machen. Zur Orientierung helfen Fragen wie:

- Was läuft gut in unserer Beziehung?
- Was freut uns aneinander und miteinander?
- Was soll unbedingt so bleiben?
- Was sollten wir mehr tun?
- Was läuft nicht so gut?
- Welche Wünsche gehen nicht in Erfüllung?
- Was sollten wir unbedingt ändern?
- Welche gemeinsamen Ziele haben wir erreicht?
- Haben wir noch gemeinsame Ziele?

Solche Fragen halten an zur Besinnung. Sie dienen dazu, den Zustand der Beziehung zu verstehen, und zu orten, was wie zu verbessern ist.

LIEBES-KILLER

Liebe muss „genährt" werden. Durch Aufmerksamkeit und Wertschätzung, durch gemeinsame Interessen und Leidenschaften, dadurch, dass gemeinsame Ziele angestrebt und erreicht werden, durch das immer wiederkehrende Erleben von Gemeinsamkeit. Liebe kann an Nachlässigkeit scheitern und durch schlechte Gewohnheiten zugrunde gehen. Nachlässigkeit gegenüber Wünschen, Bedürfnissen, Ambitionen, Befindlichkeiten und Empfindlichkeiten des anderen. Vor allem, wenn Nachlässigkeiten zu Gewohnheiten werden, der andere sich dadurch nicht ernstgenommen, düpiert, provoziert, ignoriert, entwertet fühlt.

Inge klagt: „Ich muss Wilfried ständig hinterherräumen." Wilfried wirft ihr vor: „Du hast einen Ordnungswahn."

Helga bittet Hans: „Dusch dich doch, bevor du ins Bett kommst." Er meint: „Schweiß ist doch geil."

„Lass mich das Spiel schauen und renn nicht immer vor dem Fernseher hin und her und rede nicht auf mich ein." Holger ist ungehalten. „Scheiß Fußball", schleudert ihm Nicole entgegen.

„Mit weniger Bauch wäre schöner und gesünder", merkt Franziska an. „Ach, was. alles Muskeln", lacht Georg ihre Bemerkung weg.

„Kannst du den Apparat nicht wenigstens in der Tasche lassen, wenn du mit mir im Restaurant sitzt?", pflaumt Renate Johannes an. „Herrgott, geht die Meckerei schon wieder los. Ich check nur meine Mails und hör dir ja eh zu", zischt er zurück.

„Ich mag nicht, wenn du vor Gästen deine Litanei über meine angeblich schlechten Eigenschaften loslässt", beschwert

sich Frido. „Stell dich doch nicht so an. Es sind doch unsere Freunde. Wem soll ich es denn sonst erzählen?", kontert Marion.

„Hörst du gefälligst auf, rumzufurzen", kreischt Erika. „Soll ich die Arschbacken zusammenkneifen? Das gibt Blähungen und ist ungesund. Schon Luther hat zum ungehemmten Furzen aufgerufen." – „Sehr erotisch." – „Hab dich nicht so. Alles ist vergänglich."

Solche Vorwürfe und Beschwerden zeigen, wie leicht Wünsche ins Leere laufen. Die zitierten Partner erheben sie so oder so ähnlich immer wieder gegeneinander. Ihre Vorhaltungen verweisen auf Muster in ihrer Beziehung. Keiner kommt dem anderen entgegen. Keiner fühlt sich ernstgenommen. Die Wortwechsel markieren ein ständiges Ärgernis. Sie stehen für anhaltenden Groll, den beide gegeneinander hegen. Ärger und Groll sind Gift für eine Beziehung.

Schlechte Gewohnheiten

Es gibt keinen absoluten Maßstab dafür, wie aufgeräumt eine Wohnung sein muss. Da gilt es unterschiedliche Bedürfnisse zu verhandeln und auszutarieren. Der eine lässt gerne seine Sachen liegen, den anderen bringt ein solches Verhalten in Rage. Es stört sein persönliches Ordnungsbedürfnis. Wird das nicht erfüllt, entstehen in ihm Unruhe, schlechte Laune, Unwohlsein. Wer dagegen weniger Wert auf Ordnung legt, fühlt sich durch Ordnungshüter genervt und gegängelt. Bei einem Zusammenleben in denselben Räumen gilt es, unterschiedliche Bedürfnisse auszuloten und auszubalancieren und nicht ständig aufeinanderprallen zu lassen.

Mein bester Freund – mein Smartphone

Das gleiche gilt dafür, welche Aufmerksamkeit sich Partner für diverse elektronische Geräte zugestehen, ohne dabei das Gefühl zu bekommen, ihnen gehe zu viel Aufmerksamkeit verloren. Smartphones, die zum ständigen Multitasking verführen und deren Besitzer ständig zu Facebook, Whatsapp, Twitter, YouTube ziehen, verändern soziale Beziehungen fundamental – sie bieten viele neue Möglichkeiten, in Kontakt zu treten und vielerorts dabei zu sein, aber sie schränken oft auch die direkte Kommunikation ein.

Jüngere und ältere Menschen haben darüber sehr unterschiedliche Auffassungen. Sie haben auch unterschiedliche Fähigkeiten für Multitasking. Allerdings pflegen viele Smartphone-Fans die gar nicht so smarte Auffassung, das menschliche Hirn können grenzenlos multitasken. Neuropsychologische Untersuchungen weisen nach, dass jede zusätzliche Aufgabe Aufmerksamkeit wegnimmt. Schon belangloses Telefonieren beim Autofahren reduziert die Aufmerksamkeit für das Straßengeschehen um bis zu 40 Prozent. Wer engagiert smsst, kann einem anderen nicht wirklich zuhören. Jedenfalls kann er nicht sinnvoll ein ernstes Gespräch führen. Wer einem Partner gegenübersitzt, der ständig mit seinem Phone beschäftigt ist, fühlt sich gepflanzt. Wenn er nicht gerade dieselbe Neigung hat. Auch das gibt es ja.

Peter und Maja nehmen Platz. Der Keller fragt, ob Aperitifs gewünscht werden. Peter bestellt Gin Tonic, Maja Champagner. „Schön, dass wir es mal wieder schaffen, auszugehen", sagt er. Sie nickt und lächelt. Dann holen beide ihr Smartphone aus der Tasche, checken ihre Mails und was auf Facebook läuft.

Dicke Luft und schmutzige Wäsche

Manche Männer erklären, sie könnten im Sitzen nicht richtig pinkeln. Es stört sie auch nicht, wenn sie neben das Becken zielen. Pissflecken finden viele jedoch nicht appetitlich. Sie können Aversion und Ekel wecken. Recht unterschiedlicher Auffassung mögen Partner auch darüber sein, wie viel Frischluft in die Wohnung soll, wie laut der Fernsehapparat brummen darf, wenn nur einer fernschauen will. Gibt einer immer wieder mehr Geld aus, als eingenommen wird, sieht der andere eine finanzielle Katastrophe aufziehen. Manche Männer empfinden besondere Selbst-Wirksamkeit, wenn sie hemmungslos und laut furzen. Töne und Gerüche, die sie dabei verbreiten, sind für andere allerdings eher unangenehm.

Öfter als Frauen sind Männer die Ferkel. Mancher schneidet sich zwar die Fingernägel, selten jedoch die Fußnägel. Sie putzen sich nicht morgens und abends die Zähne, wechseln nicht regelmäßig die Socken und die Unterwäsche. Sie waschen ihren Wagen, aber nicht ihren Hintern. Hygiene-Standards sind sehr unterschiedlich. Darüber zu reden, wie es wirklich ist, wird vielen Menschen peinlich. Es fördert allerdings keine Partnerschaft, wenn einer für den anderen unappetitlich bleibt – und trotzdem attraktiv gefunden werden will.

Sich gehen lassen

Welche Ansprüche darf man/frau an den Partner stellen, sich nicht gehen zu lassen? Es geht um äußere Erscheinung, Körperpflege, Hygiene. Ist schon die Frage provokant? Kündigt sich mit ihr eine Erwartungs- und in deren Folge eine Erziehungs-Diktatur an? Wer einem anderen sagt, er lasse sich gehen, trifft keine Feststellung, sondern äußert eine persönliche Empfindung und gibt eine persönliche Bewertung ab, was er für ungepflegt, nachlässig, unattraktiv, womöglich abstoßend hält. Andere Menschen empfinden anders und legen andere

Maßstäbe an, mit denen sie beurteilen, was sie für gepflegt, adrett oder attraktiv halten. In der einen oder anderen Frage gibt es Konventionen oder Mehrheits-Meinungen, aber es gibt kein Richtig und kein Falsch. Das Thema „sich gehen lassen" handelt daher von Erwartungen und Wünschen, die Partner aneinander richten. Auch davon, ob der andere darauf eingehen will und was der Partner empfindet, wenn seine Wünsche beharrlich ignoriert werden.

Darf einer dem anderen sagen: „Du riechst aus dem Mund. Ich finde das unangenehm. Putzt du dir bitte die Zähne?" Viele trauen sich nicht, eine solche Bemerkung zu machen, auch wenn sie es so empfinden. Sie fürchten, der andere fühle sich dadurch verletzt, reagiere gekränkt oder verärgert. Wer den Geruch eines Partners jedoch unangenehm findet, hält sich lieber auf Distanz. Lustfördernd ist das nicht.

Müssen Zähne immer frisch geputzt und strahlend weiß sein? Geputzt ja? Strahlend weiß nicht unbedingt? Sollte es egal sein, wenn Zähne braun wie Baumrinde werden? In Amerika gilt das als unästhetisch und unappetitlich. Im deutschsprachigen Raum gibt es dagegen bei der Zahnpflege eine Nonchalance, die Amerikaner nicht verstehen. In unseren Gefilden geht es auch vielen Akademikern eher um saubere Argumente als um saubere Zähne.

Ist dick sein ok? Ja, warum denn nicht. Wir kennen fröhliche Dicke, die sich mit jedem Pfund lieben. Wir kennen Dünne, die auf Dicke stehen und Dicke, die nur Dünne wollen. In manchen Partnerschaften nerven Frauen ihre Männer mit ständigen Diäten, weil sie sich für zu dick halten und ihren Männern nicht glauben, dass sie sie auch mit ein paar Kilo mehr schön und sexy finden. Doch häufig legt einer auch so zu, dass es der andere nicht mehr attraktiv, sondern abturnend findet. Und wenn der Zunehmende das ignoriert und immer weiter zunimmt, trägt er die Verantwortung dafür mit, dass sein Partner ihn (oder sie) nicht mehr erotisch findet. Die Alternative mag sein: Fressen oder vögeln. Lieber an der Kühlschranktür hängen als zusammen im Bett scharf werden?

Auch über Kleidung mag es Gesprächsbedarf geben. Macht man sich für den Partner schick? Oder glaubt man, das sei doch gar nicht nötig? Gilt „schick" nur für Kleidung, die jeder sieht, oder auch für Unterwäsche? Müssen sich nur Frauen darüber Gedanken machen, ob sie mit Wäsche reizen wollen, oder wäre das auch Männern zu empfehlen?

Wer auf sein Äußeres achtet, erhöht damit die eigene Ausstrahlung und Anziehungskraft. Wir verdammen nicht die Jogginghose. Wer aber zu Hause stets im Schlabbergewand, im Kittel oder in Jogginghosen oder sonst wie abgerissen rumläuft, stimuliert nicht Lust und Liebe.

Darf man von einem Partner erwarten, dass er beweglich bleibt – auf einem Bein stehen und sich dabei die Strümpfe anziehen kann? Balance-Fähigkeit und Körperbeherrschung verhindern, dass man unter der Dusche ausrutscht oder beim Schneeschaufeln hinfällt. Außerdem ist man damit ein besserer Liebhaber. Jungen Menschen mag der Gedanke an körperliche Beeinträchtigung fern liegen. Mit zunehmendem Alter jedoch drängt er sich auf. Wer sich wenig bewegt, für seine Mobilität nichts tut, sich schon bei einer Drehung unter der Dusche einen Hexenschuss holt, ist bei jedem Sex, der Initiative verlangt, unmittelbar gefährdet. Schmerzen der Rücken und die Gelenke, weil der Körper nicht ausreichend in Schuss gehalten wird, vergeht die Lust schnell.

Karriere statt Liebe

Karriere killt Liebe. Nicht zwangsläufig, aber mit hoher Wahrscheinlichkeit. Wenn man nicht aufpasst. Unmerklicher und schneller, als ambitionierte Durchstarter es wahrhaben wollen. Karriere nimmt uns in Beschlag, indem wir uns bereitwillig gängigen Erwartungen in Unternehmen und Organisationen anpassen und uns automatisch nach den Regeln der Konkurrenz verhalten. Wer vorwärtskommen will, muss auffallen. Ohne aufzufallen, wird niemand entdeckt. Wer Karriere machen will, muss sich in Szene setzen und gegen andere in Position bringen. Er muss ständig bereit sein, in neue Projekte einzusteigen und zusätzliche Aufgaben zu übernehmen, klaglos Überstunden zu leisten, immer wieder die „Extra-Meile" zu gehen. Er darf sich nicht scheuen vor Auseinandersetzungen, Konflikten und Machtkämpfen. Nichts darf wichtiger sein als der Beruf. Wer Ausnahmen beansprucht, ist schneller angezählt, als er arglos meint.

Roland hat seine eigene Firma. Er bietet einen smarten Internet-Service an. Er ist sein eigener Chef. Aber Roland findet, er sei auch „Mädchen für alles". Er kümmert sich um jeden Arbeitsbereich, trifft die meisten Entscheidungen selbst, auch wenn es um die Anschaffung von Büromaterial geht. „Ist ja mein Geld." Er ist CEO, Chief Operating Officer und oberster Akquisiteur in einem. Wenn er nach Hause kommt, sind dort schon alle Lichter aus. Seine Frau und seine kleine Tochter sieht er unter der Woche morgens bei einer Tasse Kaffee, wenn er von der Arbeit kommt, schlafen sie schon. Roland schläft dagegen viel am Wochenende. Viel Zeit für seine Tochter hat er nicht. „Wenn, ist das aber wirklich quality time." Seine Frau sieht das anders. Als besonders qualitativ betrachtet sie auch nicht die Zeit, die er mit ihr verbringt. Angeblich will Roland das ja „nur noch fünf Jahre so machen und dann den Laden verkaufen". Und dann? „Vielleicht ein neues Unternehmen gründen."

Für Unternehmer und Manager sind 60, 70 Wochenstunden Arbeitszeit nichts Außergewöhnliches. Auch Anwälte, Ärzte, Küchenchefs, Journalisten, Management-Berater arbeiten mit hohem Aufwand. Die sogenannten Selbstständigen, Inhaber kleiner oder mittelgroßer Firmen, egal in welcher Branche, arbeiten viele Stunden für ihr Unternehmen. Wer so viele Stunden in seinen Beruf investiert, hat für seinen Partner nicht viel Zeit und Energie. Die Themen, die ihn im Job beschäftigen, nimmt er oft in Gedanken mit nach Hause. Sie beschäftigen ihn auch dort. Herrscht ein Gefühl vor, laufende Aufgaben noch nicht gut genug abgearbeitet und neue nicht ausreichend vorbereitet zu haben, gelingt es nicht, auszuspannen, sich auf etwas anderes und auf jemand anderen richtig einzulassen. Solche Belastungen machen fahrig und unaufmerksam. Partner, Freunde, Kinder merken, wenn einer zwar da, aber doch nicht ganz dabei ist, nicht richtig hinhört, vieles nicht mitkriegt oder schnell wieder vergisst, sich ausklinkt oder unwillkürlich ins Monologisieren verfällt.

Rolf will seine Zeit besser managen. Er ist Anwalt. Gut im Geschäft. Seine Kinder sieht er „zu selten". Öfter sieht er seinen Hund. Unter der Woche geht er schon früh aus dem Haus, abends kommt er meist erst spät heim. 12- bis 14-Stunden-Arbeitstage sind für ihn die Regel. Die Wochenenden, sagt Rolf, könne er sich auch „nicht komplett freihalten". Er müsse an seinen Mandaten arbeiten und Dinge erledigen, die in den Tagen zuvor liegen geblieben sind. Rolf beantwortet offen gebliebene E-Mails, kämpft sich durch seine To-do-Liste, schreibt Vorlagen, Artikel oder Vorträge. „Wenn ich das am Wochenende nicht erledige, werde ich unruhig, fühle mich unwohl, werde schnell gereizt.

Da ist es doch besser, ich investiere ein paar Stunden, erledige, was zu erledigen ist, und habe dann den Kopf frei.“ Doch auch mit dem besten Zeitmanagement kann er aus den 24 Stunden des Tages nicht 36 machen. Das findet er „echt schade“.

Für eine angemessene Balance von Work und Life, wie es so schön heißt, gibt es keinen absoluten Maßstab. Zumal Work ja Bestandteil von Life ist. Mit Arbeit bewältigen wir Aufgaben, beweisen uns, was wir können, erreichen Ziele, leisten, schaffen etwas. Arbeit ist befriedigend, gibt uns Sinn, stiftet Identität. Keiner will darauf verzichten. Jeder muss für sich überlegen, wie er verschiedene Lebensbereiche gewichtet, und darüber mit seinem Partner einen angemessenen Abgleich herstellen. Sonst geht die Beziehung über kurz oder lang in die Brüche.

Eine Zeitlang können Beziehungen Karriere-Marathons oder Ironman-Wettkämpfe im Job aushalten. Jedoch nur, wenn dazwischen ausreichend lange Phasen liegen, die nicht dauernde Höchstleistung verlangen und der Beziehung Zeit, Raum, Aufmerksamkeit und Kraft geben.

Aufreibender Alltag

Im Alltag verlangen wir uns oft viel ab. Viel kommt einfach auf uns zu und wir müssen es irgendwie meistern: in den Job gehen, dort immer ansprechbar sein, Aufgaben erledigen, Multitasking, in Meetings gehen, präsentieren, Mails lesen und beantworten, zig Leuten zuhören, telefonieren, durch Rushhours fahren, einkaufen, aufräumen, Wäsche waschen, kochen, Geschirr abwaschen, Fenster putzen, Rechnungen überweisen, dem Installateur hinterhertelefonieren, damit er den verstopften Abfluss reinigt, Konzertkarten besorgen, Schuhe zum Schuster bringen, die defekte Kaffeemaschine umtauschen, am Fahrrad eine neue Kette montieren, in Social Networks präsent sein, Xing, LinkedIn, WhatsApps schreiben, auf Facebook posten, ins Kino gehen, das Sonderangebot im Weingeschäft nicht verpassen, einen Tisch im Restaurant reservieren, die Kreditkarten-Abrechnung kontrollieren, Sport treiben, zum Friseur gehen, Urlaubsangebote checken, Geburtstagsgeschenke für Freunde ausdenken, zu früh aufstehen, Nachrichten verfolgen, um auf dem Laufenden zu bleiben, Weinflecken aus dem Teppich schrubben, die Auto-Reifen wechseln … Nicht der Stoff, der Liebe nährt.

Dicht ist schon das Programm jedes Singles. Im Zusammenleben mit anderen werden wir zusätzlich mit allen möglichen Wünschen konfrontiert. Manches laden wir uns selbst auf, oft ohne genau zu überlegen, ob wir die Fülle von Ansprüchen und Erwartungen gut verkraften können. Schnell ist der Tag randvoll mit allen möglichen Verpflichtungen und Erledigungen. Wer seine Wünsche nicht mehr festhalten kann, wer sich treiben lässt von Anforderungen, nicht mehr weiß, was er will oder wie unterschiedliches Wollen zusammenpassen kann, der gerät in Entfremdung zu sich selbst – und gegenüber dem Partner.

Die Religion unserer Gesellschaft schreibt uns vor: stetige Steigerung der Effizienz. Höher, schneller, weiter. Wir sollen es sportlich nehmen. Selbst wenn das Leben – anders als der Sport – zum Dauer-Wettkampf wird. Höher, schneller, weiter, ohne Rast, immer mehr und gleichzeitig, ohne dass wir die Zeit ausdehnen könnten. Alles mit immer geringeren Ressourcen in unserem Job, mit immer größerer Anspannung in der Freizeit, die wir uns jedoch gar nicht mehr freihalten, sondern von vorne bis hinten verplanen und mit immer neuen Zwängen vollstopfen. Wir neigen dazu, alles zur Pflicht zu machen. Bis hin zur Entspannung. Auch die müssen wir effizient hinkriegen, damit wir alle sonstigen Anforderungen erledigen können. Wir spannen uns selbst in Hamsterräder. Die rasante Verbreitung von Burnout ist eine der Folgen. Als Konsequenz drängt sich auf: Wir müssen aus der Logik der Effizienz aussteigen. Nicht völlig, aber immer wieder, um sie abzuschütteln als Diktat, das unser Leben bestimmt.

Die meisten Menschen klagen über Stress, fast jeder zweite fühlt sich dauerhaft gestresst. In den Turbulenzen des Alltags bleiben Liebe und Leidenschaft auf der Strecke, auch in Beziehungen, die sich selbst als stabil und ok bezeichnen. Im Laufe einer Ehe sinkt die Zufriedenheit der Ehepartner miteinander stetig, jedenfalls im statistischen Durchschnitt, besonders signifikant in den ersten Jahren und auch danach weiter kontinuierlich. Besonders bei Frauen ist die Veränderung eklatant: In den ersten zwei Jahren nach der Eheschließung beschreiben nur noch 52 Prozent der Ehefrauen ihre Beziehung als sehr glücklich, zwanzig Jahre später sind es nur noch 6 Prozent, hat der Therapeut Guy Bodenmann festgestellt.

Hohe Anforderungen aus der Arbeitswelt übertragen viele Menschen in ihr Privatleben. Der Haushalt muss perfekt geführt werden, die Wohnung ästhetisch eingerichtet sein, das Essen auf Restaurant-Niveau; die Kinder erwarten ständige Erreichbar- und Verfügbarkeit, nach ihrem Bedarf, Eltern wollen alle Talente ihrer Kinder gleichzeitig fördern und überfordern damit die Kinder und sich selbst. Da gilt es, die eigene Haltung zu reflektieren und die persönlichen Prioritäten und die Organisation des Alltags zu bedenken, selbst produzierten Druck herauszunehmen, einen Lebensrhythmus anzuschlagen, der ausreichend Erholungsphasen zulässt und erlaubt, die eigenen Energie zu erneuern, ein Handlungsrepertoire zu entwickeln, um Druck, den die Außenwelt verursacht, zu reduzieren und besser zu bewältigen.

Als Synonym für „Müßiggang" gibt uns der Duden „Faulheit", „Untätigkeit", „Arbeitsscheu" an. Müßiggang brandmarken unsere institutionalisierten Sprachrichter als Untugend. Sich dem Müßiggang hinzugeben, werten sie als Laster. Das soll sich mal einer erlauben.

Dabei wäre ein Plädoyer für den Müßiggang angebracht. Für den – im wahrsten Sinne des Wortes – Gang zur Muße. Bertrand Russell schrieb einen Essay „Lob des Müßiggangs", Nietzsche empfahl die ungezwungene Kontemplation und Kierkegaard pries Müßiggang als „göttliches Leben – solange man sich nicht langweilt". In der Muße finden wir Entspannung, erfrischen wir den Geist, indem wir nichts Bestimmtes tun oder uns geistigen Genüssen hingeben. In der Sonne liegen. Uns frischen Wind um die Nase wehen lassen. Kaffee in kleinen Schlucken trinken und schmecken. Musik hören, eine Symphonie in ihrer feinsinnigen Orchestrierung fühlen. Literatur lesen und die Kraft ihrer Sprache aufnehmen. Gemeinsam in der Badewanne liegen. Auf den Markt gehen. Frisches Obst und knackiges Gemüse einkaufen. Riechen, wie was riecht. Slow Food zubereiten. Schmecken, wie verschieden derselbe Wein aus unterschiedlichen Gläsern schmeckt. Sich streicheln und die Empfindsamkeit der Haut spüren. Ein jeder tue, was ihn erfreut, auf seine Weise. Mit Muße. So gewinnen wir Energie, Achtsamkeit, Freude. In einer Partnerschaft miteinander.

Ein müßiger Partnertag pro Monat kann eine belebende Einrichtung sein. Ein Tag ohne Stress. Der hilft, den Stress, dem wir nicht entgehen können, besser auszuhalten.

Überzogene Erwartungen

Früher war alles anders. Ja, wir kennen die abgeschmackte, weinerliche Leier. Wir wollen sie nicht anstimmen. Aber wir wollen schlicht feststellen: Früher war jeder Einzelne eingebunden in dichte soziale Netze – große Familien, weitläufige

Freundeskreise, stabile Kollegialität, das alles in überschaubarem Raum. Soziale Netzwerke, die Verbindung, Unterstützung, Sicherheit, Zugehörigkeit bieten, bestehen nicht mehr so wie zu früheren Zeiten. Es gibt keine Großfamilien mehr. Mobilität treibt Familien auseinander, zerstreut Freundschaften. Kollegialität in Arbeitszusammenhängen schwindet. Job-Rotationen finden mit immer größerer Geschwindigkeit statt und die Konkurrenz untereinander nimmt zu. Es gibt weniger sozialen Halt in einer Gesellschaft, die dem Einzelnen immer mehr Entscheidungen und Risiken zumutet. Daraus entsteht einen neue Bedürftigkeit. Partner sollen Zugehörigkeit, Rückhalt und Sicherheit geben, für die früher nicht nur Partner zuständig waren.

Ein einzelner Partner soll uns alles bieten, was wir brauchen und nicht (mehr) woanders kriegen. Ein Partner soll verfügbar und zugewandt sein, wann immer wir es wünschen. Er soll uns vor Einsamkeit bewahren, uns unterhalten, erfreuen, sich mit uns freuen, Verständnis für alles aufbringen, uns umsorgen – uns alle Sorgen abnehmen oder zumindest sie mit uns teilen. Esther Perel notiert: „Wir wenden uns heute einer einzigen Person zu in der Hoffnung, sie könne uns das bieten, was früher eine ganze Dorfgemeinschaft vermittelt hat." Das belastet Partnerschaften und macht sie noch komplizierter.

Früher waren die Erwartungen an eine Partnerschaft nicht so hoch. Die Menschen hatten es leichter, eine Beziehung über ein ganzes Leben zu führen. Früher dienten Partnerschaften eher praktischen Zwecken. Sie waren nicht beladen mit ausschweifenden romantischen Erwartungen. Heute machen sie es sich mit gesteigerten Ansprüchen schwerer. Partnerschaft soll Glück bescheren, ohne dass es Arbeit macht und Anstrengung kostet. Dieses Glück soll sich beständig selbst erneuern und ewig halten: Eine Beziehung fürs Leben wünschen sich nach wie vor die allermeisten Menschen – je nach Erhebung

80 bis 90 Prozent. Eine Beziehung, die sie ihr ganzes Leben lang glücklich macht. Die Sehnsucht danach ist groß.

Erfüllt ein Partner die hohen Erwartungen nicht, beschert er nicht das ersehnte dauerhafte Glück, soll das an der Person liegen, an deren Unzulänglichkeit, schon gar nicht an der eigenen und nicht an einem unerfüllbaren Ideal, das wir als Maßstab an sie anlegen. So beenden enttäuschte Partner Beziehungen, stürzen sich hoffnungsvoll und illusionsbeladen in die nächste, statt ihre Vorstellung von Liebe zu hinterfragen und ihren Beitrag am Scheitern zu bedenken. So freilich scheitern sie erneut. Es ist nur eine Frage der Zeit.

Auch daraus kann man ein Konzept machen: Partner zu „Lebensabschnittsbegleitern". Wer sich als Partner auf Zeit versteht, verspricht keine ewige Liebe. Das Beziehungs-Motto heißt: bis die Umstände uns scheiden. Oder die Launen. Der Begriff „Lebensabschnittsbegleiter" hat etwas Unverbindliches.

Dabei können Partner doch sehr viel tun, um ihre Liebe zu pflegen und zu erhalten: Auf Kritik und Vorhaltungen verzichten, schlechte Gewohnheiten abstellen, sich Wünsche erfüllen. Sie sollten schon gelegentlich das Licht anlassen, wenn der andere es gerne möchte, obwohl es ihnen selbst vielleicht zu hell ist. Oder Platten hören, die sie nicht unbedingt mögen. Der Punkt ist: Partner müssen sich immer wieder auf ihre Andersartigkeit einlassen und gerade die wertschätzen, daraus Impulse gewinnen für die persönliche Entwicklung und für die Partnerschaft, sonst gibt es für die andere Person tatsächlich keine Wertschätzung und keine gemeinsame Perspektive.

Wenn wir verlangen, unser Partner möge so empfinden, denken, handeln wie wir, gestehen wir ihm keine Individualität zu. Wir beginnen ihn zu modellieren und zu manipulieren. Wir trachten danach, ihn uns anzupassen und unterzuordnen. Wenn die Bedürfnisse beider Partner weitgehend zusammenpassen, nähren sie Beziehung, indem sie gemeinsam diese Bedürfnisse verfolgen. Wo sie nicht zusammenpassen, sucht jeder nach seinen Freiheiten. Partner müssen das aushalten, respektieren, als selbstverständlich anerkennen. Eigenständigkeit dürfen sie nicht als Liebesentzug interpretieren. Kompromisse in Beziehungen sind immer wieder notwendig, aber nur tragfähig, wenn dabei beide genug von dem kriegen, was sie persönlich brauchen.

Sehnsüchte, die in einer Beziehung unerfüllt bleiben, richten sich auf einen anderen als den Partner – auf Kinder, öfter auch auf Haustiere, beschmust werden die Kleinen, Hunde oder Katzen und bekommen ihren Platz am oder im Ehebett. Sie bedienen Bedürfnisse nach Zärtlichkeit, für die der Partner dann gar nicht mehr zuständig ist. Frauen können dabei dann oft auf Sex verzichten. Für ihre Männer werden sie immer weniger verführerisch. Und Männer, die von ihren lustlosen Frauen Sex erwarten, werden denen zunehmend lästig. Und die Partner entfernen sich immer mehr voneinander.

Die meisten Partnerschaften enden heute nicht mit dem Tod. Drei oder vier Partnerschaften im Laufe eines Lebens sind heute schon normal. Die Statistik scheint gegen die ewige Liebe zu sprechen. Neue Beziehungen bieten neue Chancen. Auf jeden Fall neue Reize, Aufregung, Abwechslung. Aber oft verweisen sie doch auf Unvermögen und verpasste Gelegenheiten. Groß werden neue Chancen erst, wenn Liebe gelernt wird.

Wie viel Freiheit verträgt Bindung?

Es gilt in der Liebe, die Widrigkeiten des Lebens zu bestehen und sich dabei nicht auseinandertreiben zu lassen. Wir wollen Zuverlässigkeit und Vertrautheit und wir wollen Abwechslung und Aufregung. Gegensätzliche Wünsche, die wir in einer Beziehung nur schwer erfüllen können. Gewohnheiten, die lange angenehme Geruhsamkeit sind, werden irgendwann zur Langeweile. Langeweile halten wir nicht gut aus. Langeweile ist schleichender Tod. Dagegen setzen wir uns zur Wehr.

In Seitensprüngen suchen enttäuschte Partner neue Aufregung, neues Abenteuer, etwas, was ihnen in ihrer Beziehung abhanden gekommen ist – oder womöglich schon immer fehlte, ohne dass sie es sich eingestanden hätten. Seitenspringer nehmen sich plötzlich Zeit für neue Entdeckungen, Spannung und Lust, Zeit, die sie in ihrer Paar-Beziehung zuvor nicht aufgebracht haben. Offenbar nicht, weil sie es nicht gekonnt, sondern weil sie es nicht gewollt haben. Hätten sie es getan, wäre ihr Partner für sie womöglich attraktiver und aufregender geblieben.

Seitensprünge sind nicht unbedingt ein Beleg dafür, dass etwas in der Beziehung dramatisch schiefgegangen wäre. Vielmehr gehen sie aus von eintöniger Normalität. Sie bieten neuen Reiz, eine willkommene Abwechslung, dienen zur Bestätigung eigener Attraktivität, helfen, Unzufriedenheit mit sich selbst zu kompensieren, polieren das Selbstbewusstsein auf. Dabei hat die Beziehung zum Sprung-Partner keinen besonderen Tiefgang. Seitensprünge sind ein lockeres Verhältnis, Flirt und Spiel, mit geringer Verbindlichkeit.

Ein Don Juan lässt die Frau, die er erobert hat, schnell fallen. Begehrenswert ist nur die, die er noch erobern muss – bis sie ganz ihm gehört. Genauso ist es beim weiblichen Vamp. Ihnen geht es ausschließlich um Selbstbestätigung, nie um die andere Person.

Erotisch anziehend und sexuell reizvoll kann eine andere Person auch sein, wenn eine Paar-Beziehung stabil ist. Jedes dritte Paar erlebt Untreue, notiert die Sexualtherapeutin Ann-Marlene Henning. „Der Mensch braucht verlässliche emotionale Bindungen, aber sexuell betrachtet ist er nicht für

Monogamie geschaffen. Wer es trotzdem damit versucht, bezahlt mit seiner Libido", schreibt sie in „Make More Love".

Wir müssten ohne Vorwurf und ohne Bitternis anerkennen, dass der andere für uns nicht alles sein kann – und uns eingestehen, dass auch wir für ihn nicht alles sein können. Der Gedanke erschüttert das eigene Selbstbewusstsein. Er macht uns eine ganze Nummer kleiner, nimmt uns ein gutes Stück unserer fantasierten Einzigartigkeit und lässt unseren Heldenstatus erodieren.

Seitensprünge müssen eine Paar-Beziehung nicht erschüttern, wenn das Paar starken Zusammenhalt hat, die Partner viel verbindet – und dann auch bindet. Seitensprünge können unter solchen Voraussetzungen für den, der sie betreibt, eine nette Abwechslung sein, aber sie sind keine Alternative zum Lebenspartner – wenn dem Paar-Partner die Liebe gilt, das Leben mit ihm geführt werden will, er nicht verletzt und gedemütigt werden soll.

Viele solcher Verhältnisse werden nicht entdeckt und nicht besprochen, sie entstehen und enden beiläufig. Der Hintergangene hegt so lange keinen Argwohn, wie er nicht das Gefühl hat, sein Partner enthalte ihm etwas vor oder nehme ihm etwas weg. Gefährlich wird es für das Paar jedoch, wenn ein Verhältnis zu einer heimlichen Liebe wird, mit einem eigenen Beziehungs-Leben, das einen festen Raum, womöglich sogar immer mehr Raum einnimmt.

Wir gelangen so womöglich zu der irritierenden (oder befreienden) Einsicht, dass wir mehr als eine Person gleichzeitig lieben können. Das gilt freilich auch für unseren Partner. Da hört dann der Spaß schnell auf. Wir mögen uns zwar selbst gerne eigene Freiheiten einräumen, aber unserem Partner würden wir lieber doch engere Grenzen setzen. Besser noch, er setzte sich solche Grenzen selbst. Noch besser: Er hätte gar keine Bedürfnisse, die über uns hinaus- oder an uns vorbeigehen.

Sich zuzugestehen, dass es so sein kann, bedeutet noch lange nicht, alles auszuleben, was einem in den Sinn kommt. Jedes Paar muss für sich bestimmen, welche Freiheiten es sich zugestehen will und aushalten kann. Bereitschaft und Fähigkeit mögen bei beiden Partnern unterschiedlich verteilt sein. Was der eine leben kann, geht für den anderen zu weit, ist zu erschütternd, verletzend, gefährlich. Oder Partner mögen unterschiedlich fantasieren, was sie aushalten können. Wenn dann eintritt, was zuvor nur vage vorgestellt wurde, kommen ganz andere Gefühle auf als angenommen.

Paare brauchen eine Beziehungs-Ordnung. Diese Ordnung müssen sie für sich entwerfen – und ausprobieren, ob die Umsetzung eines solchen Entwurfes für sie passend ist – für jeden von beiden. Dazu braucht es Mut, Großzügigkeit, Toleranz, die Fähigkeit, Unsicherheiten auszuhalten. Monogamie ist möglich, aber nur eine Option. Unerschütterlichen Glauben an Monogamie hält Ester Perel für „naiv".

Paare können jedoch nur sehr bedingt antizipieren, wie solche Ereignisse sie wirklich treffen. Trotz der Beziehungs-Ordnung, die sie für sich entworfen haben. Die Ordnung umfasst gewisse Grundvereinbarungen:

- Worin erweist sich Zuverlässigkeit?
- Was ist notwendig für wechselseitiges Vertrauen?
- Wie zeigen und versichern Partner sich ihre Liebe?
- Soll das Postulat der Monogamie gelten?
- Wenn nicht, welche Freiheiten sollen zulässig sein?
- Wo markieren Partner Grenzen?
- Gibt es Wichtigeres als sexuelle Treue?

Eventuelle Vereinbarungen darüber sollten Partner als Annahme betrachten und – wenn der Ernstfall eintritt – mit Vor- und Nachsicht behandeln. Sie mögen, solange es nicht akut ist, meinen, eine Affäre verkraften zu können, und fallen doch völlig auseinander, wenn sie damit tatsächlich konfrontiert sind. Schmerz, Panik, Selbstzweifel, Trauer können sie überfluten, alle Gedanken erobern, vereinnahmen, verzehren, zerstören.

In einer Paar-Beziehung, ob mit Trauschein oder ohne, binden wir uns. Bindung steht für Verlässlichkeit, für Bestand, für Dauer, für Sicherheit. Liebe soll der Nährstoff für Bindung sein. Sexuelle Treue sehen viele als den besten Garanten, um Bindung zu erhalten. Aber Bindung sollte kein Gefängnis schaffen, sondern Loyalität und Freiheit bieten.

Über Freiheiten verhandeln die meisten jedoch nicht. Das Thema ist heikel. Jeder ist betroffen und verletzt, wenn der andere fremdgeht. Jeder fühlt sich dann abgewertet und unzureichend. Jeder wünscht sich, selbst nie Opfer einer Affäre zu werden. Die meisten „offenen" Beziehungen funktionieren nur so lange harmonisch, wie keiner der Partner Gebrauch von der deklarierten Offenheit macht.

Das Dilemma ist: Falsch verstandene Treue kann eine Beziehung ebenso zerstören wie Freiheiten, die keine Rücksicht mehr nehmen. Eine Lösung kann allenfalls in einer ausgehandelten Verständigung liegen, mit der die Partner sich bemühen, eine passable Balance herzustellen – mit Versuch und Irrtum. Mit angemessener Anpassung. Jeder, der sich mit dem Verstand einredet, dass Affären normal sind, kann von ganz anderen Gefühlen überwältigt werden, wenn er selbst entdeckt, hintergangen worden zu sein.

Wo Betrug anfängt

Sofern unter Partnern die Regel gilt, dass es keine Affäre geben darf, ist jede Außenbeziehung „Betrug". Offensichtlich freilich erst, wenn sie auffliegt. Durch die Bewertung als Betrug werden Seitensprünge als noch verletzender erlebt. Oft hält der Betrogene dem Betrüger vor, der Betrug, das Verschweigen, sei schlimmer als der Seitensprung selbst. Das ist aber ein Vorwurf, der in die Falle führt. Mit dem Verschweigen will der Betrüger sich selbst schützen, aber auch den betrogenen Partner. Er misst dem Seitensprung selbst nicht so große Bedeutung bei, sieht dadurch seine Liebe zum Partner nicht beeinträchtigt. Warum sollte er ihn also mit einer Wahrheit verletzen, die ihn, verschwiegen, nicht bekümmert?

Auch unbedingte Ehrlichkeit ist rücksichtslos. Oft soll sie dazu dienen, den Seitenspringer von schlechtem Gewissen zu befreien. Doch mit seinem Erzähldrang verletzt er nur den anderen. Von ihm dann auch noch Absolution zu erwarten, ist eine ungehörige Zumutung. Offenheit macht nur Sinn, soweit sie einen konstruktiven Umgang miteinander erlaubt und daraus positive Konsequenzen zu entwickeln sind.

Nicht jeder Betrug muss in gleicher Weise treffen. Es hat zu tun mit der „Reichweite" der Affäre und mit der eigenen Befindlichkeit. Über individuelle Empfindungen ist allerdings nicht von anderen zu urteilen.

In Beziehungen läuft schon viel falsch, wenn „Betrug" allein eine sexuelle Beziehung zu einem anderen sein soll. Die Fokussierung auf Sex gibt der Bewertung einen falschen Drall. Betrug beginnt – ganz ohne Sex –, wenn Partner sich heimlich aus der Paar-Beziehung zurückziehen, Grundvereinbarungen aufkündigen, mit dem Partner nicht mehr über Gedanken, Empfindungen oder Entwicklungen sprechen, die ausschlaggebend sind für die Qualität ihrer Beziehung.

Für Gottman beginnt Betrug damit, dass ein Partner sich vom anderen abwendet, die Gefühle und Bedürfnisse des anderen ignoriert. Gottman führt eine ganze Liste von Punkten an, wie Partner sich betrügen können. Es geschieht durch:

- Oberflächliche Bindung
- Intimität mit anderen, die dem Partner vorenthalten wird
- Verweigerung von Sex – was erlebt wird als persönliche Zurückweisung
- Selbstsucht und Egozentrik
- Gebrochene Versprechen
- Wenn Unterstützung entzogen wird oder Beziehungsziele aufgegeben werden

Sich auf Distanz zu halten, durch Entzug und Abwertung, sich von einem Partner zu lösen, ihn abzumelden, all das zerstört Beziehung.

UND DANN KOMMT SIE DOCH – DIE AFFÄRE

Beschwingte Affären

Affären können leicht, beschwingt, genussvoll sein, unkompliziert, wenn beide in festen Beziehungen leben, ihren Beziehungspartner lieben, ihn vor dem Affären-Partner nicht abwerten und nicht so tun, als stünden sie nicht mehr zu ihrem Paar-Partner. Solange beide die Affäre als Affäre behandeln, die jeweilige Paar-Beziehung respektieren, nicht infrage stellen, wenn sie ihrem Paar-Partner nichts wegnehmen oder vorenthalten, sich lediglich Freiräume schaffen, um sich dort miteinander zu vergnügen, so lange ist die Affäre nur schön. Wenn sie geheim bleibt und keinen ein schlechtes Gewissen quält.

Liebespartner, die Monogamie nicht für ein dauerhaft tragfähiges Beziehungskonzept halten, sollten sich Geheimnisse gestatten. Geheimnisse sind jedoch nur durch Lügen zu schützen. Daher müssen Paar-Partner sich auch das Lügen zugestehen – aus Rücksicht aufeinander, um sich nicht zu verletzen. So gesehen sind Lügen kein unverzeihlicher Vertrauensbruch. Lügen gehören zur Beziehungspflege. Das Postulat „Du sollst nicht lügen" ruiniert Beziehungen. Erst recht treibt die Haltung in den Niedergang, „wer einmal lügt, dem glaubt man nicht". Damit ist für jede Beziehung schon das Todesurteil gesprochen.

Damit ist nicht gemeint, dass in der Liebe Wahrheit und Wahrhaftigkeit aufgegeben werden dürften. Liebende müssen spüren, woran sie miteinander sind. Sie müssen sich – wenn es um die Substanz ihrer Beziehung geht – vertrauen können. Vertrauen entsteht, wenn sie wissen, wann und wie sie zueinander halten und sich aufeinander verlassen können. Vertrauen verlangt aber nicht jederzeit „die volle Wahrheit". Wer sich verpflichtet fühlt, immer die ganze Wahrheit zu sagen, kann keine Affäre leben. Am schlimmsten – und destruktivsten – sind diejenigen Partner, die immer alles bekennen müssen, auch wenn niemand Verdacht hegt. Sie wollen nur von ihrem schlechten Gewissen freigesprochen werden und scheren sich nicht darum, wie sie andere verletzen und bloßstellen.

Wer stets die ganze Wahrheit sagt, greift damit seinen Partner in dessen Identität an. Verständnis und Zuneigung kann so keiner finden, sondern nur Schmerz auslösen und Wut. Die Kunst der Liebe besteht (auch) darin, Wahrheit und Lüge nebeneinander bestehen zu lassen. In einer Balance, die stabile und verlässliche Partnerschaft ermöglicht.

Gottman meint, Affären kämen nur vor, wenn „emotionale Bedürfnisse nicht erfüllt" seien. Die Ursachen lägen demnach in der Beziehung selbst. Hinter dieser Auffassung steckt freilich der Anspruch, ein Partner könne alle Bedürfnisse des anderen erfüllen. In intakter Partnerschaft dürfte es demnach gar kein Fremdgehen geben. Das ist aber ein Irrtum. Und ein moralisierendes Diktum.

Eine andere Person kann Bedürfnisse auslösen, Interessen wecken, Begehrlichkeiten entflammen, die zuvor nicht vorhanden oder nicht entdeckt waren. Das Erleben der anderen Person löst die Faszination aus. Sie gründet sich nicht zwingend auf zuvor erlittenem Mangel. Der Paar-Partner hat womöglich nichts versäumt, nichts unterlassen oder vernachlässigt, was er unbedingt hätte beachten müssen.

Andere Personen mögen spontan einen anderen und größeren Reiz auslösen. Oft unvermutet, nicht unbedingt gesucht. Man begegnet ihnen einfach. Ohne Vorsatz. Und spürt das Prickeln, die Aufregung, die Anziehung, die in der Paar-Beziehung stark abgenommen hat. Die Spannung entsteht ganz aus dem Neuen. Es gibt wieder etwas zu entdecken, auszuprobieren, auszureizen. Die plötzlich auftauchenden Personen sind nicht schöner, charmanter, intelligenter. Neutrale Beobachter würden womöglich sogar das Gegenteil behaupten. Aber sie sind einfach anders, machen neuen Appetit, stimulieren ungeahnte Fantasien, bereiten ungekannte Lust, bieten verlockende Geheimnisse, laden ein zu aufregenden Entdeckungen. Personen, die das versprechen, können, ganz überraschend, in jede Paar-Beziehung treten. Partner sollten sich nichts vormachen. Ob sie solchen Reizen nachgeben, ist eine andere Frage.

Nur 26 Prozent der sexuell untreuen Männer und 33 Prozent der Frauen geben an, dass sie vor dem Seitensprung Eheprobleme gehabt hätten. 88 Prozent der Männer und 70 Prozent der Frauen fühlen sich erotisch angezogen vom Reiz des Neuen, so die Ergebnisse einer Untersuchung von Ulrich Clement. Je höher der soziale Status und je höher die Bildung, umso eher kommt es zu Affären. Umso leichter, wenn sich günstige Gelegenheiten bieten, die gut geheim gehalten werden können, etwa auf einer Geschäftsreise, einer Konferenz oder einem Seminar.

Affären-Angebote spiegeln den persönlichen Wert auf dem Beziehungs-Markt. Den eigenen Marktwert zu testen, hat seinen Reiz: Wer findet mich attraktiv, wen könnte ich erobern? Positive Signale vermitteln Anerkennung und stärken das Selbstwertgefühl. Zur richtigen Einordnung muss man freilich die Regeln des Beziehungshandels kennen. Es gelten, auch hier, Gesetze der Konkurrenz. Angebot und Nachfrage regeln den Preis. Wer mit Erfolgen aufwarten kann, ist attraktiver als jemand, der ein eher unauffälliges Leben führt. Erfolg begründet Status, Status schafft Anziehung. Das gilt vornehmlich für Männer. Macht zieht an. Siegertypen sind sehr gefragt. Gutes Aussehen und Jugend steigern eher den Marktwert von Frauen. Unabhängigkeit strahlt auch bei Frauen aus. Bedürftigkeit turnt ab. Angst hält auf Distanz.

Eine Affäre einzugehen, verlangt eine Entscheidung. Sie ist nicht irgendein Flirt. Sie passiert nicht einfach so, geschieht nicht en passant. Man stolpert nicht in sie hinein. Auch wenn man sich vorher nicht alles genau überlegt hat, vor allem nicht die möglichen Konsequenzen. Eine Affäre verlangt Handlung, gezieltes Vorgehen, Strategie und Taktik. Wer die Aufmerksamkeit des anderen auf sich ziehen und ihn anziehen will, muss Signale senden, sich geschickt und möglichst charmant darstellen, sich in Szene setzen, Bereitschaft signalisieren. Eine Affäre setzt den freien Willen des Betreibers nicht außer Kraft. Eine Affäre ist gewollt.

Berauschende Geheimnisse

Affären-Partner genießen ihre sexuelle Anziehung, ihre Geilheit, ihre Spannung. Sie erzählen sich aufgekratzt, was sie aneinander berauschend finden. Damit berauschen sie sich noch mehr. Ein gewohnter Paar-Partner kann dabei nicht mithalten. So viel Aufregung und Rausch hat er (nicht mehr) zu bieten.

Sven fiel die neue Kollegin gleich auf. Zum ersten Mal in der Kantine. Er mogelte sich in der Schlange hinter sie. Sie konnte so hemmungslos lachen. Fast schon frivol. „Sie haben es aber lustig hier", sprach er sie an. „Na klar, Sie etwa nicht?", gab sie kokett zurück. – „Wenn ich Sie so anschaue, dann haben Sie anscheinend mehr Spaß. Was macht Sie denn so beschwingt?" – „Sie sind aber direkt. Wollen Sie immer gleich von allen Leuten ihre persönlichen Geheimnisse wissen?" Sie blinzelte ihn an. „Oha", stöhnte er mit einem Grinser, „hätte nicht gedacht, dass ich mit der Frage so sehr in Ihr tiefstes Seelenleben dringe. Bitte vielmals um Verzeihung." – „Geht schon, so leicht kommt mir keiner zu nahe." Sven schaute sie amüsiert an, ließ sich anstecken von ihrem frechen Lachen. „Na dann", sagte er noch, als sie schon mit leichtem Hüftschwung einer Gruppe von Kolleginnen folgte. Sven musterte sie unumwunden, wie sie elegant um die Tische kurvte, schaltete seinen Scannerblick ein und dachte sich: „Gut gebaut. Wirklich gut gebaut. Und nicht auf den Mund gefallen."

So fing es an. Yvonne und er begegneten sich nun öfter, suchten sich mit Blicken, lächelten sich zu, schäkerten, verabredeten sich zur Mittagspause. Offenbar gefiel er auch ihr. Sie gingen abends gelegentlich einen trinken, redeten über alles Mögliche, gern über die Firma, ihre Jobs und den anfallenden Ärger, sie zogen über Kollegen her, die sie merkwürdig fanden, und lachten viel miteinander. Sie wussten voneinander, dass sie verheiratet waren, er eine Tochter, sie einen Sohn hatte. Sie erzählten sich auch von ihren Kindern. Über ihre Partner redeten sie so gut wie nie.

Sie küssten sich im Auto, als Sven Yvonne zum zweiten Mal nach Hause brachte. Leidenschaftlich. Bis sie sich von ihm losriss. Sven spürte, dass seine Hose feucht geworden war.

Sie begannen sich in der Arbeit sms zu schreiben. „Was treibst du? Woran denkst du?" Schnell wurden ihre Gedankenspiele direkter, anzüglicher, grafischer. Sie hatten sich angezündet. Die Fantasie, miteinander ins Bett zu gehen, nahm beide zunehmend in Beschlag. Yvonne schlug vor, in einem Stundenhotel ein Zimmer zu mieten. Sven war verblüfft – und zugleich erregt. Yvonne schien sich auszukennen. „Alle Achtung."

Dann trafen sie sich dort, sie hatte alles arrangiert und erwartete ihn schon im Zimmer. Kaum hatte er die Türe hinter sich geschlossen, stürmten sie aufeinander zu, umschlangen, küssten sich, griffen sich zwischen die Beine. Yvonne trug unter ihrem kurzen Rock einen geschlitzten Slip. Sven fühlte ihre vollen, offenen, nassen Lippen. Sie fasste fest nach seinem Schwanz. Torkelnd rissen sie sich die Kleider vom Leib, fielen aufs Bett und übereinander her. Gierig, heftig, wild. Ausdauernd. Es war berauschend geil, so feucht wie fröhlich. Starkstrom-Sex.

Das Vergnügen in einer Affäre hat zu tun auch mit dem Geheimnis, das man sich mit ihr gönnt. Ein Affären-Geheimnis ist ein Aphrodisiakum. Im Geheimen kann man sich verbotenen Lüsten hingeben, ohne Hemmung treiben lassen, miteinander lachen, fröhlich und kindisch sein. Affären-Partner tauchen ab in geschützten Räumen – in Hotelzimmern, auf Autobahn-Parkplätzen, in abgelegenen Wäldern, Stundenhotels, geheimen Wohnungen, durch Unterschlupf bei Freunden. Sie koppeln sich aus ihrem sonstigen Alltag aus. Damit halten sie sogleich viele Belastungen außen vor. Sie kümmern sich nur um sich selbst. So erfahren sie nicht, wie alltagstauglich ihre Beziehung ist. Aber sie pflegen ihre Vorstellungen, wie schön es wäre, ihre Liebe ohne Beschränkungen ausleben zu können. Die Vorstellungen mögen Illusionen sein. Aber weil sie nicht überprüft werden, bleiben sie kraftvolle Vorstellungen, stärken die Affären-Beziehung, schaffen dort eine eigene Beziehungsrealität.

Gefühle, die die Harmonie in ihrer Affäre stören könnten – weitere Liebe zu ihrem Paar-Partner, Unsicherheit, ob sie als Geliebter/Geliebte geliebt werden und begehrt bleiben – können sie außen vor halten. Die eigene Welt, in der sie sich einrichten, schotten sie ab von der Welt, in der sie sonst leben. Leichter geht das, wenn sich die Alltags-Welten der Affären-Partner nicht überschneiden, wenn sie an getrennten Orten leben, mit ausreichendem Abstand.

Dazu können Umstände beitragen. Als Deutschland noch eine eiserne Grenze teilte, lieferte die DDR vielen BRD-Männern für sie ideale Affären-Nischen. Sie unterhielten lockere Liebschaften zu Ost-Frauen, die nur sehr eingeschränkte Erwartungen an sie stellten. Die Männer konnten mit nötigen Einreisegenehmigungen nur gelegentlich zu Besuch kommen. Ihren Status-Vorteil gegenüber Ost-Männern spielten sie bedenkenlos aus. Sie kamen mit D-Mark, in schickerer Kleidung, fuhren flottere Autos, brachten Geschenke, die in der DDR nicht zu kriegen waren. Und dort konnten sie alles kaufen, ihre Geliebten ausführen, auch in die noblen Restaurants, in denen man in harter Währung bezahlen musste. Auch das hat viele DDR-Frauen an BRD-Männer gebunden. Ohne weitere Ansprüche zu stellen. Die Männer mussten gar nicht gut aussehen.

Die Ost-Frauen konnten ihnen nie folgen, mussten sich mit Trennungen abfinden. Die Männer konnten ihnen das Blaue vom Himmel versprechen, ohne ihre Versprechen einlösen zu müssen. Sie erklärten, sie würden gerne eine echte Paar-Beziehung mit ihnen leben, aber das ginge ja nun einmal nicht. Das musste jede Frau einsehen. Ein Ausreiseantrag wäre für DDR-Frauen mit viel Drangsal verbunden gewesen, hätte ihnen womöglich Berufsverbot und auf jeden Fall staatliche Oppression beschert und wäre überhaupt nur im Falle einer Eheschließung möglich gewesen. Was der Affären-Partner trieb, wenn er sich wieder in den Westen verabschiedet hatte, war für sie nicht nachvollziehbar. Schon die Kommunikations-Möglichkeiten waren sehr eingeschränkt. Auseinandergebrochen sind die allermeisten dieser Affären, als die Mauer fiel – und damit die Affären-Nische verschwand.

Affären-Partner erzählen sich nicht, was sie an ihrem Paar-Partner trotzdem noch aufregend und großartig finden, was sie an ihn bindet, die Paar-Beziehung zusammenhält, obwohl Lust und Leidenschaft nachgelassen haben. So schützen Affären-Partner den „Kick", den ihnen ihre Affäre bringt, den Wunsch, füreinander einzigartig und berauschend zu bleiben.

Keiner soll zwischen sie treten. Damit freilich beginnt die Unaufrichtigkeit. Die Bedeutung des Partners und das Gewicht der Paar-Beziehung werden durch Verschweigen, Relativieren, Bagatellisieren in der Darstellung reduziert. Gleichzeitig werden Differenzen, Ungereimtheiten und Probleme aufgebauscht, so dass beim Affären-Partner ein insgesamt falscher Eindruck über den Beziehungs-Partner und die Beziehung selbst entsteht.

Affären brauchen ein inneres Gleichgewicht. Menschen, die in einer neuen Liebschaft erklären, bisher immer nur enttäuscht worden zu sein, mögen vom Liebhaber als Bestätigung seiner Einzigartigkeit geschätzt werden und Erlöser-Fantasien und Macht-Vorstellungen ansprechen. Doch hier ist Vorsicht geboten. Wer sich immer wieder enttäuscht fühlt, muss damit selbst viel zu tun haben, allerdings ohne es einzusehen. Wer einen anderen idealisiert, überfrachtet ihn mit Erwartungen, an denen er scheitern muss – weil keiner ideal ist. Verdächtig sind auch Menschen ohne feste Beziehung, die behaupten, sich danach nie zu sehnen und keine weiteren Ansprüche zu haben. Es gibt überzeugte Singles, doch gibt es mehr Einzelne, die keine Beziehung zustande bringen, sich das nicht zutrauen, sich davor fürchten.

Wer sich zur Geliebten/zum Geliebten eines vergebenen Partners macht, immer wieder, nie selbst in einer festen Partnerschaft lebt, zeigt damit eine Angst, sich einzulassen. Die Sehnsucht nach Beziehung ist stark. So stark, dass dafür eine Unterordnung hingenommen wird, in der man/frau immer Zweit-Frau oder Zweit-Mann bleibt. Häufiger sind dies Frauen als Männer. „Schattenfrauen" nennt Maja Langsdorff sie in ihrem Buch „Die Geliebte. Was es heißt, die Andere zu sein". Sie träumen von der großen Liebe, trauen sie sich aber nicht zu. Sie kämpfen nicht wirklich darum, für den Geliebten die Person an seiner Seite, der echte Partner zu sein. Dazu fehlt es ihnen an Selbstbewusstsein. Sie fürchten, dessen Ansprüchen letztlich nicht zu genügen. Meist tragen sie eine Lebensgeschichte in ihrem Gepäck, in der sie schon früh erlebt haben, nicht vorbehaltlos geliebt zu werden. Oft sind es Menschen, die von ihren Eltern im Stich gelassen wurden. Sie sind beherrscht von dem Gefühl, für die Liebe nicht auszureichen.

Gut lügen können – eine Beziehungskompetenz

Wer fremdgeht, muss gut lügen können. Jede Affäre braucht Heimlichkeit. Ohne Heimlichkeit gäbe es sie nicht. Heimlichkeit trägt auch zu ihrer Spannung bei. Fremdgehen und ehrlich bleiben passt nicht zusammen.

Gelogen wird bei einer Affäre zum Selbstschutz und um den anderen vor Verletzungen zu schützen. Wer Wahrheit fordert, weiß selbst gar nicht, wie viel Wahrheit er/sie nehmen kann. Das Dilemma ist nicht zu umgehen: Wahrheit verletzt, vorenthaltene Wahrheit auch, wenn sie nicht mehr zu verbergen ist. Lügen sind notwendig, um Vertrauen zu erhalten, und Lügen zerstören Vertrauen. Ohne Vertrauen gelingt keine Beziehung. Ohne Lügen auch nicht.

Für gutes Lügen, um eine Affäre geheim zu halten, gibt es Regeln. Darauf weisen auch Ulrich Clement und Wolfgang Schmidbauer hin.

Regeln für gutes Lügen

Es beginnt mit der richtigen Einstellung. Man muss zum Lügen bereit sein und sich dafür entscheiden, bevor man damit anfängt. Man darf nicht unvorbereitet in improvisierte Ausflüchte hineinstolpern. Um gleichzeitig eine Affäre und eine Paar-Beziehung zu schützen, darf nicht gesinnungslos, sondern muss gewissenhaft gelogen werden.

- Lügen müssen einfach, in sich stimmig, glaubhaft sein.
- Lügen dürfen nicht konfus, luftig und vage sein.
- Sie müssen konkret und nachvollziehbar sein.
- Lügen müssen wohldosiert bleiben.
- Wer übertreibt, macht andere misstrauisch.
- Wer lügt, muss konsequent lügen, fest bei seinen Lügen bleiben.
- Wer lügt, muss sich seine Lügen merken und nicht andauernd neue erfinden.

Geschickte Lügner hinterlassen keine Spuren, mit denen sie überführt werden könnten – zum Beispiel keine E-Mails oder sonstige Nachrichten, die sie mit dem Affären-Partner ausgetauscht haben, obwohl sie die gerne immer wieder lesen, um sich daran zu berauschen. Sie zahlen möglichst nicht mit Kreditkarten und vernichten Abrechnungen, falls sie es doch tun.

Wer lügt, muss cool bleiben, dem Belogenen in die Augen schauen können, ohne nervös zu werden.

Lügen dienen dem Schutz des Paar- und des Affären-Partners – beide sollen nicht verletzt, bloßgestellt, beschämt werden. Affären verlangen Diskretion. Euphorische Andeutungen, doppeldeutige Bemerkungen, verräterische Geschenke, Prahlerei sind zu unterlassen. Geheimnisse, die nicht geschützt werden, sind alsbald keine Geheimnisse mehr.

Wer heimlich lieben will, um so sein Leben zu bereichern, sollte in seine feste Beziehung investieren und sie nicht vernachlässigen. Vernachlässigung tut weh und sie schürt Argwohn und Verdacht.

Um eine Affäre geheim zu halten, sind loyale Mitwisser hilfreich, die bereit sind, Alibis zu geben. Auch Mitwisser müssen gute Lügner sein. Mit ihnen sind Lügen zu synchronisieren. Die Geschichten, die sie erzählen, müssen übereinstimmen mit den Geschichten, die der Affären-Gänger erfindet. Als

Verbündete sollte der umtriebige Partner nicht gemeinsame Freunde des Paares verpflichten wollen. Ein solches Ansinnen brächte sie in unzumutbare Loyalitätskonflikte. Außerdem sind Alibi-Geber und Lügen-Kompagnons nicht verlässlich, wenn sie in Loyalitätskonflikte geraten.

Wer lügt, sollte seinen Partner nicht unterschätzen. Er muss sich im Klaren darüber sein, dass die Affäre auffliegen kann, auch wenn er noch so gut lügt. Sie kommen oft durch dumme Zufälle zum Vorschein, dann bricht auch das beste Lügengebäude zusammen. Wer der Lüge überführt ist, muss sich auf Vorwürfe im Doppelpack einstellen. Er hat den Partner mit der Affäre hintergangen und er hat obendrein gelogen.

Jede Affäre stellt eine Beziehung auf die Probe. Aber sie macht aus guten Menschen nicht böse Menschen. Ein kurzes Abenteuer muss die Beziehung nicht grundsätzlich infrage stellen. Eine Affäre kann ein Appell sein: Sei mir wieder nah. Näher als zuletzt. Lass uns uns bemühen, unsere Ressourcen besser zu nutzen.

Partner schützen ihre Liebe durch Großzügigkeit. Wenn sie sich nicht einengen, verpflichten, kontrollieren. Wenn sie sich Geheimnisse lassen. Zwang tötet Liebe. Ebenso wie Rückzug, Distanz, ein Leben in Parallel-Welten, Geringschätzung, schlechte Gewohnheiten, Nachlässigkeit, Routine-Sex, ausufernder Alltagsstress, ständiger Frust, Vorwürfe und Nörgelei.

Hinter dem Vorwurf eines Paar-Partners, „Du hast vor mir Geheimnisse", steckt ebenfalls ein Machtanspruch. Wer beansprucht, dass es in einer Paar-Beziehung keine Geheimnisse geben darf, nimmt sich jedes Recht auf Kontrolle. „Wenn du nichts zu verheimlichen hast, kannst du ja alles offenlegen – und kontrollieren lassen." Wer die Kontrolle nicht leiden kann und sich dagegen ausspricht, macht sich in den Augen desjenigen verdächtig, der keine Geheimnisse zulassen will. Er erregt sofort Misstrauen. Misstrauen treibt Kontrollbedürfnisse weiter an. Kontrolle provoziert Widerstand, Ausweichen, Tarnen, Täuschen, Unaufrichtigkeit. Je mehr einer den anderen kontrolliert, umso mehr fordert er Selbstaufgabe und provoziert Gegenwehr.

Mit der Möglichkeit einer Affäre zu rechnen, verlangt nicht, sich jeden Freifahrtschein auszustellen und die Paar-Beziehung als „offen" zu deklarieren. Manche Paare versuchen sich in „offenen" Beziehungen, in denen sie sich gegenseitig sexuelle Freiheiten zugestehen. Für manche funktioniert das. Für die allermeisten nicht. Keiner sollte sich mit Ansprüchen beladen (oder beladen lassen), die nur weh tun. Die allermeisten Beziehungen halten Affären-Stafetten nicht aus. Dauernd wechselnde Außenbeziehungen zerstören Vertrauen, nehmen Sicherheit und Geborgenheit, zerstören Intimität und Zusammenhalt.

Wer hintergangen wurde, neigt dazu, alles wissen zu wollen. Bis hin zu den sexuellen Details. Damit steuert man in die Selbstzerfleischung. Sinnvoll ist es dagegen zu fragen:

- Wie ist es zu der Affäre gekommen?
- Wie ging es meinem Partner da?
- Wie ging es uns als Paar?
- Was haben wir gelebt?
- Was haben wir versäumt?

Gefahr im Vollzug

Ist eine Paar-Beziehung schon längere Zeit voller Enttäuschungen, sind Partner auseinandergedriftet, wird die Beziehung fragiler. Enttäuschte, frustrierte, verletzte Partner richten mehr Aufmerksamkeit nach außen und sind empfänglicher für Zuwendung von anderen. Sie werden ihnen gegenüber freundlicher, aufgeschlossener, spontaner, zuvorkommender – und damit attraktiver. Von anderen nett, charmant, anziehend gefunden zu werden, stärkt das Selbstwertgefühl. Affären geben dem Selbstwert einen gehörigen Schub. Sex bietet die beste Bestätigung. Wer sich in Sex stürzt, zeigt:

- Ich bin offen für dich.
- Ich will dich.
- Ich lass dich.
- Ich will, dass du mich willst.

Es gibt für Affären keinen vorhersehbaren Verlauf. Plötzlich können sich Menschen begegnen, die etwas ineinander auslösen, was sich keiner von beiden hat vorstellen können. Plötzlich macht es „klick". Dass es klickt, hat oft zu tun mit einer bestimmten Lebenslage, die besondere Bedürftigkeit hervorruft. Gründe für eine Affäre sind oft im Affären-Gänger selbst zu suchen. Seine aktuelle Lebenslage mag geprägt sein durch das Gefühl, in seiner Entwicklung stecken geblieben zu sein, viel verpasst zu haben, in einem dumpfen Trott zu stecken, sich zu langweilen, zu wenig Aufmerksamkeit und Wertschätzung zu erhalten, durch mangelndes Selbstbewusstsein, unerfüllte Sehnsüchte, Frust, Langeweile, das Empfinden, nur noch zu funktionieren, ohne Lebensfreude zu spüren. Karriere-Knick, Status-Verlust, wenn ein Partner den anderen in seiner beruflichen Entwicklung abhängt oder einer seinen Job verliert, Berufswechsel, Midlife-Crisis, eine schwere Krankheit, Begegnungen mit dem Tod. Neue Herausforderungen, finanzielle Verluste, Kinder, die aus dem Haus gehen – all das kann Menschen aus der Bahn werfen, sie mit ungeahnten Nöten und Ängsten konfrontieren, ihre Wünsche durcheinanderwirbeln, sie auf die Suche nach neuem Sinn schicken.

Affären gewinnen schnell größere Tiefe und Tragweite, wenn Paare mit Defiziten in ihrer Partnerschaft kämpfen oder wenn durch die Faszination neuer Verliebtheit sich alle sons-

tigen Probleme zu verflüchtigen scheinen. Affären-Partner erfüllen dann leicht Bedürfnisse und Wünsche, die länger schon
unerfüllt geblieben sind. Sie geben Lust, Nähe, Intimität, Freude, Rückhalt, Ausgelassenheit, Bewunderung. Sie erscheinen
als plötzliche Sinnstifter.

*„In den letzten Jahren ist unsere Ehe irgendwie den Bach run-
tergegangen", erzählt Jan. „Ich weiß gar nicht, wieso. Ich dachte, eigentlich ist alles ok. Aber meine Frau hatte immer öfter
schlechte Laune. Schon wenn sie zu Hause zur Tür reinkam.
Lust hatte sie zunehmend weniger. Ab und zu ließ sie mich
mal drüberrutschen. Ich hab mich danach beschissen gefühlt.
Trotzdem konnte ich es nicht sein lassen, wenn sie mir mal die
Gelegenheit bot. Ihr hat nichts mehr an mir gepasst. Andauernd
hat sie an mir rumgemäkelt. Ihr passte nicht, was ich anzog,
dass ich Fußball schaute. Wenn ich fragte, was sie kochen würde, ging sie sogleich an die Decke und fauchte mich an, dass ich
nur ans Fressen und ans Ficken denken würde.*

*Mit Melanie ist alles ganz anders. Sie strahlt sofort, wenn
sie mich sieht. Und ich strahle zurück. Sie zeigt mir, dass sie
mich mag und dass sie mich will. Sie lockt mich, drückt sich an
mich, zeigt sich. Sie weiß genau, worauf ich abfahre. Ich kann
ihr unter die Bluse oder unter den Rock gehen und sie fängt an
zu schnurren. Und schüchtern ist sie gar nicht. Sie kann mich
auf einen Sessel schubsen, mir die Hose aufmachen, meinen
Schwanz rausholen und mir einen blasen. Sie sagt mir, dass
sie meinen Schwanz toll findet, dass sie ihn anschauen, lecken,
schmecken will. Es macht ihr Spaß. Ich seh es ihr an. Und sie
findet es toll, wenn ich sie lecke. Sie kniet mit breiten Beinen
über meinem Gesicht und lässt mich ihre Lippen einsaugen. Sie
lacht dabei. Wir vögeln in allen Lagen, von vorne, von hinten,
im Liegen, im Sitzen, im Stehen. Es gibt nichts, was nicht sein
dürfte.*

Mit ihr kann ich über alles reden. Ich muss nicht so tun, als wär ich immer souverän und hätte alles im Griff. Wenn ich denke, ich krieg das nicht gestemmt mit meinem neuen Job, dann macht sie mir Mut. Sie sagt mir, ‚du bist gut. Don't worry.' Melanie ist vollkommen von mir überzeugt. Ich fühl mich richtig gut mit ihr. Sie kann sich vorstellen, alles mit mir zu machen. Und ich auch. Verreisen wäre toll. Ganze Nächte miteinander verbringen, morgens im Bett frühstücken, zusammen in der Sonne liegen, im Meer schwimmen.

Sie mag, wie ich mich kleide, sie findet, ich habe einen guten Geschmack, sie mag es sogar, wie ich Auto fahre. Sie neckt mich, wenn ich mal wieder zu viel rede, aber sehr liebevoll. Sie lächelt mich an, tippt mir mit dem Finger auf die Nase und schmunzelt ‚mein kleiner Wasserfall'. Sie hat nichts an mir auszusetzen. Ihr fröhliches Lachen, mit den Fältchen um die Augen, ihre vollen Lippen, ihr Gesicht, die Bilder von ihr kommen mir am häufigsten in den Sinn. Öfter noch als die von ihrem Busen. Und der ist wirklich große Klasse. Groß und klasse.

Jedes Mal, wenn wir uns trennen, werden wir traurig. Und sofort wieder scharf aufeinander. Wir sehen uns so oft, wie es irgend geht. Und schreiben uns andauernd sms. Meist sehr romantisch und sehr geil.“

Für Jan begann mit der Affäre ein neues Leben. Adieu Tristesse. Er fühlt sich wie aufgeladen. Anerkannt, gemocht, geliebt. Bewundert. Er macht wieder regelmäßig Sport, trinkt weniger, trägt wieder slim fit, geht mit neuem Elan in seinen Job und erzielt neue Erfolge. Seine Frau und er reagieren dagegen zunehmend gereizter aufeinander. Wenn er von Melanie kommt, vermisst er seine Geliebte und weiß nicht, was er mit seiner Frau anfangen soll. Die beiden sind seit 20 Jahren verheiratet. Nochmals 20 Jahre, das will Jan sich gerade nicht vorstellen.

Jans Frau, Chantal, hat über ihre Ehe eigene Ansichten. „Jan kümmert sich nur um sich, interessiert sich schon lange nicht mehr für mein Leben, meinen Beruf, meine Eltern, meine Freunde. Er meckert an allem herum, besonders wenn wir essen, auch in Restaurants, immer hat er an irgendetwas was auszusetzen. Er haut mir damit jedes Mal die Stimmung zusammen. Er macht keine Vorschläge, was wir gemeinsam unternehmen könnten. Konzerte, Kino, Theater, da fehlt ihm jede Initiative. Alles muss von mir ausgehen.

Trotzdem erwartet er, dass ich sofort anspringe, wenn er mit mir schlafen will. Ich kann das nicht. Ich will es auch nicht. Ich möchte umgarnt, betört, ,angeheizt‘, verführt werden. Was ich mir wünsche, ignoriert er beharrlich.

Seit er seine Anstellung als Redakteur aufgegeben und sich als Ein-Mann-PR-Agentur selbstständig gemacht hat, ist bei ihm irgendwie die Luft raus. Tagelang hat er nicht richtig etwas zu tun. Früher wollten die Leute was von ihm. Sie wollten vorkommen in seiner Zeitung. Er sollte ihnen dabei helfen. Sie haben ihn umschwänzelt. Er war wer. Heute will er was von anderen. Er kommt als Bittsteller, nicht mehr als der Herr Redakteur, der etwas zu bieten hat. Jetzt kommt er sich aufdringlich vor. Ich glaube, er kann sich selbst nicht richtig leiden und denkt ,ich war mal wer‘. Die Betonung liegt auf ,war‘. Ich mach derweil in meiner Bank Karriere. Das hält er, glaube ich, schwer aus. Er tut mir leid. Aber vor allem geht er mir mit seiner Schlaffheit und Knatscherei unendlich auf die Nerven.“

Jan hat Melanie sehr ausführlich erzählt, wie er die Veränderungen in seiner Ehe sieht und was ihn schon lange enttäuscht. Melanie hört nur ruhig zu, streichelt im über den Rücken und sagt nur „du Armer". Wenn sie ihn fragt, wie es zu Hause so geht, knurrt er, „fad, wie immer". Dass er mit seiner Frau zwischendurch auch schöne Momente erlebt, gute und vertraute

Gespräche führt, gelegentlich mit ihr schläft, dass beide dabei ihren Spaß haben, erzählt er Melanie nicht.

Wer gegenüber dem Affären-Partner den Paar-Partner nur in dessen vorgeblichen Unzulänglichkeiten darstellt, über ihn lästert, sich beklagt, ihn verleugnet, weckt bei seiner Liebschaft falsche Gefühle und Vorstellungen. Was in der Paar-Beziehung wirklich abgeht, davon hat der Affären-Partner keinen Schimmer. Alle Wünsche und jedes Begehren scheinen sich auf ihn zu richten. Die Affäre wertet er als Verlangen nach neuer und ausschließlicher Zweisamkeit – und nicht als einen Wunsch nach zusätzlicher Zweisamkeit.

Die Geliebte stellt sich die Paar-Partnerin als verbraucht, unattraktiv, fad, nicht sexy, als graue Maus oder Mecker-Ziege vor, als Frau, die nicht mehr begehrenswert ist und für ihren Mann kein Verständnis mehr hat, die ihn verpflichtet, zu Entsagungen zwingt, in Fesseln legt. Die ihn (sofern vorhanden) durch Kinder an sich kettet, als Mutter die Beziehungs-Regie beherrscht. Dagegen erscheint die Geliebte selbst umso anziehender, sie gibt sich hin mit Leib und Seele, ist einfühlsam, zeigt sich verständnisvoll.

In einer heimlichen Liebe blüht der Liebhaber auf. Er ist wer. Wird unendlich bewundert, sieht sich als Retter der geliebten Frau. Er ist für sie toll, der Held, der sie aus der Ödnis ihres Daseins befreit. Der Prinz, der Dornröschen wachküsst. Affären-Männer machen sich um Ehe-Männer weniger Gedanken als Affären-Frauen um andere Ehe-Frauen. Allerdings wollen sie sich gegenüber Kontrahenten überlegen fühlen, sich als anziehender und attraktiver empfinden und auf jeden Fall als der bessere Liebhaber. Zu schaffen machen ihnen Statusunterschiede. Wenn sie im sozialen Ranking unter dem Paar-Partner rangieren. Dabei empfinden sie Neid und – mehr noch – Minderwertigkeit. Sie versuchen, solche Gefühle zu kompensieren, indem sie sich aufplustern und eigene Eigenschaften überhöhen.

Die Paar-Beziehung nimmt auch der fremdgehende Partner verzerrt wahr, anders als zuvor. Die dort vorhandenen Ressourcen verlieren im Rausch der Affäre für ihn an Bedeutung. Ihr Wert sinkt. In der Paar-Beziehung registriert er mehr, was nicht passt, wo er zu kurz kommt, sich schlecht behandelt fühlt, worüber die Partner streiten. Der ausufernde Streit dient ihm als Bestätigung, dass seine heimliche Liebe nur allzu berechtigt ist. Die Gefühls-Logik sagt: Wenn mein Paar-Partner dauernd mit mir streitet, unachtsam, abweisend, egoistisch und gemein ist, muss ich ihn doch betrügen. Damit forciert er allerdings eine destruktive Dynamik, ohne zu sehen, wie er selbst zu dem Konflikt beiträgt und die Paar-Beziehung weiter kaputt macht.

Das Ende der Lässigkeit

Wenn einer erwartet, dass aus der lockeren Liebschaft eine feste Paar-Beziehung wird, und meint, für seinen Geliebten längst wichtiger geworden zu sein als für dessen Partner, gerät das Beziehungs-Dreieck (oder Viereck) ins Wanken. Einer ist schon bereit, seine alte Partnerschaft aufzukündigen. Was er will und sich wünscht, soll auch der andere wollen. Doch so synchron geht es meist nicht zu. Einer steckt doch mehr in der Partnerschaft, als er vorgegeben oder selbst vielleicht sogar gedacht hat. Dann endet die Lässigkeit und es beginnt ein Gezerre. Biswelen stellt der zögerliche Affären-Partner es der/dem Geliebten gegenüber so dar, als sei er ein zum Leiden Verdammter, ein Gefangener, der nur allzu gerne befreit würde, aber wegen verschiedenster Umstände nicht befreit werden kann, in Wirklichkeit: sich nicht „befreien" will. Er will weder die Partnerschaft noch die Affäre aufgeben. Er hofft, durch sein Lavieren den Geliebten hinhalten zu können.

Und oft gelingt das sogar eine ganze Zeit. Etwa, wenn die Geliebte glaubt, die Ehe ihres Geliebten sei für ihn eine Verpflichtung, der er sich nicht entziehen könne. Sie sei eigentlich die bessere Partnerin. Aber sie traut sich nicht, aufs Ganze zu gehen, ihn vor die Alternative zu stellen: sie oder ich. Frauen ergeben sich „den Umständen" eher, wenn sie „gebrannte Kinder" sind, als Person nie ausreichend gewürdigt, unsicher, oft enttäuscht worden sind. Wenn sie nicht ausreichend Anerkennung, Zuwendung, Rückhalt bekommen haben, weder von Eltern noch von vorherigen Partnern. Sie wollen sich befreien und legen sich doch in Fesseln. Sie geben alle Entscheidungsgewalt den Männern, opfern sich auf, dienen ihnen als Lustspender und Psycho-Akku.

Um sich dem Paar-Partner gegenüber überlegen fühlen zu können, bagatellisieren buhlende Affären-Partner gerne alles, was ihnen den Vorrang streitig macht. Affären-Partner halten sich ihre (im Moment) größere Attraktivität zugute und nehmen nicht wahr, wie bedeutsam für die Paar-Beziehung deren Geschichte, Vertrautheit, angenehme Gewohnheiten, Sicherheit, Familie, gemeinsame Freunde, finanzielle Verflechtungen sein mögen. Wie wichtig und wie wertvoll all das ist, mag auch dem Paar-Partner erst richtig bewusst werden, wenn er/sie sich zu einer Entscheidung für den einen oder den anderen gedrängt sieht.

Mit dem Verlust der Lässigkeit naht auch das Ende der Heimlichkeit. Derjenige, der die Affäre eingegangen und in ihr entflammt ist, wirkt für den Paar-Partner aufgekratzt und gleichzeitig abwesend. Oft ändert sich das Verhalten. Affären-Gänger achten plötzlich mehr auf ihr Äußeres, treiben auf einmal Sport, entdecken modische Kleidung, ziehen reizvolle Unterwäsche an, wechseln das Parfum, trimmen die Schamhaare. Sie schreiben öfter Nachrichten auf ihrem Handy und lassen es nicht mehr unbeaufsichtigt liegen. Sie haben öfter

Termine, wie es sie zuvor gar nicht gab oder nicht in so augenfälliger Häufigkeit.

Dem Paar-Partner fällt so etwas auf. Auch wenn er dazu nichts sagt. Blicke, Gesten, Körperhaltung verraten, dass er ahnt, was im Gange ist. Oft jedoch wollen beide Partner nicht wahrhaben, was sie sich gegenseitig mitteilen. Sie spüren die Bedrohung und ignorieren ihre Zeichen. Doch die Bedrohung wird umso größer, je länger sie nicht besprochen wird. Durch ein Darüber-hinweg-Schweigen vermeiden Partner schmerzvolle Auseinandersetzung. Zunächst. Sie lässt sich aufhalten, aber irgendwann nicht mehr vermeiden. Im Darüber-hinweg-Schweigen verwickelt sich der Affären-Gänger immer stärker in die Affäre. Er bildet sich ein, sie im Geheimen genießen zu können, ungestört zwischen den Welten hin- und hergehen zu können, ohne dass dies Folgen hätte. Der schweigende Paar-Partner unternimmt nichts, um sich Klarheit zu verschaffen, Befürchtungen und eigene Bedürfnisse auszusprechen, nach Ursachen zu forschen, auch bei sich, den Abtrünnigen zu bremsen und zurückzuholen. Die Kluft zwischen beiden wird immer größer.

Wer sich betrogen fühlt, rettet die Beziehung nicht dadurch, dass er den anderen überführt. Überführen verlangt Kontrolle, die Überprüfung von sms und Kreditkarten-Abrechnungen, Ausreden, Geschichten, Alibis. Wer kontrolliert, stellt Fallen auf, um überführen zu können. Er hindert den anderen nicht am Betrug oder bewahrt ihn nicht davor. Er will Betrug nachweisen. Dafür muss er ihn geschehen lassen. Auch das ist eine Variante von Selbstzerfleischung. Besser ist es, den Verdacht anzusprechen und über den Zustand der eigenen Beziehung zu sprechen.

Frauen sind die besseren Kontrolleure. Männer können Affären schlechter kaschieren. Frauen sind wachsamer. Männer stellen sich dümmer an. Für keinen von beiden ergibt sich daraus ein wirklicher Vorteil. Kontrolle fördert Aversion – bei dem, der kontrolliert, und dem, der kontrolliert wird. Wer danach trachtet, den anderen zu überführen, will sich zum Opfer machen und den anderen schuldig sprechen. Schlechtes Gewissen und Schuldgefühle können vielleicht Verhalten unterbinden, fördern allerdings keine neue Liebe.

Auch wenn eine Affäre auffliegt: Die ganze Wahrheit kommt nie auf den Tisch. Die ganze Wahrheit ist ohnehin Fiktion. Weil es keine objektiven Tatsachen gibt, die jeder gleich darstellen, bewerten und empfinden würde. Mit denselben Wörtern und Sätzen verbinden verschiedene Menschen ganz verschiedene Bedeutungen. Die Wahrheit ist mit Worten also gar nicht zu fassen. Schriftlichen Aussagen – in sms oder Briefen – fehlt jeder Kontext. Sie sind oft spontan entstanden, situativ, nicht gemeint für alle Ewigkeit. Sie sind schwer zu fassen: Waren sie als Anreiz, Impuls oder Stimulation gemeint? Was war ernstes Bekenntnis, was leichtfertiges Spiel? Was empfundene Wahrheit, was schiere Illusion? Was bedeutet eine Bemerkung wie: „Ich liebe dich"? Wo wir Liebe an sich nie verstehen können. Wie wichtig ist Sex? Wie lange berauscht er alle sonstigen Gefühle und Gedanken?

Wer meint, aus Briefen, Mails oder sms, schnell getippten Kurz-Texten, verlässliche Beschreibungen über dauerhafte Zustände lesen zu können, irrt sich gewaltig. Daher ist es besser, sie erst gar nicht zu lesen. Sie lösen nur verquere Vorstellungen aus, besetzen damit die eigene Fantasie, liefern aber keine sinnvollen Erkenntnisse. Was gesehen, erinnert, gefühlt wird, verändert sich zudem in verschiedenen Situationen.

Außerdem kann niemand die ganze Wahrheit verkraften. Wer sich erzählen lässt, wie ein Partner Sexualität mit einem anderen gelebt hat, wird die Bilder, die dabei in seinem Kopf entstehen, nicht mehr los. Sie werden zu ewiger Pein. Niemand will all seine Geheimnisse preisgeben, sich dazu genötigt fühlen, jedes Detail, jeden Gedanken, jede Fantasie, jedes Gefühl zu beschreiben.

In Gillian Flynns Roman „Gone Girl", einem makabren Beziehungsdrama, stellt sich der männliche Partner Nick – im gleichnamigen Film beeindruckend gespielt von Oscar-Preisträger Ben Affleck – vor, den Schädel seiner Frau Amy aufzuschlagen, um so sehen zu können, was wirklich in ihrem Kopf vorgeht. Die Szene lässt die Luft flirren. Sie kommt im Film gleich zweimal vor. In jeder Rezension wird sie beschrieben. Offenbar übt sie eine ungeheure Faszination aus und zeigt, wie absurd und unerfüllbar der Wunsch nach ganzer Wahrheit ist.

Wahrheits-Tribunale

Jans heimliche Liebe zu Melanie flog auf, als Chantal den Code seines Telefons knackte und sms lesen konnte, die er zu löschen vergessen hatte. Chantal stellt ihren Mann zur Rede, ohne ihm zu sagen, was sie wusste und woher.

„Seid wann geht das schon mit dieser Melanie? Seit wann fickst du sie? Seit wann betrügst du mich?" Jan war vor den Kopf geschlagen, er wusste nicht, was er sagen sollte. „Wie kommst du darauf? Was soll das? Was willst du von mir?", stammelte er. Nicht überzeugend.

Chantal rastete aus: „Hör endlich auf mit dem Theater, Gib's zu, du Betrüger. Du Schwein. Du bist doch letztklassig. Sag jetzt gefälligst, was du dir bei dieser Sauerei gedacht hast. Wahrscheinlich hast du ja gar nichts gedacht. Und mich hältst du für blöd." Dabei schlug sie ihm ins Gesicht, trommelte mit den Fäusten auf ihn ein und schrie: „Ich will jetzt die Wahrheit wissen. Die ganze Wahrheit. Und dann kannst du dich schlei-

chen. Dann will ich dich nicht mehr sehen. Pack deine Sachen und zieh Leine. Geh zu deiner Tussi."

Chantal muss wissen, woran sie ist. Aber das erfährt sie nicht, indem sie ihren Mann angreift. Sie wird ihn nicht dazu bringen, ihr zu sagen, dass es ihm leid tut. Es tut ihm nämlich gar nicht leid. Und er will Melanie nicht aufgeben. Er liebt diese Frau. Und woran er mit seiner Ehe ist, weiß auch Jan nicht. Er steht unter Schock. „Hau mir in die Fresse, wenn es dir gut tut", ruft er ihr entgegen. „Aber raus kriegst du mich hier nicht. Das ist genauso mein Haus wie dein Haus."

Alles wissen zu wollen, ist brutal. Wer als Inquisitor ein Affären-Tribunal veranstaltet, will den Partner schuldig sprechen und niedermachen. Es geht nicht darum, zu verstehen, warum was geschehen ist. Es geht um Anklage, Verurteilung und Strafe. Am Ende liegt alles in Trümmern. Ankläger kümmert nicht, was sie zu all dem beigetragen haben könnten. Sie fühlen sich im Recht und moralisch überlegen. Sie wollen Ankläger und Richter sein und machen sich selbst zum Opfer. Denn jede gemachte oder verweigerte Aussage verletzt sie.

Tribunal statt Besinnung. Das ist das gängige Szenario, wenn eine heimliche Liebe aufgeflogen ist. Wer den angeklagten Partner moralisch aburteilt, muss nicht über sich selbst reden – über eigene Ängste, Wünsche, Sehnsüchte. Der destruktivste Zug in einer Beziehung ist es, den anderen abzuwerten, um sich selbst aufzuwerten und besser – als der/die Bessere – dazustehen. Abwertung des anderen entsteht oft aus empfundener Bedrohung. Da wäre es besser, über die eigene Angst nachzudenken – über die Angst, etwas zu verlieren, das ungeheuer wichtig ist.

Jeder, dessen Partner fremdgegangen ist, sieht in der dritten Person zunächst einen Gegner, jemanden, der sich in die Paar-Beziehung gedrängt hat, einen Platz beansprucht, der ihm nicht gebührt, einen, der den Paar-Partner bedroht. Der betrogene Paar-Partner sucht nach Schwachstellen des Rivalen. Jede Gelegenheit, ihn abzuwerten, ist willkommen. Jede Vorstellung, die dazu verhilft, wird genährt. Der Betrogene will Defizite entdecken – im Aussehen, im Intellekt, im Charakter. Das geschieht mit kreativer Fantasie. Wer einen Rivalen erniedrigt, wertet sich selbst auf. Die Abwertung des Rivalen entspringt der Vorstellung, damit den eigenen Status wieder herstellen zu können. Das lindert den Schmerz. Vorstellungen, wie man sich an dem Rivalen rächen könnte, stärken das eigene Selbstbewusstsein. Rache-Fantasien sind menschlich. Gehässigkeiten gehören dazu.

In Rivalität geht es um Sieg oder Niederlage. Wer den Rivalen fürchtet, weil er sich selbst zu wenig zutraut, verliert. Den Rivalen abzuwerten, bringt jedoch nichts. Alle Vorhaltungen beruhen auf Gedanken, die gespeist sind aus persönlicher Betroffenheit. Was der Geliebte/die Geliebte für ein Mensch ist, kann der Betrogene gar nicht beurteilen. Schon gar nicht, was er/sie für seinen Paar-Partner wirklich bedeutet. Und das ist für den Ankläger höchst beunruhigend. Unsicherheit stachelt ihn schnell zu noch heftigeren Anwürfen und Herablassungen an. Damit provoziert er die Abwehr des eigenen Partners. Denn dessen Herz hängt an der (nun nicht mehr heimlichen) Liebe.

Mit Abwertungen der enttarnten Liebe erklärt der Betrogene seinen Partner zum Trottel. Denn der hat sich, den Vorwürfen zufolge, auf eine Person eingelassen, die es gar nicht wert sein soll, ernstgenommen und geliebt zu werden. Betrogene können – im Zustand höchster Erregung – zu den übelsten Vorwürfen greifen, ihren einst geschätzten Partner zum Schwein, Triebtäter, pathologischen Fremdgeher erklären.

Spielen sich derartige Szenen vor Kindern ab – und auch das geschieht oft, auch mit körperlicher Gewalt, begonnen auch von Frauen, nicht nur von Männern –, ziehen Eltern sie in einen Streit, den Kinder nicht unbeschadet überstehen können. Sie müssen mit ansehen, wie Eltern voreinander jeden Respekt verlieren, sich von Wut überwältigen lassen, ihre Aggression nicht mehr im Griff haben, sich Gewalt antun, einer den anderen fertig macht. Kinder wollen beide Eltern lieben können. Sie in einem Beziehungs-Streit zu Konflikt-Partnern zu machen, das ist Kindesmissbrauch.

Wir lieben unsere Illusionen

Liebe verlangt Verständnis und Rücksichtnahme, Zärtlichkeit und Sanftheit. Sie ist die stärkste Kraft gegen die existenzielle Angst vor der Einsamkeit, vor der Angst, allein zu sein. Liebe wird auch aus dem Wunsch gespeist, niemals verlassen zu werden. Einer/eine soll da sein, auf die Verlass ist. Wer hineintaucht in eine andere Beziehung, auf den ist aber kein Verlass mehr. Schon die Möglichkeit, dass es so sein könnte, erschüttert Verlässlichkeit. Das ist ein Gedanke, der sich gegen unser „Illusionsbedürfnis" richtet, wie Wolfgang Schmidbauer anmerkt. Mit der Liebe kämpfen wir auch um unsere Illusionen. Wir lieben sie wie die Liebe selbst. Jeder tut es. Sie gehören zur Liebe dazu.

Jeder hat dieses Illusionsbedürfnis. Wir selbst ebenso wie unser Partner. Wir bedienen es durch Zuwendung, Liebesschwüre und Verzicht auf Wahrheit. Wir versichern unserem Partner, wie einzigartig unsere Beziehung ist, und tun so, als ob es niemanden sonst gäbe, den wir jemals lieben könnten. Wenn wir über Affären schweigen, nehmen wir auch auf dieses Illusionsbedürfnis Rücksicht.

Treue bietet Sicherheit. Sie soll Einzigartigkeit und Eins-Sein garantieren. Sexuell und emotional. Sie will verhindern, dass einer sich in einen anderen verliebt. Dass er die bestehende Liebe mit neuer Verliebtheit vergleicht und sie so überprüft. Dabei kann die bestehende Liebe gefestigt werden. Soll diese Chance die Verpflichtung zur Treue aufheben? Oder sprechen die möglichen Risiken dagegen? Neue Verliebtheit kann die Beziehung fundamental infrage stellen, wenn dort gelebt wird, was sonst fehlt, in der bestehenden Beziehung vielleicht gar nicht vorstellbar gewesen ist.

Wir können plötzlich einen Menschen treffen, der in uns ganz neue Saiten zum Klingen bringt, ungeahnte Bedürfnisse weckt, neue Horizonte eröffnet, Reize ausübt. Plötzlich macht es „klick". Treue wird zur Bürde, wenn sie dieses andere Leben verhindert. Wenn sie Vitalität unterdrückt. Wer aus Pflichtgefühl völlig auf Bedürfnisse verzichtet, die sich vehement Geltung verschaffen, in der Paar-Beziehung jedoch nicht befriedigt werden können, martert sich selbst und wird es womöglich ewig – mit Trauer und Schmerzen – bereuen.

Paradoxerweise geraten Menschen, denen Treue sehr viel bedeutet, oft an Partner, von denen sie wissen, dass sie nicht besonders zu Treue neigen. Sie werden von der Vorstellung geleitet, so besonders zu sein, dass sie den Umtriebigen einfangen und dazu bringen könnten, alle sonstigen Bedürfnisse zu verlieren. Hier treffen zwei Narzissten aufeinander. Der eine bedient seinen Narzissmus mit endlosen Affären. Der andere (eher die andere) pflegt ihre narzisstischen Größenfantasien, indem sie sich einbildet, einen Narzissten dazu zu bringen, nicht mehr Narzisst zu sein. Wir haben noch nie erlebt, dass das gelungen wäre.

Narzissten, die ständig neue Affären brauchen, um sich selbst zu bestätigen, sind in einer Beziehung schwer auszuhalten. Sie mögen einem Partner beteuern, die einzig wahre Liebe zu sein, stellen das mit ihrer Umtriebigkeit allerdings immer wieder infrage. Es gibt Narzissten, die kaum von Selbstzweifeln geplagt sind, die sich für grandios und ihre egozentrischen Ansprüche bedenkenlos für berechtigt halten. Und es gibt Narzissten, die ihre Größenfantasien pflegen, weil sie damit versuchen, ein sehr labiles Selbstbewusstsein und ein instabiles Selbstwertgefühl zu kompensieren. Beide können nie genug Selbstbestätigung von anderen bekommen. Die Affären-Menschen reduzieren sie dabei zu Objekten ihrer rücksichtslosen Selbstbestätigung. Das können sie freilich oft gut kaschieren, mit Charme, Aufmerksamkeit, Liebenswürdigkeit – bis das Objekt seine Funktion erfüllt hat. Narzissmus, die den Grad einer Persönlichkeitsstörung hat, ist nicht korrigierbar. Die Störung hört nie auf, sie bleibt ein Leben lang, wird mit zunehmendem Alter häufig sogar heftiger – anders als die Sexualkraft.

Keiner kann für einen alles sein

Jedem Rat, was Paare tun könnten, um ihre Beziehung gut zu erhalten und zu entwickeln, liegen bestimmte Grundannahmen, Werte, Sichtweisen zugrunde. Daher gibt es so viele, womöglich verwirrende Ratschläge. Über Grundannahmen und Werte ist wenig zu debattieren. Sie entwickeln sich in sozialen Zusammenhängen. Gemeinschaften versehen sie mit Erklärungen, die darlegen sollen, warum ihre Annahmen und Werte richtig sein sollen. Das heißt für sie oft auch, dass sie andere Einstellungen nicht für richtig halten. Letztlich muss jeder für sich entscheiden, was er sich zu eigen macht, was ihm angemessen erscheint. Was sich für ihn besser anfühlt. Tatsächlich geht es bei Werten und Annahmen viel mehr um Gefühle als um Verstand.

Der amerikanische Therapeut John Gottman gesteht zu, dass für Partner in einer festen Beziehung andere Menschen durchaus reizvoll sein können. Von den Reizen der anderen Person lasse sich ein Beziehungspartner jedoch nur verlocken, nimmt er an, wenn in der Paar-Beziehung die Gefühle beider Paar-Partner nicht ausreichend zusammenpassen. „Wenn eine Beziehung die emotionalen Bedürfnisse beider Partner erfüllt", so Gottman in „Die Vermessung der Liebe – Vertrauen und Betrug in Paarbeziehungen", „halten sie diese lustvollen Gedanken in aller Regel im Zaum." Eine Affäre wäre demnach immer ein Zeichen dafür, dass in einer Paar-Beziehung etwas gröber nicht stimmt. Paare, bei denen es zu einer Affäre kommt, hätten immer etwas Wesentliches versäumt, unterlassen oder nicht geschafft. Dieser Überlegung liegt wiederum die Erwartung zugrunde, in einer intakten Beziehung müssten sich Partner gegenseitig alle (wichtigen) Bedürfnisse erfüllen. Einer soll dem anderen alles sein können. Wenn es einen in eine Affäre gezogen hat, müssten die Partner zu dem Schluss kommen, sie hätten versagt, den Ansprüchen wahrer Liebe nicht genügt.

Affären sind für Gottman in Partnerschafts-Defiziten begründet und nicht in natürlichen menschlichen Anlagen, die in jedem von uns unterschiedliche und oft auch gegeneinander stehende Bedürfnisse hervorrufen. Der Puritaner Gottman verfügt über ein einfaches Bewertungsschema, mit dem er erklärt, was er für richtig und was er für falsch hält, was akzeptabel und was nicht zu tolerieren sein soll. Seine Ansichten sind in Amerika sehr populär. In Europa überzeugen sie eher nicht.

Paare kommen besser miteinander klar, wenn sie an sich keine Ansprüche stellen, die (unserer Auffassung und all unserer Erfahrung nach) unerfüllbar sind. Dazu müssen sie sich eingestehen und zugestehen: Keine Beziehung kann alle Bedürfnisse der Partner erfüllen. Keiner kann für den anderen alles sein. Ein solcher Anspruch ist eine völlige Überforderung. Die Partner, die versuchen, diesen Anspruch trotzdem zu erfüllen, erleben sich andauernd als unzulänglich. Damit zerstören sie Selbstbewusstsein und Selbstachtung. Sie machen sich Vorwürfe, können sich selbst nicht richtig leiden und verdammen sich zu einem permanenten Scheitern. In einer Therapie, die ihnen unerfüllbare Ansprüche entgegenhält, finden sie keinen Rat, keine Hilfe, sie können sich nur die Leviten lesen und ihre Defizite vorhalten lassen. Gott(man) bewahre.

Partnerschaft kann kein Dienstleistungsbetrieb sein, der für wechselseitige Bedürfnisbefriedigung und Sinnstiftung zuständig wäre. Bedürfnisse können Partner gegenseitig befriedigen, wenn Bedürfnisse zusammenpassen. Auch Gefälligkeiten sind angebracht, willkommen und förderlich. Aber nur so weit, als Gefälligkeit nicht zum Anspruch wird und einer vom anderen verlangt, wichtige eigene Bedürfnisse aufzugeben. Da eine Paar-Beziehung aus zwei Personen besteht, zwei Personen nicht identisch sein können, nicht einmal als eineiige Zwillinge, haben sie immer eigene, also unterschiedliche Interessen, Wünsche, Ansichten, Gefühle und Bedürfnisse. Sie würden sich in ihrer individuellen Entwicklung dramatisch einschränken, wenn sie für sich nur Interessen zuließen, die in der Schnittmenge beider Partner enthalten sind.

Viele Bedürfnisse muss sich jeder selbst erfüllen. Weil es ganz persönliche Bedürfnisse sind oder sie nur durch individuellen Einsatz zu befriedigen sind. Sympathie bei anderen kann jeder nur für sich selbst erwerben. Erfolg im Beruf muss jeder sich selbst erarbeiten. Ziele sind nur attraktiv, wenn es eigene Ziele sind. Ausdauer holt jeder nur aus sich selbst. Ebenso wie Gelassenheit. Frust verarbeitet keiner für einen anderen. Angst kommt von innen. Angst kann man (letztlich) nur selbst nehmen. Genauso wie man nur selbst lieben kann. Man kann einen Partner nicht dafür verantwortlich machen, wenn das eigene Selbstbewusstsein einknickt, man sich langweilt, sich fürchtet vor der Endlichkeit des Lebens, wenn er

Freunden oder Eltern nicht passt, wenn Kinder in der Schule nicht klarkommen oder wenn der Hormonspiegel sich ändert und damit die Launen, die sexuellen Bedürfnisse und die Potenz.

Partnerschaft nähren Paare, indem sie Eigenständigkeit der Partner zulassen, ja fördern, dabei jedoch nicht auseinanderdriften, sondern teilnehmen an Entwicklungen. Wenn sie sich gegenseitig unterstützen, ohne aufeinander die Verantwortung dafür abzuladen, was jeder kann, tut, nicht tut, anstrebt, aufgibt, erreicht oder verfehlt.

Affären im Kopfkino

Laut Statistik betrügt sowohl jeder zweite Mann als auch jede zweite Frau mindestens einmal im Leben den Partner. Meist sind das nicht nur „einmalige Ausrutscher". 60 Prozent der Affären dauern länger als einen Monat, bei der Hälfte dieser Affären-Gänger länger als ein halbes Jahr, schrieb im November 2014 das Magazin „Medizin populär".

Die Statistik zeigt freilich auch: Die meisten Affären sind von begrenzter Dauer, nicht angelegt als Alternative zu einer bestehenden Paar-Beziehung. Menschen können durchaus einem Partner ihr Herz schenken und (zwischenzeitlich) einen ganz anderen (sexuell) attraktiver finden. Obwohl Affären häufig vorkommen, stellen Paare sich nicht auf Affären ein.

Treue einzufordern ist ok. Ebenso ist es in Ordnung, die Forderung danach abzulehnen. Partner sollten allerdings wissen, woran sie miteinander sind. Die Überlegung, dass sich das Meiste einer Affäre (meist) im Kopf abspielt – und zwar bei allen Beteiligten –, will dazu anhalten, die eigenen Gedanken an der Realität zu überprüfen. So können wir checken, ob sich tatsächlich die Gefährdungen ergeben, die uns unsere Gefühle akut vermelden. Außerdem ist es möglich, sich vorab zu überlegen, wie man mit einer Affäre umgehen will, falls sie sich ereignet. Solche Überlegungen können sein:

- Wie verstehe ich, weshalb es zu der Affäre gekommen ist?
- Wie kann ich einordnen, welche Bedeutung sie hat?
- Habe ich selbst dazu beigetragen, dass es dazu gekommen ist?
- Wenn ja, wie?
- Was will ich, wenn sie aufgeflogen ist, erreichen?
- Was möchte ich meinem Partner vorschlagen?

Schon die vorausschauenden Fragen und die Überlegung, wie man sie beantwortet, helfen, für unvorhergesehene Wechselfälle des Lebens besser gewappnet zu sein.

Gleichzeitige Lieben

Ein spezielles Dilemma tut sich auf, wenn ein Partner zwei Lieben gleichzeitig leben will, eine dritte Person als wunderbare Ergänzung empfindet, meint, mit ihr sein Beziehungsleben sozusagen komplett zu machen. Wenn der Affären-Partner nicht mehr will, als Affären-Partner zu sein und nicht selbst Ausschließlichkeit beansprucht, können Dreiecke – sofern sie geheim bleiben – über viele Jahre bestehen, mitunter mit Affären-Partnern, die selbst in einer Dreiecksbeziehung leben und das auch ihren angestammten Partner zugestehen.

Allerdings verlangt eine solche Konstellation auch einen Preis, den der Partner in der Doppelpartnerschaft nicht gerne wahrhaben will. Wer eine Affäre lebt, baut zum Paar-Partner durch das Geheimnis und die dort gelebten Freuden immer auch Distanz auf und vor allem: Er zerstört Intimität. Er spielt verschiedene Rollen, folgt einem geheimen Skript, zeigt sich weder dem Paar-Partner noch dem Affären-Partner als wahre Person. Um die Dreiecksbeziehung in der Balance halten zu können, schottet er dem anderen gegenüber wesentliche Teile von sich ab, verheimlicht Bedürfnisse, Eigenschaften, Merkmale seiner Persönlichkeit, wichtige Differenzen zwischen den Partnern.

Die Abschottung gegenüber dem Paar-Partner ist dabei zwangsläufig größer als gegenüber dem Affären-Partner. Der Affären-Partner weiß, dass es den Paar-Partner gibt. Mit ihm wird das Geheimnis gelebt, während der Paar-Partner von all dem keine Ahnung haben soll. Der Paar-Partner ist der Dumme und soll es bleiben. Im Beziehungs-Dreieck, in dem der eine die in der Paar-Beziehung nicht gelebten Bedürfnisse außerhalb befriedigt, blockiert der Affären-Gänger die Entwicklung der Partnerschaft. Das ist der eigentliche Betrug – das Vorenthalten von Entwicklungs- und Lebenschancen durch bewusstes Täuschen. Der Regisseur des Dreiecks blockiert das Wachstum der Paar-Beziehung und das Wachstum des Partners. Der trifft seine Entscheidungen unter völlig falschen Annahmen. Wie er sein Leben wählt, ist bestimmt von nicht durchschauten Lügen.

Manche Paare legen ihre Dreiecks-Verhältnisse offen. Für andere ist eine solche Konstellation ein offenes Geheimnis. Die Partner gestehen sich eine weitere Beziehung zu, ohne groß nachzufragen. Sie sehen über das sonstige Verhältnis großzügig hinweg. Und trotzdem ziehen sie sich voneinander zurück in Parallelwelten, die sie voreinander abschotten.

Partner können aushandeln, was sie voneinander wissen wollen – und sie können solche Vereinbarungen korrigieren, nach dem Motto: Versuch und Irrtum. Manche gestehen sich Freiräume zu bestimmten Zeiten zu, in denen aus der Normalität ausgebrochen werden darf – um sie danach wieder leichter leben zu können. Dafür schaffen verschiedene Kulturen unterschiedliche Gelegenheiten. Dafür gibt es auch den Fasching, wo eigene Regeln gelten. „Du kannst nicht treu sein, nein, nein, das kannst du nicht, wenn auch dein Mund mir wahre Liebe verspricht", heißt es in einem Schlager. Und weiter, „In deinem Herzen hast du für viel Platz, darum bist du auch nicht für mich der richtige Schatz." Das singen Menschen auch im Karneval. Doch wenn sie ihre Narrenkappe aufsetzen, singen sie den Text mit fröhlichem Augenzwinkern, ausgelassen als Schunkellied und Bekenntnis. So verkünden sie die tiefere Wahrheit, dass es ewige Treue (meist) doch nicht gibt und sie sich eine solche Bürde auch gar nicht auferlegen wollen. Jedenfalls nicht in den tollen Tagen. Am Aschermittwoch ist dann alles wieder vorbei. Die Narrenkappen werden abgenommen und auch ausgelassene Närrinnen und Narren kehren zurück in das geregelte Leben.

Eifersucht – kann heilen. Und fertigmachen.

Eifersucht tut weh. Eifersucht ist quälend. Sie kann zermürben, fertigmachen. Sie kann herrühren aus eigener Unsicherheit oder Verunsicherung durch den Partner. Sie kann handfeste Ursachen haben und aus tatsächlicher, wahrnehmbarer, unmittelbarer Bedrohung gespeist werden.

Eifersucht nervt, sie ist lästig. Sie kündet von persönlicher Gefährdung. Sie zeigt Verwundbarkeit an und Gefahr für das Selbst. Eifersucht kann den Boden unter den Füßen wegziehen. Sie löst Angst und Wut aus. So freilich wird Eifersucht auch zur Raserei. Sie kann zu Mord und Selbstmord treiben.

Viele Menschen würden sie gerne loswerden. Aber wir sollten Eifersucht auch schätzen. Sie erfüllt eine wichtige Funktion. Sie bringt vehement Wünsche zum Ausdruck – nach verlässlicher emotionaler und sexueller Beziehung. Wann sie sich bemerkbar macht, wie heftig sie drängt, wie sehr sie beschäftigt oder vereinnahmt, ist von Mensch zu Mensch unterschiedlich. Eifersucht kann mächtig sein, so wachsen, dass sie alle anderen Gefühle beherrscht. Sie kann wahnhafte Züge annehmen, sogar zum echten Wahn werden. Das ist dann schlecht. Aber keiner ist frei von Eifersucht. Und das ist gut so.

Eifersucht ist ein Warnsignal, das dabei hilft, Beziehungen auf gutem Kurs zu halten. Sie sagt dem Partner: Ich will dich nicht verlieren. Du bist mir sehr wichtig. Mir ist nicht egal, was mit dir ist, was du treibst und wie du empfindest. Und ich will wichtig für dich sein. Die wichtigste Person.

Darum geht es schließlich in einer Liebe: Für den anderen die wichtigste Person zu sein, nicht eine unter vielen, nicht beliebig austauschbar. Wichtiger als alle anderen und alles andere. Eifersucht kann aufkommen, wenn ein Partner das Gefühl hat, Freunde sind wichtiger, oder Kollegen oder der Beruf. Eifersucht signalisiert: Ich fühle mich vernachlässigt, nicht ausreichend geschätzt. Ich habe das Gefühl, meine Position ist gefährdet.

Es fällt den meisten Menschen leichter, ihrem Partner Gefühle und Umgang mit anderen zuzugestehen, wenn dabei sexuelle Bedürfnisse keine Rolle spielen. Wenn Sex, Erotik, Anziehung, Lust und Leidenschaft aufscheinen, kommt für die Eifersucht der große Auftritt. Sie beginnt zu wüten und zu schreien: „Ich will dich nicht teilen. Ganz und gar nicht."

Eifersucht signalisiert die Angst, nicht einzigartig zu sein. Eifersucht ist ein Appell. Sie will Grenzen festlegen. Eifersucht ist nicht verkehrt und sie muss keinem peinlich sein. Eifersucht ist ein in uns angelegtes Affektschema, auch ein Frühwarnsystem, das wir nicht ausschalten können. Eifersucht erkennt an, dass Beziehung, nur weil sie einmal eingegangen wurde, nicht sicher ist. Dass Beziehung genährt und dass um sie gekämpft werden muss. Eifersucht realisiert: Mein Partner ist eine eigenständige Persönlichkeit, er hat einen freien Willen und damit die Möglichkeit, sich gegen mich zu entscheiden, mich zu verlassen. Eifersucht gibt Energie, für den Bestand der Liebe zu kämpfen.

Wer unter einem Verdacht leidet, ein Partner werde abtrünnig und gehe womöglich verloren, sollte nicht im Stillen nach Beweisen suchen oder seinem Partner Fallen stellen, sondern sich darüber klar werden, was eine Affäre für ihn bedeuten würde. Und dann sollte er über seine Befürchtungen und Erwartungen sprechen.

Zu bedenken ist freilich: Entspricht das Ausmaß der Eifersucht der tatsächlichen Situation? Erreicht der Eifersüchtige mit dem Druck, den er ausübt, was er erreichen will? Wenn Eifersüchtige beginnen, den Liebespartner zu bekämpfen und sich gleichzeitig an ihn klammern, ihn dauernd kontrollieren, verlangen, alles zu wissen, etablieren sie einen permanenten Belagerungszustand – mit fortwährendem Beschuss. Das hält keine Beziehung aus.

Meist messen wir mit zweierlei Maßstäben. Die eigene Eifersucht ist immer im Recht. Sie verlangt Rücksicht. Der Eifersucht des anderen wird schnell das Recht abgesprochen. Sie ist lästig, sie schränkt ein. Eifersucht an sich ist nicht unvernünftig. Unvernünftig kann jedoch der Umgang mit Eifersucht sein. Paare müssen sich eingestehen, dass Eifersucht zur Liebe dazugehört.

Auch wer zugesteht, dass keiner für einen anderen alles sein kann, will nicht, dass eine weitere Liebe in seine Beziehung eindringt. Das tut immer weh, greift das Selbstbewusstsein an, wird erlebt als Angriff auf die eigene Identität. Auch wenn Treue nicht als immerwährende Treue erwartet wird, Monogamie nicht als uneingeschränkte Verpflichtung gilt, so bleibt doch der Wunsch, dass die Beziehung zum Partner alles überwiegt, alles überdauert, jede Bedrohung fernhält.

Wer eine Affäre lebt, sollte schlummernde Eifersucht nicht wecken – durch Hinweise, Nachlässigkeit oder Vernachlässigung des Partners. Wenn der nicht mehr bekommt, was er sich wünscht, wenn Aufmerksamkeit, Zeit und Lust vorenthalten werden, weckt das – völlig zu Recht – Argwohn. Eifersucht wird so angestachelt. Beziehungen brauchen beides – dosiertes Misstrauen, das Naivität und Wunschdenken überprüft, und Vertrauen, das Nähe, Geborgenheit und Beständigkeit nährt. Ohne Vertrauen kann keine Beziehung gedeihen. Großes Misstrauen zeugt von großen Gefährdungen – oder geringem Selbstwert.

Stabiler Selbstwert bedeutet: sich seines Wertes auch gegenüber anderen Personen als dem Partner gewiss zu sein und sich zuzugestehen, selbst nicht die einzige Person zu sein, die liebenswert ist. Wer meint, nur Bedeutung zu erhalten, wenn er/sie für den anderen alles ist, hat zu sich selbst kein Vertrauen. Toleranz für eine heimliche Liebe belegt Vertrauen und Selbstvertrauen. Aber das ist viel verlangt.

Sexuelle Untreue schmerzt mehr als – wie sollen wir es nennen? – „emotionale" Untreue. Es ist nicht ganz einfach, diese Unterscheidung zu machen. Letztlich geht es darum, ob „es" passiert ist, ob es zum Sex gekommen ist. Solange nur darüber fantasiert worden ist, trifft die Untreue nicht so hart. Diejenigen, die womöglich heftiger Verbalerotik erlegen sind, reklamieren, Sex nicht vollzogen zu haben. Aber das stimmt nur eingeschränkt. Natürlich ist realer Sex etwas anderes als fantasierter. Aber auch die gemeinsame Fantasie hebt Grenzen auf. Gesteht man sich das zu, solange es nicht zum praktischen Vollzug kommt? Hält man Eifersucht damit in Schach? Oder soll das schon unakzeptabel sein? Doch gegen Fantasien ist gar nichts zu tun. Die Gedanken sind frei. Fantasien behält man, wenn ihre Kundmachung bestraft wird, doch für sich. Und pflegt sie heimlich.

Eifersüchtige mögen ihrem Partner verbieten wollen, sich nach anderen umzudrehen, ihnen auf Körperteile zu schauen, die besonders beim Sex zum Einsatz kommen. Sie mögen ihnen untersagen, mit anderen zu flirten, also auszutesten, ob sie als sexuelle Wesen wahrgenommen werden. Oder sie können all das großzügig zulassen, wenn sie darin nicht Untreue sehen, sondern ein biologisches Programm.

Grundregel der Offenheit

Ist die Affäre aufgeflogen, ist die Inszenierung von Schonung und Beschönigung vorbei. Es gibt nichts mehr abzustreiten. John Gottman fordert, der Affären-Gänger müsse „alles gestehen", auch Details, nur über Sex solle er nicht konkret werden. Sonst jedoch müsse er alles restlos offenlegen. Er fordert den „tell-all-approach". Anders, behauptet er, sei eine Beziehung nicht wieder herzustellen. Gottman verlangt „das Leben eines Partners sollte ein offenes Buch sein, ohne Geheimnisse".

Um verloren gegangenes Vertrauen wieder herzustellen, müsse der Fremdgeher dem anderen jeden Zugang zu seiner Privatheit gestatten – E-Mails, Telefon, Kreditkarten-Abrechnungen. Zu Freunden, die Komplizen einer Affäre waren, müsse jede Beziehung abgebrochen werden, für immer. Wer für den Fremdgeher ein Vertrauter war, egal wie kritisch, müsse geopfert werden.

Taugt nur der gläserne Mensch für wahre Liebe? Ohne private Gedanken, Fantasien, Gedankenspiele, ohne jedes Geheimnis? Muss in einer Beziehung alles offengelegt und abgeladen werden? Nick Dunne, der Held aus Gillian Flynns „Gone Girl" müsste sich nicht mehr vorstellen, seiner Frau die Schädeldecke aufzubrechen, um in ihr Gehirn schauen und ihre Gedanken lesen zu können.

Gottmans Postulat der totalen Offenheit und völligen Kontrolle lässt keinen Raum, Gedanken für sich selbst zu entwickeln, zu ordnen, zu überdenken, für sich Gefühlen nachzuspüren, sie für sich zu fassen, Bedürfnisse, die gegeneinander stehen, auszuloten, abzuwägen. Die Verbindung der Partner-Hirne und Gefühls-Welten müsste permanent „online" sein. Zu lesen sein sollten Gedanken, die noch gar nicht zu Ende gedacht sind, die womöglich bald völlig anders verlaufen. Zu verfolgen sein sollen Gefühle, die noch gar nicht richtig gefasst und schon gar nicht verstanden wurden. Daraus kann nur eine chaotische Kommunikations-Dynamik entstehen.

Und wer will sich der Anforderung unterwerfen, seinem Partner gegenüber keine Geheimnisse mehr zu haben? Jeder Mensch hat Geheimnisse, die er nicht preisgeben will. Mit Geheimnissen sichern wir unsere Identität. Wir schützen unsere Gefühle, bewahren uns vor Verletzungen. Gefühle und Gedanken sind nur frei, wenn sie nicht offenbart werden müssen. Mit Geheimnissen bewahren wir unsere Persönlichkeit und unsere persönliche Freiheit. Ohne Geheimnisse geben wir uns auf – und sind nicht beziehungsfähig.

Vertrauen brauchen wir in einer Beziehung gerade deshalb, weil wir nie wissen können, was in dem anderen vorgeht. Hätten wir Wissen, brauchten wir kein Vertrauen. Weil wir wissen, dass Fakten uns kein sicheres Wissen liefern, keine Gewissheit geben, brauchen wir Vertrauen. Indem wir vertrauen, beweisen wir unsere Liebe. Wenn wir akzeptieren, dass wir nicht alles wissen können, erwarten wir nicht mehr, alles wissen zu müssen. Dann können wir uns auch unsere Geheimnisse zugestehen. Damit bleiben wir für andere sogar spannender.

Wenn eine Affäre auffliegt, gilt es – von beiden Partnern – vorsichtig auszutarieren, wie viel Wahrheit nötig ist, um wieder Vertrauen aufzubauen, und welche Wahrheit zerstörerisch wäre. Die Anforderung ist paradox. Um ihre Beziehung retten zu können – wenn sie es denn wollen –, müssen Partner ehrlich miteinander umgehen. Sie müssen wissen, woran sie miteinander sind. Sie dürfen sich nicht etwas vorgaukeln, was zwischen ihnen nicht existiert. Aber das bedeutet nicht, dass restlos alles auf den Tisch muss. Manches wäre einfach nicht zu verkraften.

Wahrheit heilt, hat Sigmund Freud, der Übervater der Psychoanalyse, erklärt. Mit diesem Satz ist absolute Wahrheit zu fordern. Und manche Therapeuten tun dies auch. Sie sind gefährlich. Sie wollen nicht wahrhaben, wie sehr Wahrheit verletzen kann – so sehr, dass nichts mehr heilt. Wem Wahrheit als Prinzip über alles geht, als Gesetz der Moral, gegen das man unter keinen Umständen verstoßen darf, der opfert für das Prinzip die Beziehung.

Wir müssen aufpassen, dass uns die Begrifflichkeit nicht entgleitet. Wahrheit ist ein großes Wort. Beladen mit schweren Gefühlen und drückender Moral. Wir erkennen an, dass es „Teil-Wahrheiten" gibt. Etwas kann also wahr sein, auch wenn manches, was dazugehört, unter den Tisch fällt. Die „halbe Wahrheit" ist Wahrheit und Unwahrheit zugleich. Auch Liebe ist ein großes Wort. Eine heimliche Liebe ist etwas anderes als eine heimliche Affäre. Affären sind von begrenzter Dauer und von begrenztem Tiefgang. Wer eine Affäre eingeht, teilt mit dem Affären-Partner nicht sein Leben. Mit einer Liebe teilt er es schon. Das ist ein alles entscheidender Unterschied. Eine Liebe verlangt eine andere Bindung und eine andere Verbindlichkeit als eine Affäre.

Der Satz: „Ich liebe dich" kann aus tiefstem Herzen gesprochen werden. Aber er muss nicht bedeuten „ich liebe nur dich". Wer zwei Menschen gleichzeitig liebt, dem ist das nicht vorzuwerfen. Dahinter steckt keine hinterlistige Absicht. Es ist kein Vergehen. Wer einem Liebespartner allerdings verschweigt, das er „doppelt" liebt und sein Leben mit zwei Menschen in zwei unabhängigen Beziehungen teilen will, verheimlicht etwas, was die Liebe grundlegend begrenzt. Der so Hintergangene weiß nicht, dass es noch einen anderen mit gleicher Bedeutung und gleichem Beziehungswert gibt. Er hegt ahnungslos Wünsche nach Einzigartigkeit und Ausschließlichkeit, die der Partner nicht einlösen will. Der Hintergangene bewegt sich ahnungslos auf doppeltem Boden. Wüsste er, woran er ist, sähe er die Ungleichheit in der Beziehung, würde er die Intensität des Kampfes erkennen, dem er ausgesetzt ist. Dann könnte er sich entscheiden, ob er in solchen Verhältnissen leben will.

Die Unehrlichkeit einer doppelten Liebe richtet sich zunächst gegen den Ehepartner. Aber sie kann sich genau so richten gegen die zweite Liebe. Wenn sie im Glauben gehalten wird, trotz bestehender Partnerschaft die echte Liebe zu sein. Dann macht sie sich Hoffnungen. Auch der, der hintergeht, ist meist nicht ehrlich zu sich selbst und enthält damit sich beiden Lieben vor.

Als Grundregel kann gelten: Offengelegt werden muss, warum es zu der Affäre gekommen ist, was sie für den Affären-Gänger bedeutet, aktuell, und welche Zukunft er sich vorstellt. Ist es eine Affäre oder vielmehr eine heimliche Liebe, die von Dauer sein soll? Hier ist gegenüber dem Paar-Partner, wie Ingeborg Bachmann es sagt, „Tapferkeit vor dem Freund" verlangt. Nicht offengelegt werden müssen Einzelheiten, wo und wann welche Treffen stattgefunden haben. Über sexuelle Einzelheiten sollte gar nicht gesprochen werden. Danach zu fragen, ist nicht klug. Was passiert ist, mit welchen Gefühlen, ist eh nicht zu verstehen, und die Bilder, die etwaige Berichte auslösen, gehen nie wieder aus dem Kopf und machen nur fertig. Völlige Wahrheit ist weder beruhigend noch dazu geeignet, wieder eine Beziehungs-Ordnung herzustellen. Wer absolute Wahrheit einfordert und dabei auf Moral pocht, steuert auf Beziehungs-Selbstmord.

Zu klären hat das Paar die Fragen:

- Sind wir noch ein Paar?
- Wollen wir noch ein Paar sein?
- Haben wir eine Zukunft?
- Auf welcher Grundlage?
- Unter welchen Bedingungen?
- Was müssen wir tun, um wieder eine gute Paar-Beziehung zu herstellen?
- Was müssen wir unterlassen?

DIE GRÖSSTE BEDROHUNG –
DIE HEIMLICHE LIEBE

Mehr als Sex

Eine heimliche Liebe erfüllt Sehnsüchte: Ankommen, wo ich mich zugehörig fühlen kann. Fort von dort, wo es mir schlecht geht, ich nicht kriege, was ich brauche. Wenn eine Affäre diese Bedürfnisse bedient, übt sie eine ungeheure Faszination aus. Sie packt und zieht in den Bann. Daraus gibt es kein Zurück. Warum auch?

Sex ist dabei weniger Triebbefriedigung. Sex ist Kommunikation. Sex stärkt Beziehung. Denn beim Sex öffnen sich Partner füreinander, ermutigen sich. Sie überwinden innere Barrieren, Scham und Angst. Sie lassen Hüllen fallen, bildlich gesprochen und im wahrsten Sinne des Wortes. Sie nähern sich an, spüren, erkunden, erleben sich. Sex ist körperliche und seelische Vereinigung. Partner nehmen sich auf, dringen in sich ein, werden eins. Sex macht beide zu einem Paar.

Ihr Sex muss nicht außergewöhnlich sein, um von ihnen als außergewöhnlich empfunden zu werden. Auch „Blümchensex" kann als intensiv empfunden werden. Wenn das der Sex ist, nach dem beide sich sehnen. Wer in dem anderen einen Partner sucht – und nicht einen one night stand – ist eher vorsichtig. Bindung entsteht aus Aufmerksamkeit füreinander. Wenn ihnen danach ist, mögen sie auch übereinander herfallen. Vielleicht mögen sie es nicht nur heiß, sondern auch hart. Aber entscheidend ist, wie sehr sie ihr Zusammensein als Begegnung erleben.

Wird eine Affäre zu einer heimlichen Liebe, zu einer Neben-Beziehung, irgendwann womöglich fantasiert als

Alternativ-Beziehung, nimmt sie in der Gedankenwelt und im Gefühlsleben der neuen Partner immer mehr Raum ein. Die Kommunikation wird intensiver und schneller. Schnell sind kleine Botschaften per sms geschrieben. Wie sehr man den anderen vermisst, wie sehr man ihn begehrt. Schwärmereien, Liebeserklärungen, sexuelle Wünsche und dazu anturnende Selfies können Verliebte leicht austauschen – sofern sie nicht von ihren Partnern misstrauisch beobachtet werden.

Doch eine heimliche Liebe läuft nicht störungsfrei neben einer Paar-Beziehung her. Sie erobert zunehmend das Leben der Liebhaber. Es wird für sie immer schwerer, in ihrer Paar-Beziehung so zu tun, als wäre nichts. Ihre Verliebtheit verändert ihre Ausstrahlung. Schon die zunehmenden Smartphone-Aktivitäten fallen irgendwann auf. Wer liebt, verhält sich verräterisch.

Die heimliche Liebe hat eine andere Qualität als eine lockere Affäre. Lust auf Sex kann sowohl für Männer als auch für Frauen das entscheidende Motiv sein, sich nach einem Seitensprung umzuschauen. Dann reicht es, sich darauf zu verständigen, wie sie beim Sex den meisten Spaß haben. Jeder denkt zuerst an sich. Es gilt das Prinzip „fair trade".

Männern geht es häufiger nur um Sex. Sie investieren nicht viel Gefühl. Sie koppeln, eher als Frauen, Sex von Beziehung ab. Frauen erwarten eher einen persönlichen Bezug, sie wollen nicht nur Objekt der Lust sein, sondern als Person beachtet und begehrt werden. Frauen öffnen sich mehr, lassen mehr Nähe und Intimität zu, sind bereiter und fähiger zu lieben. Sie nehmen den Mann, mit dem sie eine Affäre eingehen, so gesehen eher für voll, auch wenn der es nicht unbedingt verdient.

Männer spüren, wenn sie auf eine andere Erwartung treffen, legen sich Beteuerungen zurecht, mit denen sie das Liebesbedürfnis der Frauen bedienen – um den Sex zu kriegen, den sie wollen. Für Frauen, die sich einlassen und hingeben, ist eine Affäre oft ernster. Sie binden sich mehr an den Affären-Partner, sehen in ihm eher eine Alternative – sind im Zweifels-fall auch eher bereit, ihren Paar-Partner zu verlassen.

Männer, die eine heimliche Liebe eingehen und nicht daran denken, ihre Paar-Partnerin zu verlassen, geben ihren Wunsch, zwei Frauen gleichzeitig zu besitzen, nicht unumwun-den zu. Sie tarnen sich als Monogamisten im Herzen und tun so, als sei ihre Paar-Beziehung in einer Sackgasse, doch seien sie durch die Umstände gezwungen, dort stecken zu bleiben – „wegen der Kinder" oder „weil der Zeitpunkt jetzt nicht günstig ist, meine Frau es nicht gut nehmen könnte".

Es gibt viele Frauen – viel mehr Frauen als Männer –, die ein solches Spiel lange mitspielen, ihre Illusionen pflegen und sich darin einrichten, Zweitfrau zu sein. Wenn ihnen das öfter passiert, wäre es angebracht, dass diese Frauen sich fragen, was sie dazu prädestiniert, sich immer wieder die Zweitposi-tion auszusuchen. Es gibt Zweitfrauen, die sich nicht zutrauen, Erstfrau zu sein. Ihre Duldsamkeit – die Bereitschaft, immer wieder Enttäuschung hinzunehmen und zu leiden – deutet auf ein fragiles Selbstbewusstsein. Sie fürchten, keinen Mann finden zu können, der sich ganz für sie entscheidet. Tief in ih-rem Inneren zweifeln sie daran, ob sie es überhaupt wert sind. Also bleiben sie bei dem, der da ist, wenn auch nicht so, wie sie es sich tatsächlich wünschten.

Schluss ist lange nicht

Fliegt eine heimliche Liebe auf, verlangen Betrogene von ihrem Partner, dass sofort mit der Beziehung Schluss sein muss. Sonst sei an eine Fortführung der Paar-Partnerschaft nicht zu den-ken. Schluss ist damit jedoch lange nicht, selbst wenn Schluss „gemacht" wird.

Gefühle sind nicht einfach abzudrehen. Weder der Schmerz, betrogen worden zu sein, noch der Schmerz, eine heimliche Liebe zu verlieren. Betrogene Partner gehen eher den Weg zum Anwalt als zum Therapeuten. Die Verletzung fördert mehr Gedanken an Trennung als an Vermittlung. Der betrogene Partner kann sagen, „das war's. Ich halt dich nicht mehr aus". Wenn er spürt, dass er eine Trennung wirklich will. Er kann gehen oder versuchen, den anderen vor die Tür zu setzen. Betrogene sollten sich gerade in einer so schwierigen Lage die persönlichen Ressourcen vergegenwärtigen, die sie in sich tragen, über die sie ohne den abtrünnigen Partner verfügen. Damit stärken sie ihre Selbstachtung. Aber sie sollten aufpassen, dass sie nicht Konsequenzen forcieren, die sie nicht wollen. Ein Partner, der gegangen ist, ist weg. Wenn er aber eigentlich doch bleiben soll, schickt man ihn besser nicht fort.

„Geh zum Teufel!" Chantal schrie es Jan immer wieder ins Gesicht. Weil er nicht aus dem gemeinsamen Haus auszog, sich nur fernhielt vom gemeinsamen Schlafzimmer, stellte sie sich ihm immer wieder in den Weg, zerrte ihn am Kragen, drosch auf ihn ein. „Schleich dich!" Doch nach drei Tagen forderte sie: „Wenn du nicht gehen willst, dann musst du mit mir in eine Therapie."

Jan verstand nicht, was in ihr abging. „Eine Therapie, damit wir uns trennen?" – „Eine Therapie, damit wir es wieder hinkriegen, du Trottel." – „Du sagst mir, ich soll mich verpfeifen und dann behauptest du, du wolltest mit mir unsere Ehe retten?" – „Natürlich darfst du die Tussi dann nicht mehr sehen. Musst du entscheiden, wen du willst. Sie oder mich."

Betrogene Partner wollen (in den allermeisten Fällen) ihre Partnerschaft nicht wirklich aufkündigen, auch wenn ihnen das im ersten Schmerz als naheliegende Konsequenz erscheinen mag. Sie werden von gegensätzlichen Gefühlen hin- und hergeschleudert. Sie wünschten sich einen „Reset"-Button. Doch den gibt es nicht.

„Mit ihm ging es mir doch schon lange elend", erzählt Chantal. „Ich hab doch gemerkt, da stimmt etwas nicht. Jan war plötzlich andauernd entschwunden, nicht erreichbar, beim Sport, angeblich mit Freunden oder Kollegen unterwegs, von denen ich noch nie etwas gehört hatte. Zu Hause zog er sich zurück, machte Türen hinter sich zu, die er früher stets offen ließ, ließ sein Telefon nicht mehr aus den Augen, schrieb andauernd irgendwelche Nachrichten, grinste seltsam blöd, war rasch beleidigt und beleidigend. Als ich dann in seinem Telefon diese ekelig geilen sms entdeckte, dieses schmachtende Gesülze, war ich völlig vor den Kopf geschlagen. Ich dachte, ich stürze ins Bodenlose, falle aus der Welt."

Obwohl der Schmerz in ihnen tobt, melden sich doch Erinnerungen an ihre verlorene Partnerliebe, an viele Gemeinsamkeiten, kühne Hoffnungen, Nähe, Verbundenheit und gute Zeiten. Selbst wenn sie vor der Entdeckung der heimlichen Liebe geglaubt haben sollten, die Partnerschaft sei ihnen längst entglitten, fühlen sie sich an den Partner doch fester gebunden, als ihr Kopf es ihnen gerade sagt. Dass ihr Partner sie wirklich verlassen könnte, versetzt sie in Alarm. Der Verlust wäre für sie noch schmerzlicher als die Aufdeckung der heimlichen Liebe. Und die noch größere Kränkung.

Eine andere Liebe verändert auch den Blick auf einen zuvor schon abgeschriebenen Partner. Er erscheint wieder attraktiver und begehrenswerter. Das mag ihn selbst verblüffen. Die andere Liebe weckt die Rivalität des Paar-Partners und stachelt ihn dazu an, gegen die Bedrohung zu kämpfen. Es geht um Sieg oder Niederlage. Zu besiegen ist die konkurrierende Liebe, indem sie den Partner nicht bekommt, er die neue Liebe aufgibt und zur alten Liebe zurückkehrt. Als Alternative bliebe Rache. Die Rache freilich bescherte nur einen Pyrrhus-Sieg. Der Partner bliebe verloren.

Der Paar-Partner, dem der Affären-Partner zur Liebe geworden ist, steht plötzlich ebenfalls vor Fragen, die ihn in höchstem Maße irritieren und beunruhigen. Fragen, die er aus dem Stand gar nicht beantworten kann. Wenn er es so sieht, dass die neue Liebe entstanden ist, weil die alte schon sehr ramponiert oder verloren war, wundert er sich, wenn der Paar-Partner ihm plötzlich Angebote macht, die Paar-Beziehung wieder zu einer erfüllenden Liebesbeziehung zu entwickeln, die wichtiger sein soll als alles andere und in der keiner eine zweite Liebe braucht. Er muss sich fragen, wie ernst ein solches Angebot überhaupt zu nehmen ist. Woher kommen wieder Wünsche, die zuvor verflogen waren? Wieso bin ich plötzlich wieder attraktiv und werde begehrt, wenn ich meinem Partner vor dem Auffliegen der Affäre unangenehm oder gleichgültig war? Wie soll Partnerschaft erneut gelingen, wenn sie zuvor schon gescheitert ist? Wo sollen Nähe und Wärme entstehen, wo bisher Distanzen wuchsen und Kälte sich breit machte?

„Chantal gab mir doch schon lange zu verstehen, dass sie mich öde, langweilig, widerlich findet. Jetzt sollen wir es wieder zusammen versuchen? Das macht doch nur Sinn, wenn sie mich wirklich will. Aber woher kommt ihr Sinneswandel? Anscheinend, weil es nun eine andere Frau gibt, die mich liebt. Und die ich liebe. Die Vorstellung, sie aufzugeben, zerreißt mich. Ich werde völlig irre. Ich schlafe nicht richtig, träume davon, in Schluchten zu fallen oder von einem Lastwagen überfahren zu werden. Ich sehe, wie ich tot daliege und der Leichenwagen vorfährt. Ich wache nachts schweißgebadet auf. Mein Herz rast. Ich kriege die Panik, kann mich gar nicht mehr beruhigen."

„Die Gedanken, wie Jan sich mit dieser Tussi rumtreibt, springen mich an. Ich kann dagegen nichts tun. Das wirft mich einfach um. Das reinste Entsetzen. Der Schmerz kriecht bis in jede Haarwurzel. Ich kriege Heulkrämpfe. Wenn ich mit meiner Freundin spreche, geht es mir besser. Sie versichert mir, dass ich nicht verrückt geworden bin. Natürlich war ich schon beim Anwalt. Wenn Jan sich vom Acker macht und zu ihr geht, wird das teuer für ihn.

Ich geh jetzt viel spazieren und achte darauf, dass ich genügend Schlaf kriege. Zur Not auch mit Tabletten. Sonst bin ich völlig meschugge. Zwischendurch frage ich mich dann, ‚warum hast du den Kerl überhaupt geheiratet?' Und denke, das kann doch nicht alles ein fürchterlicher Irrtum gewesen sein. Es war doch lange richtig gut. Wir haben zwei Kinder zusammen. Beide gewollt, beide geliebt. Wir wollen für sie gute Eltern sein. Wie soll das jetzt alles gehen?"

Jan hat sich entschieden, mit Chantal eine Paar-Therapie zu beginnen. Unter der Auflage, zu Melanie jeden Kontakt abzubrechen. Warum er sich darauf eingelassen hat, weiß er nicht genau. Hauptsächlich wohl, weil er denkt, Chantals Angebot nicht ausschlagen zu dürfen. Er meint, sie habe ein Recht auf den Versuch. Und einfach fortlaufen, ohne zu prüfen, ob sie nicht doch eine Chance haben, will er auch nicht. Außerdem setzen ihm die Kinder zu. Beide stehen auf der Seite der Mutter und klagen ihn an. Sie verlangen, wie sie, dass er ‚die andere Frau' aufgibt. Und dann sind da finanzielle Faktoren, die ihn beunruhigen. Er würde Unterhalt zahlen müssen. Er fürchtet, Chantal werde ihn abzocken, wenn er geht.

„Am Tag denke ich unaufhörlich an Melanie. Hätte nie gedacht, dass man überhaupt so viel an einen Menschen denken kann. Ich sehe sie andauernd vor mir. Ich vermisse sie so. Es ist eigentlich nicht zum Aushalten", schluchzt Jan.

Alle sagen Jan, er müsse sich entscheiden. Aber er weiß
nicht, wofür. Für wen? Für Chantal und gegen Melanie? Oder
umgekehrt? Melanie sagt, sie würde auf ihn warten. Aber sie
möchte von ihm hören, dass er auch wirklich zu ihr kommt.
‚Wenn die Therapie vorbei ist.‘ Doch Jan sagt ihr, er könne nicht
sagen, was dabei letztlich herauskommt. Er weiß es wirklich
nicht.

Für solche Verwirrung bringen Paar-Partner kein Verständnis
auf. Sie sind zu sehr mit ihrem Schmerz beschäftigt. Verständ-
licherweise. Die Aussage „ich kann mich nicht entscheiden"
heißt tatsächlich ja, „ich will mich nicht entscheiden". Wer
sich nicht entscheiden will, möchte sich entweder alle Optio-
nen offenhalten oder weiß noch nicht, was er will. Um zu wissen, was er will, muss er seine Gefühle erforschen, ordnen,
hierarchisieren. Das ist immer schwer. Im akuten Gefühlschaos ist es unmöglich.

„Jan sagt mir unverblümt ins Gesicht, dass er sie liebt. Dass er
nichts bereut, dass ihm nichts leid tut. Was denkt der sich denn
dabei? Mir so eine reinzuhauen. Und dann auch noch zu sa-
gen: ‚Ich bin nur ehrlich. Ich will dir nichts vormachen.‘ Der ist
doch völlig Banane. Besoffen von seinen Illusionen. Ein Irrer.
Ich weiß nicht, was aus uns werden kann."

Fühlt der Paar-Partner sich dem Affären-Partner unterlegen,
kann er versuchen, den abtrünnigen Lebensgefährten zurückzugewinnen, indem er ihm dramatisch zeigt, wie sehr er unter
der anderen Liebe leidet. Er kann weinen, betteln, zusammenbrechen. Weil es ihm wirklich hundsmiserabel geht, nicht weil
er es inszenieren würde. Wer für seinen Partner noch Mitgefühl
und Verantwortung empfindet, geht über Leid, das er verursacht, nicht einfach hinweg. Er mag verwirrt und beeindruckt

sein, dass er dem anderen doch so wichtig ist. Viel wichtiger, als er jemals gedacht hätte. Sonst würde er doch nicht so leiden. Dazu kommt schlechtes Gewissen, das ihn bindet.

Schlechtes Gewissen zwingt zum Nachdenken und dazu, moralische Maßstäbe wieder geradezurücken. Es hält dazu an, sich um Leid und Schmerz zu kümmern und begangenes Unrecht wiedergutzumachen. Allerdings erwächst aus schlechtem Gewissen und Schuldgefühlen keine neue Liebe. Zudem plagt den Partner, der sich gegen seine (nicht mehr heimliche) Liebe entscheidet, auch ihr gegenüber ein zentnerschweres schlechtes Gewissen. Und er weiß um deren Leid. Er weiß, dass es auch ihr miserabel geht, dass sie verzweifelt ist, sich vor Schmerzen windet. Sie wurde verlassen und fühlt sich (natürlich) verlassen. Auch sie fühlt sich von einem Lastwagen überfahren. Sie hatte in ihren Affären-Partner so große Hoffnungen gesetzt …

„Chantal hat wieder mein Telefon gecheckt. Und wieder sms gefunden. Ich kann mich nicht einfach abmelden von Melanie. Tschüss, das war's. Wie soll das gehen? Chantal macht mir die Hölle heiß. Sie beschimpft mich schon wieder als ‚dreckiger Lügner' und würde mich wohl am liebsten kreuzigen. Dabei habe ich nur sms geschrieben und Melanie gar nicht getroffen."

Nachdem die Affäre aufgeflogen ist, gibt es zwischen den Affären-Partnern noch lange keine Funkstille. Nachrichten sind schnell gesendet. Sehnsüchte und Leid kann der/die Verlassene online beschreiben und beklagen. Das kann dem ehemaligen Geliebten nicht gleichgültig sein. Er hat sich in Verhältnisse begeben, die ihn in eine doppelte Verantwortung nehmen. Die Anforderungen, die er erfüllen soll, schließen sich allerdings gegenseitig aus. Egal, was er tut, einen verletzt er immer – entweder den Verlassenen, der weiter auf Beziehung hofft, oder den

Partner, der will, dass er sich völlig aus der Liebschaft löst und sich ganz einlässt auf die Wiederbelebung der Partnerschaft.

Zu dritt auf der Gefühls-Achterbahn

Allen Beteiligten geht es elend. Sie sausen dahin auf einer Achterbahn der Gefühle. Alle gleichzeitig. Doch jeder auf seiner eigenen Bahn, mit mühsamen Aufs und donnernden Abs, steilen Schräglagen, überraschenden Schikanen, schwindelerregenden Loops und plötzlichen Panik-Attacken. Über die Fahrt und ihr Tempo hat keiner Kontrolle. Das Denken setzt zwischendurch aus. Das Selbstbewusstsein geht zeitweilig über Bord. Erstaunlich, dass es überhaupt wieder zurückkommt. Erschreckend aber, in welch geringem Maße. Und kotzübel wird einem bei all dem auch andauernd.

Jeder fragt sich immer wieder, ob die Entscheidung, die er getroffen hat, die richtige ist. Der Partner, der um die Partnerschaft kämpft, hadert, ob es gelingen kann und er sich den zweifelhaften Versuch überhaupt zumuten will. Die nach wie vor bedrohliche Liebe würde er am liebsten im Boden versenken. Rachegelüste und Vernichtungsszenen beschäftigen seine Fantasie.

Der, der seine neue Liebe verlassen hat, um zu seiner alten zurückzukehren, fürchtet, damit eine Chance auf ein glücklicheres Leben aufzugeben, und sich womöglich rasch wieder in dem alten Beziehungsdrama zu befinden, dass ihn so vehement zu einem anderen Menschen hingetrieben hat.

Der verlassene Partner kämpft mit sich, ob er das Verlassensein hinnehmen muss oder ob er dagegen angehen, den Geliebten locken, verführen, betören will – um ihn doch noch für sich zu gewinnen. Soll er die Entscheidung des Partners, sich von dem/der Geliebten zu trennen, akzeptieren, wenn doch viel dafür spricht, dass er das eigentlich gar nicht will? Schickt er zudem Meldungen, mit denen er den Verlust bedauert, von Sehnsucht schwärmt und Begehren beteuert – am Telefon, per sms oder bei neuerlichen heimlichen Treffen –, so weckt er Wünsche und Begehrlichkeiten des anderen, nährt dessen Fantasie und dessen Träume, stachelt seinen Kampfeswillen und seine Beharrlichkeit an – und lässt ihn durch diese Signale, die ihm bedeuten, alles könne sich wieder ändern, nicht aus der Beziehung aussteigen.

Für alle ist es Strapaze, Quälerei, Folter. Ein marterndes Hin und Her, andauernde Verunsicherung, immer wieder neuer Schmerz. Therapeuten nehmen gegenüber Paaren, die nach dem Auffliegen einer heimlichen Liebe bei ihnen Hilfe suchen, mitunter eine zweifelhafte Haltung ein. Sie verlangen, derjenige, der die weitere Beziehung eingegangen sei, müsse zu ihr jeden Kontakt abbrechen, damit das Paar überhaupt eine Chance habe, für sich Klarheit zu gewinnen, was es miteinander will und kann. Andernfalls sei jeder Versuch der Vermittlung und Therapie von vorneherein zum Scheitern verurteilt.

Wer das apodiktisch verfügen will, verlangt aber etwas, das den Aussteiger überfordert. Er fühlt sich zu seiner aufgekündigten Beziehung nach wie vor hingezogen, sich ihr gegenüber auch verpflichtet und schuldig. Seine Liebe hört nicht auf mit dem Entschluss, gegen sie anzukämpfen. Er muss für sich ausbalancieren, wie er mit unterschiedlichen Bedürfnissen und Erwartungen umgeht, was er meint, sich selbst und anderen zumuten zu können. Er muss die Herausforderungen so angehen, dass er sich dabei noch in den Spiegel schauen kann. Er kämpft auch um seine persönliche Integrität. Das ist eine schwierige und delikate Angelegenheit. Dafür gibt es kein Rezept. Von ihm am Anfang der Beratung etwas zu verlangen, was er so für sich zu diesem Zeitpunkt gar nicht entscheiden kann, ist unlauterer Druck, ausgeübt mit falscher Moral. Dem

Paar-Partner kommt das Postulat entgegen. Er will, dass es keinen Kontakt mehr gibt, damit die Partner sich, so die Hoffnung, von außen ungestört ihrer Beziehungsarbeit widmen können. In diesem Wunsch übersieht er allerdings, dass der andere für sich einen praktischen Umgang mit seinen widerstreitenden Gefühlen, seinen moralischen Ansprüchen und den gegensätzlichen Erwartungen finden muss.

Eine Möglichkeit, mit dem Dilemma umzugehen, kann sein, dass die Partner keine Verbote aussprechen, sondern für sich Regeln aushandeln, welche Kontakte oder Nicht-Kontakte aushaltbar sind. Bei welchen Gelegenheiten, in welchem Umfang. Was dabei passieren darf und was nicht. Dabei muss einer etwas aufgeben, der andere sich etwas zumuten. Vereinbarte Regeln müssen eingehalten werden, dann erlauben sie Berechenbarkeit. Es darf nicht mehr gelogen werden. Vertrauen braucht ehrliches Bemühen. Klar muss immer sein, was bei diesen Kontakten geschieht. Über sie darf keine Heimlichkeit aufgebaut werden, die sich hinterrücks gegen die Vermittlung der Partner und die Arbeit in der Beratung richtet.

Klarheit über die Regeln muss auch der verlassene Partner haben. Er muss akzeptieren, dass die Paar-Partner Ansprüche aneinander und Verpflichtungen füreinander haben. Dass sie miteinander herausfinden wollen, wie es um ihre Beziehung wirklich steht, was ihr Zustand und was ihre Perspektive ist. Dafür muss er dem Paar die Zeit und den Raum lassen, in dem Maße, wie das Paar beides braucht. Psychotherapeut Ulrich Clement bringt es schlicht so auf den Punkt: „Merke: Ein verheirateter Mann ist verheiratet." Ebenso wie eine verheiratete Frau. Und selbst ohne Trauschein ist ein Paar ein Paar und ein Partner ist in der Paar-Beziehung ein fester, verbindlicher und verpflichteter Partner.

Ein mit Selbstbewusstsein kämpfender Paar-Partner versucht, seinem abtrünnigen Lebensgefährten vehement einzureden, er habe sich mit seiner heimlichen Liebe in Illusionen hineingesteigert, sehe im Affären-Partner verklärt, was der niemals für ihn sein könne. Dem umkämpften Gefährten hält er entgegen: „Du kannst doch nicht ernsthaft glauben, du könntest mit dieser Tussi/diesem Kerl glücklich werden." Dem nun enthüllten Dritten wird rundherum abgesprochen, als Beziehungs-Alternative zu taugen. Doch tatsächlich kann der betrogene Partner das gar nicht beurteilen. Der, der diese Liebe eingegangen ist, allerdings auch nicht. Affären ziehen einen großen Teil ihres Reizes daraus, dass sie zusätzlich zu einer Paar-Beziehung entstehen. Sie sind Ergänzung und Gegensatz zugleich. Neues und Aufregendes kommt zu Gewohnheit, die weiter anzieht, sofern sie nicht durchdrungen ist von Ablehnung und Tristesse.

Wer in heimlicher Liebe schwelgte, weiß nicht, ob die Faszination schwindet, wenn das Geheimnis gelüftet ist, das die Spannung nährte. Konfrontiert mit der Aussicht, die Paar-Beziehung aufgeben zu müssen, können auch beim ihm plötzlich Zweifel auftreten, ob er das mit all den daran hängenden Konsequenzen in Kauf nehmen will. Denn er muss sich ja nicht nur von einem Partner trennen – was ihm allein schon Angst bereiten kann. Gibt er die Partnerschaft auf, schneidet er in ein ganzes Beziehungsgeflecht, zu dem Familie, meist mit Kindern, Freunde und Bekannte gehören.

Ob in der geschützten Affären-Nische eine Beziehung entstanden ist, die im Alltag bestehen könnte, weiß er auch nicht. Diesen Alltag hat er schließlich noch nicht gelebt. Wie sehr er in seinem Denken und Fühlen (noch) verfangen ist im Rausch der Verliebtheit, in dem der Affären-Partner nur großartig erscheint, alles passt, ja wunderbar zu sein scheint, kann er nicht einmal ahnen.

Er kennt auch nicht die Statistik: Nur 10 Prozent der Menschen, die ihren Partner verlassen, heiraten die Person, mit der sie die Affäre hatten, und 75 Prozent, die ihren Affären-Partner heiraten, lassen sich wieder scheiden, schreibt Andrew Marshall in „Kann ich dir jemals wieder trauen? So bewältigen Sie den Seitensprung Ihres Partners". Ein gutes Affären-Paar ist meist kein Paar, das auf sich gestellt Bestand hat. Doch selbst wer die Statistik kennt, kann reklamieren, dass dieses Zahlenwerk auch zahlreiche Belege für das Gegenteil enthält. Mit gutem Recht kann er behaupten, mit seinem Partner anders zu sein als die allermeisten anderen. Könnte ja stimmen. Es wäre allerdings erst bewiesen, wenn es tatsächlich so gekommen sein sollte.

Sich Liebe aus dem Herzen reißen?

Zukunftsfantasien werden bestimmt durch das Hier und Jetzt: Was jemand bisher empfunden hat für die geheime Liebe und was er akut empfindet, das ist seine Wirklichkeit. Illusion hin oder her. Wie soll er wissen, was möglicherweise seine Illusionen sind. Illusionen haben es an sich, dass sie nicht als Illusionen erkannt werden. Sonst wären es ja keine Illusionen. Daher ist ein Rat, man möge sich von seinen Illusionen verabschieden, völlig sinnlos. Die Forderung, die andere Person aufzugeben, erlebt der, der sich auf sie tatsächlich sehr eingelassen hat, als das Gefühl, es müsse ihn zerreißen. Selbst wenn er die geheime Liebe nicht mehr sehen sollte, kann er sie nicht aufgeben. Sie ist ständig präsent in Gedanken, Gefühlen, Sehnsüchten. Der Verlust der sexuellen Beziehung macht dabei den geringsten Teil des Seelenschadens aus.

Der Verlust einer Liebe lässt das gesamte Gefühlsleben kollabieren, abstürzen in Ratlosigkeit, Sinnlosigkeit, Depression. Auch der Verlust einer geheimen Liebe, die neben einer Paar-Beziehung entstand. Der kämpfende Paar-Partner erhoffte sich von dem, dessen Liebe er wieder ganz für sich wünscht, Eindeutigkeit, kein Hin und Her, sondern eine klare Entscheidung für die Paar-Beziehung. Mit ganzem Herzen. Mit wieder aufregendem Sex. Mit Hoffnung und Zuversicht. Die aber muss er sich selbst geben. Von seinem Partner ist sie nicht zu erwarten. Vorerst nicht. Das muss er aushalten, wenn er die Beziehung retten möchte.

Aus einer Liebe gibt es keinen einfachen Ausstieg. Wenn, geschieht er nur unter Zwang. Man kann Liebe im Herzen verschließen oder sie aus dem Herzen reißen. Man kann das Herausreißen versuchen. Wenn man sich für eine Liebe entscheiden muss. Manche Therapeuten empfehlen, sich dazu immer wieder „die schlechten Eigenschaften" der Person vorzustellen, die man verlassen will. Aber das funktioniert so nicht. Denn bei der Person, die man liebt, sieht man keine schlechten Eigenschaften, nichts, was gegen sie sprechen würde. Die Liebe ist immer stärker als jedes andere Gefühl.

Zwei Paar-Lieben werden selten gestattet. Und auf Dauer sind sie auch kaum möglich. Die Entscheidung gegen die eine Liebe und für die andere ist ein heftiger innerer Kampf. Lange mag nicht klar sein, wie er ausgeht. Er kann, selbst wenn es so scheint, als sei er schon entschieden, wieder aufbrechen.

Eine Entscheidung gegen einen Affären-Partner kann sogar die Entscheidung gegen eine (akut) größere Liebe sein. Sie kann gesteuert sein von moralischem Druck, dem sich jemand nicht entziehen kann. Die Entscheidung kann getrieben sein von der Angst, finanziell in einen Abgrund zu stürzen. Wie auch immer, die Entscheidung tut fürchterlich weh. Eine lange Zeit. Ein Jahr oder noch länger. Begleitet von Trauer und Sehnsucht. Manche Männer, die eine Frau verloren haben, bemerkt Haruki Murakami, haben alle Frauen verloren.

Wenn der Affären-Partner sich weiter Liebe erhofft, offen bleibt, Signale schickt, kann die Beziehung wieder neu entflammt werden. Für den Paar-Partner ist das eine schwer zu nehmende Wahrheit. Er erkennt die latente Gefahr. Die Rückgewinnung des Partners verlangt auch ihm viel ab. Sie ist anstrengend, risikoreich und zerrt an den Nerven. Und sie kann scheitern, weil die andere/der andere letztlich doch wichtiger ist.

Von einer Beziehung in die nächste zu stolpern, den Partner zu verlassen, um sogleich mit einer neuen Liebe eine Paar-Beziehung einzugehen, ist allerdings meist keine gute Idee. Wenn man meint, die alte Paar-Beziehung sei ausgelebt, heißt das nicht, dass die Affären-Beziehung als Paar-Beziehung taugt. Ob das möglich sein könnte, sollte sorgfältig bedacht werden. Wer sich vor eine solche Entscheidung stellt, sollte sich zur Besinnung kommen lassen. Wir meinen das wörtlich: Er sollte sich Gelegenheit schaffen, dies mit allen Sinnen zu erforschen. Fragen an sich selbst geben dafür Orientierung.

- Was soll ein Partner, mit dem ich mein weiteres Leben verbringen möchte, für mich sein?
- Wie soll er sein?
- Wie soll er nicht sein?
- Was ist mir wichtig?
- Welche Gemeinsamkeiten bestehen?
- Wo gehen Vorstellungen, Interessen und Werte auseinander?
- Wie weit?
- Wie gut könnte ich damit leben?

Partner tragen füreinander Verantwortung

Ein Partner sollte aus einer Paar-Beziehung nicht einfach davonlaufen. Auch nicht, wenn ihm eine neue Liebe begegnet. Er liefe nicht nur seinem Partner davon, sondern er liefe auch weg vor sich selbst.

Eine Paar-Beziehung basiert auf einer verbindlichen Übereinkunft. Partner haben sich einander versprochen, sich gegenseitig versichert, als Paar gemeinsam durchs Leben zu gehen. Egal ob mit oder ohne Trauschein. Sie haben gemeinsame Pläne geschmiedet. Jeder Partner hat seine persönliche Lebensplanung auf dieser Grundlage entwickelt, für sich Entscheidungen getroffen, die an wechselseitige Versprechen gebunden waren – Arrangements von Karrieren, Entscheidungen für Kinder oder gegen Kinder, Einigungen über Investitionen und Rücklagen. Aus dem Versprechen, das Leben als Paar in Angriff zu nehmen, und aus der gelebten Partnerschaft entstehen Verantwortungen, Verpflichtungen und Rechte. Die dürfen nicht nach Belieben für null und nichtig erklärt werden.

Partner müssen sich bemühen, ihre Beziehung zu erhalten, gerade in schlechten Zeiten, und wenn es darauf ankommt, müssen sie darum kämpfen. Sie müssen bereit sein, Konflikte zu bewältigen und Krisen zu bestehen. Gemeinsam. Als Paar. Krisen, die von außen kommen oder die sie selbst verursacht haben. Sie dürfen sich nicht im Stich lassen, wenn es schwierig wird. Selbst wenn einer von beiden für die Schwierigkeiten mehr Verantwortung tragen mag als der andere. Statt vorgebliche Schuld gegeneinander aufzurechnen, sollten sie nach Lösungen suchen. Sie müssen sich ernst nehmen und verbindlich bleiben. Mit noch einer besonderen Verantwortung, wenn sie Kinder haben.

Kinder haben einen Anspruch darauf, dass ihre Eltern die Familie so gut wie möglich zusammenhalten und sie nicht hineinziehen in ihre Konflikte und Kontroversen – sie nicht hin und her reißen. Eine Scheidung der Eltern ist für Kinder immer ein Trauma. Sie fühlen sich immer schuldig und zurückgelassen. Damit erklären wir nicht, dass eine Ehe der Kinder wegen unter allen Umständen Bestand haben soll. Unter einer zerrütteten Ehe, in der Eltern ständig streiten, aggressiv und gehässig gegeneinander sind, Fronten aufbauen, Grabenkämpfe führen, versuchen, die Kinder auf ihre Seite zu ziehen, leiden Kinder mehr als unter einer anständigen Trennung. Das gilt auch, wenn Eltern, in ständigen kalten Ehekrieg verstrickt, keine Aufmerksamkeit und keine Zuwendung mehr für ihre Kinder aufbringen, wenn sie ihnen gleichgültig werden.

Mit einer Scheidung geben Eltern ihren Kindern allerdings kein gutes Vorbild ab. Partner haben sich aus (hoffentlich guten) Gründen füreinander entschieden. An diese Gründe sollten sie sich erinnern, wenn es schwierig wird miteinander, diesen Gründen nachforschen, wenn sie ihnen aus dem Bewusstsein geglitten sind, prüfen, wie tragfähig sie noch sein könnten, wenn beide sich ernsthaft umeinander bemühen.

Schlecht ist es, wenn die Beziehung von Anfang an auf großen Irrtümern beruhte. Das kann es geben. Aber meist sind die Irrtümer ihre Illusionen der Verliebtheit. Sie sind nicht dem Partner anzulasten. Partner sind voneinander enttäuscht, weil sie nicht sehen, wie sie gemeinsam ihre Schwierigkeiten produziert haben, und nicht wissen, wie sie damit umgehen sollen. Dann geben sie sich dafür gegenseitig die Schuld und lösen nichts.

Beziehungs-Probleme sind immer auch begründet in persönlichen Schwierigkeiten der jeweiligen Partner. Diese Schwierigkeiten schleppt jeder mit sich mit – auch wenn er fantasiert, in einer neuen Beziehung alles anders machen zu können. Es kann schon sein, dass Partner nicht gut zusammenpassen. Doch das können sie nur beurteilen, wenn sie sich selbst gut kennen. Wer sich selbst nicht kennt, erliegt mit seiner Bedürftigkeit den Illusionen der Verliebtheit viel eher und viel mehr. Wer sich selbst nicht ausreichend kennt, weiß nicht, was der andere für ihn sein soll. Er überlädt den Partner mit Bedürfnissen und Erwartungen, die er selbst nicht durchschaut. Und sieht im Partner etwas, was der nicht ist oder allenfalls nur zu einem gewissen Teil. Er degradiert den anderen zum Dienstleister für seine Bedürfnisse, Hoffnungen und Träume, ohne ihn als komplette Person zu erleben und zu lieben.

Wer zwei Menschen liebt und sich nicht entscheiden will, trifft auch damit eine Entscheidung. Er legt nicht nur fest, was er sich wünscht, sondern auch, was er von den anderen erwartet. Dann müssen die entscheiden, inwieweit sie sich auf eine Beziehung einlassen. Sie müssen entscheiden:

- Ob sie eine Dreiecks-Konstellation wollen.
- Ob ihnen das lieber ist, als auf den Partner zu verzichten.
- Ob sie sich ein Leben mit abgeschotteten Parallel-Welten zumuten wollen.
- Ob eine geteilte Intimität für sie auszuhalten ist.

Geteilte Intimität kann sich gegeneinander richten. Parallel-Welten bewegen sich in unterschiedlichen Umlaufbahnen und können doch kollidieren. Jeder muss für sich selbst Verantwortung übernehmen, entscheiden, was für ihn gut und was für ihn schlecht ist. So macht keiner sich zum Opfer – und keinen zum Täter.

Sexuelle Exklusivität gilt als Ideal der romantischen Liebe. Wenn sie nicht mehr gilt, stirbt – nach diesem Ideal – die Liebe. Das Leben vor der Affäre hat auf die Möglichkeit der Affäre nicht vorbereitet. Und nach der Affäre ist nichts mehr so, wie es war. Vom Partner betrogen zu werden, ist ein Angriff auf die zentralen Koordinaten der eigenen Existenz. Ein Rivale verkündet die Austauschbarkeit, beansprucht den eigenen angestammten Platz und alles, was dieser Platz zu bieten hatte – an Wertschätzung, Vertrauen, Sicherheit. Stolz und Selbstachtung sind unter Beschuss. Die Angriffe zielen auf die eigene Identität.

Die Entscheidung zu treffen, einen Menschen zu verlassen, weil man ihn nicht mehr liebt oder nicht mehr genug liebt, weil die Beziehung zu einem Ende gekommen ist, ist nicht verwerflich. Wer dagegen mit Moral einfordern will, dass eine ramponierte Beziehung fortbestehen muss, wird damit kaum Erfolg haben. Vor allem tut er sich damit selbst keinen Gefallen. Aus Verpflichtung entsteht keine Liebe. Klammern führt zu Distanz. Aus Entsagung entsteht Hass, dem gegenüber, der dazu zwingt. Die Abweisung der Moral darf aber nicht dazu führen, die Gefühle zu bagatellisieren, die mit einer Trennung einhergehen. Wer einen Menschen verlässt, dem man viel bedeutet, verletzt ihn zutiefst, zieht ihm den Boden unter den Füßen weg, stürzt ihn in fürchterlichen Schmerz, weckt dessen Wut.

Es gilt, einen Rosenkrieg zu vermeiden. Die Partner müssen das Kunststück fertigbringen, sich zu verlassen und doch nicht fallen zu lassen. Dabei dürfen sie keine falschen Hoffnungen wecken, die Entscheidung des Verlassens nicht relativieren. Es gilt, rücksichtsvoll und sensibel auszuloten, welche Unterstützung gewollt ist und welche geleistet werden kann. Sie müssen die Trennung praktisch vollziehen, sich einigen, wie sie vonstattengehen soll, auch mit welchen finanziellen Verpflichtungen sie verbunden sein soll.

Verletzte Liebe verführt zur Rache. Rache will verletzen, sie ist Demonstration von Macht. Rache dient dazu, sich selbst zu zeigen, dass man in sein Schicksal eingreifen kann, dass man nicht nur anderen ausgeliefert ist. Rache stärkt das Selbstbewusstsein. Aber sie richtet auch Schaden an, der oft nicht wiedergutzumachen ist. Rachefantasien sind erlaubt, Racheakte besser zu unterlassen. Wer einen Konkurrenten öffentlich desavouieren möchte, blamiert sich damit selbst mindestens ebenso. Wer einen Partner vor den Kindern moralisch niedermacht, demontiert ein Elternteil. Wer einen Rosenkrieg startet, ruiniert nicht nur den Partner finanziell, sondern auch sich. Gewinner sind allein die Anwälte.

KRISEN BIETEN CHANCEN –
AUCH IN DER LIEBE

Kampf der Gefühle

Affären, die auffliegen, bringen Paar-Beziehungen zum Krachen. Gefühlschaos bricht aus. Bei allen Beteiligten. Angst, Trauer, Wut. Alles geht durcheinander. Partner schießen mit Vorwürfen gegeneinander. Zum Selbstschutz ziehen sie Mauern hoch, schotten sich ab. Alles steht für sie in Frage. Allen fehlt Orientierung. Keiner weiß, wie es weitergehen soll. Um sich von dem Strudeln ihrer Emotionen nicht runterziehen zu lassen in endlose Tiefen, müssen sie sich anhalten zur Besinnung. Alle Beteiligten müssen durchatmen, ihre Emotionen in all ihrer Widersprüchlichkeit zur Kenntnis nehmen – und nachdenken. Alle Beteiligten – Paar- und Affären-Partner – müssen Ordnung in ihr Gefühlschaos bringen. Das kann gelingen, wenn sie all ihren Gefühlen nachspüren, auch jenen, die von den Gefühlen, die sich akut am stärksten bemerkbar machen, abgedrängt werden.

Angst ist ein wichtiges Warnsignal. Es zeigt Gefahren an. Angst ist allerdings ein starkes Gefühl, das so sehr vereinnahmen kann, dass Gefahren viel größer erscheinen, als sie sind. Eine Affäre mag zunächst aus großer Angst heraus als ungeheure Bedrohung erlebt werden, wenn es dann aber gelingt, gedanklich zu fassen, was die Bedrohung ausmacht, kann sie auch in der Empfindung auf ihr wahres Maß zusammenschrumpfen. Wer betrogen wurde, ist immer noch verletzt, aber mag erkennen, dass die Affären-Person die Paar-Beziehung nicht aus den Angeln hebt.

Wut gibt Kraft. Sie macht deutlicher als nüchterne Worte oder verletztes Bitten, was man nicht hinnehmen will. Wut markiert Ansprüche und Erwartungen. Wut setzt Grenzen. Wut kann sehr hilfreich sein, wenn eine Affäre zu bewältigen ist. Sie erzielt Wirkung, dient der eigenen Selbstachtung, macht dem Partner klar, was man unter keinen Umständen mehr hinnehmen will. Wut kann jedoch auch vereinnahmen und das Denk-Hirn abschalten. Wut entsteht aus Verletzungen. Sie wächst mit Schmerzen und gerät außer Kontrolle, wenn Schmerzen nicht ausgehalten werden. Schmerzen müssen wir achtsam zur Kenntnis nehmen, sie bewusst spüren, dann auch spüren, dass Schmerzen immer wieder nachlassen. So können wir sie besser aushalten, lassen uns von ihnen nicht völlig niederdrücken, müssen uns nicht betäuben. So funktioniert Schmerz-Therapie.

Wer es nicht schafft, seine Wut zu regulieren, liefert sich ihr aus, sieht einen untreuen Partner nur noch als Gegner. Er erscheint nicht mehr als Person, mit der einen noch immer viel verbindet und die man nicht aufgeben will. Dann will man sie nur noch vernichten. Wenn es so weit ist, greifen Wütende zu scharfen Waffen und starten unanständige Attacken. Wir haben beobachtet, wie Menschen ihren Partner oder dessen Affäre öffentlich denunzieren, ihm/ihr (nie begangene) Gewalt vorwerfen, ihn/sie (willkürlich) des Steuerbetrugs bezichtigen oder ihm/ihr eine schwere Persönlichkeitsstörung nachsagen, also eine (nie bestanden habende) psychische Erkrankung. Über Finanzen streiten sie bis aufs Messer. Dafür nehmen sie Anwaltskosten in Kauf, die sie selbst um ihren Anteil bringen. In ihrer Wut wird ihnen egal, wohin es sie selbst mit ihr treibt, welchen Schaden sie nehmen. Es ist ihnen lieber, zusammen in den Abgrund zu stürzen, als den anderen davonkommen zu lassen.

Wut, die allen anderen Gefühlen keinen Raum mehr lässt, treibt in zerstörerische Angriffe – und die müssen später leid tun, wenn doch der größte Wunsch war, den anderen zurückzugewinnen.

Mit Trauer verarbeiten wir Verlust. Es ist ein schmerzhafter und langwieriger Prozess. Trauer kann in die Depression führen. Sie kann aber auch helfen, sich auf das zu besinnen, was wesentlich ist. Damit kann Trauer dazu beitragen, etwas Entscheidendes anders zu machen, auch in der Gestaltung von Beziehungen. Trauer mag heißen: Abschied nehmen von falschen Vorstellungen, trügerischen Gewissheiten und illusionären Wünschen. Dann stärken wir in unserer Trauer unseren Realitätssinn. Trauer kann so zur Erkenntnis führen, eine Paar-Beziehung oder eine Affäre besser zu beenden, weil sie nie eine echte Partnerschaft war und es wohl nie werden wird. Oder sie kann helfen, klarer zu sehen, was aus einer Beziehung oder einer Affäre rauszuholen sein könnte und wie echte Partnerschaft zu stärken wäre.

Gute Erinnerungen helfen. Wie die von Karin: „Ich denke oft daran, wie wir früher stundenlang spazieren gegangen sind, Hand in Hand, querfeldein. Nah beieinander, ohne viel zu reden. Oder wie wir uns abends festgequatscht haben, weil wir uns für gemeinsame Ideen begeistern konnten: was wir aus unserem Leben machen wollten, was anders als unsere Eltern. Was wir in Filmen von Chabrol oder Truffaut oder Tarantino entdeckten oder in Büchern von Böll, Handke oder Franzen. Wir konnten wunderbar zusammen kochen. Sex war auch lecker. Wir haben dasselbe gefühlt, wenn wir Kraftwerk oder Beethoven gehört haben. Warum haben wir das irgendwann nicht mehr erlebt? Ich glaube, wir haben uns zu sehr im Alltag treiben lassen. Es war ja andauernd etwas. Schon allein wegen der Kinder. Zwei Mädels, ein Junge. Schon das ist ein Vollzeitjob, der für Beziehung kaum Zeit und Raum lässt. Aber jetzt sind die Kinder größer. Vielleicht könnten wir uns ein wenig von dem zurückerobern, was uns früher gemeinsam so viel Freude gemacht hat."

Zur Erforschung unserer Gefühle gelangen wir durch Aufmerksamkeit für unsere Empfindungen, durch die Beobachtung, was in uns geschieht, und durch forschende Fragen, mit denen wir ermitteln, was wir wirklich wollen, welche Wünsche für uns die wichtigsten sind und welche wir hintanstellen, weil nicht alle Wünsche auf einmal zu erfüllen sind und manche sich sogar gegenseitig ausschließen. Darum geht es: Zu wissen, was wir wollen, und zu kriegen, was wir brauchen. Damit gewinnen wir Selbstbewusstsein und Macht über uns selbst.

Katastrophen bestehen, Chancen entdecken

Beziehungskrisen sind nicht nur Katastrophen, sie bieten auch Chancen. Wer bereit ist, darüber nachzudenken, was er zu der Krise beigetragen haben könnte, lernt sich selbst besser kennen und stärkt seine Beziehungsfähigkeit. Ob die dann reicht, um die Beziehung partnerschaftlicher zu machen, also eine Beziehung herzustellen, in der beide sich als Partner begegnen, respektieren und lieben als eigenständige Personen, ist nicht gewiss. Doch mit neuen Einsichten eröffnen Partner sich neue Möglichkeiten. Möglichkeiten, die sie zuvor nicht hatten.

Am Anfang steht die Hoffnung. Hoffnung gibt Kraft. Die Hoffnung, dass es wieder werden könnte, weil es vielleicht doch viel mehr Verbindendes gibt, als es in Zeiten von Zusammenstößen, Verletzungen, Enttäuschung und Affären-Taumel zu erkennen ist. Partner nähren Hoffnung, wenn jeder für sich und beide zusammen Potenziale und Gemeinsamkeiten erkennen, die sie bisher nicht genutzt haben. Die Erinnerung an viele gute Zeiten, an Perspektiven, die verloren gingen, einst aber eine spannende gemeinsame Zukunft versprachen, schafft neuen Mut, gibt Zuversicht und Energie.

Eine Affäre drängt dazu, Bilanz zu ziehen. Für Paar-Partner ist zu klären:

- Was ist mir in meiner Ehe verloren gegangen?
- Was würde ich davon gerne wieder zurückbekommen?
- Wie wäre das möglich?
- Was habe ich nie bekommen und stets vermisst?
- Was sind die Gründe dafür gewesen?
- Habe ich selbst nie klar gemacht, was ich mir wünsche und brauche?
- Wollte mir mein Partner das nie geben?
- Wenn er es bisher nicht wollte, will er es jetzt?

Beide müssen eine Idee entwickeln, wie es weitergehen soll. Sie müssen ihr Zukunftsbild neu entwerfen und dementsprechend ihren Beziehungsvertrag neu festlegen. Fragen, die sie sich stellen und beantworten müssen, lauten:

- Was wollen wir miteinander tun?
- Was jeder für sich?
- Was sind gemeinsame Wünsche und Ziele?
- Was müsste jeder von uns dazu beitragen?
- Was ist unser Vorstellung von einer Liebe, die dauern soll?

So beginnen Partner, nach vorne zu schauen und ein neues Bild für eine gemeinsame Zukunft zu entwerfen.

Akut-Maßnahmen

Um das Miteinander akut zu verbessern, können Partner viel tun, ohne dass sie zuvor alle grundsätzlichen Probleme gelöst haben müssen. Sie sollten über Abläufe, Muster, schlechte Gewohnheiten sprechen, begreifen, mit welchen Kleinigkeiten, die sie eigentlich leicht verändern könnten, sie ihre Beziehung immer wieder attackieren. Sie können sich darauf einigen, die apokalyptischen Reiter an die Kandare zu nehmen, auf dass sie nicht zügellos einherziehen und die Beziehung verwüsten. Sie können sich dabei einbremsen, aneinander rumzukritteln, zu nörgeln.

Oft geht es nur um Kleinigkeiten: „Du hast schon wieder das Licht angelassen". – „Der Müll steht noch immer vor der Tür." – „Hockst du schon wieder vor dem Computer." – „Fahr nicht immer wie eine gesengte Sau." – „Du hörst mir nie richtig zu." – „Die Schlabber-Hose, die du andauernd anziehst, gehörte längst weggeworfen." Anstatt Vorhaltungen zu machen, kann man das Licht auch einfach selbst ausschalten und in der Nachlässigkeit kein Zeichen von Gleichgültigkeit und keinen persönlichen Angriff sehen. Man kann Bitten äußern, statt zu meckern: „Bringst du bitte noch den Müll raus." – „Schenk mir bitte deine ungeteilte Aufmerksamkeit, setz dich zu mir, schau mich an, halte meine Hand." – „Ich fände es attraktiv, wenn du heute zu Hause etwas Schickes anziehst. Vielleicht sogar interessante Unterwäsche."

„Mit seinem Vorschlag hat Manfred mich richtig überrascht", erzählt Karin und lächelt dabei. Er meinte: ‚Lass uns nach Graz fahren, da gibt es eine tolle Ausstellung über Architektur. Sie zeigt, wie Städte durch einzelne grandiose Gebäude ihre gesamte Erscheinung ändern können, ihr Selbstverständnis, ihre Raumplanung, ihre Vorstellung, wie Menschen in ihr leben können. So wie Bilbao mit dem Guggenheim-Museum von Gehry.'

Wir haben uns beide immer für Architektur begeistert. Für kühne Entwürfe und radikale Umsetzung. Für Funktionalität und Ästhetik. So wie zum Beispiel beim Bahnhof von Kyoto. Von Hiroshi Hara. Oder die Oper in Sydney von Jorn Utzon. Willis Tower in Chicago. Oder Mies van der Rohes Villa Tugendhat in Brünn. So etwas haben wir uns immer gerne angeschaut.

Dafür konnten wir uns begeistern. Dafür sind wir um die Welt gereist.

Manfred und ich waren auch schon zusammen in Bilbao, waren fasziniert von dem Museum, von der Stadt, die durch den Gehry-Entwurf tatsächlich eine andere geworden ist. Wir hatten dort wunderschöne Tage, voller Entdeckungen und voller Genuss. Bilbao hat viele nette Restaurants und Bars. Eines ist sogar im Museum selbst. Manfred war toll. Neugierig, aufmerksam, zuvorkommend, verführerisch.

In mir tauchten die Erinnerungen an unsere Reisen wieder auf. Was wir dabei alles erlebt haben. Mir kamen die Gerüche von Bilbao wieder in den Sinn, die Farben der Stadt, die Geschmäcker und die Musik. Die Musik habe ich wieder in mir gehört. Und dann habe ich mich Manfred plötzlich wieder ganz nah gefühlt. Obwohl er diese Geschichte mit dieser Frau hatte und ich ihn zum Mond schießen wollte. Und dann dachte ich, es könnte mit uns doch wieder etwas werden. Und in Graz war es wirklich toll …"

Mit Großzügigkeit, Gefälligkeiten, freundlichen Bitten und Angeboten verändern Partner sogleich die Atmosphäre, den Bezug aufeinander, ja, die Beziehung selbst. Sie steigen erst gar nicht ein in eine Eskalation von Vorwürfen, Rechtfertigungen und Gegenvorwürfen. Sie können, mit kleinen guten Vorsätzen und ein wenig Selbstkontrolle, aufhören, sich abzuwerten, übereinander herzuziehen und sich verächtlich zu machen. Sie können damit aufhören, sich selbst-betroffen zu verschließen, alle Verantwortung für Verstimmung und Ärger beim anderen abzuladen und gegen dessen Vorhaltungen Schutzmauern hochzuziehen, mit denen sie sich Zugang zueinander verwehren.

Mit einer Spur Aufmerksamkeit können sie Nachlässigkeiten unterbinden, die sonst immer wieder nerven, abturnen und für schlechte Stimmung sorgen. Wer partout nicht weiß, was er Nettes tun könnte, kann immer noch fragen: „Womit könnte ich dir jetzt eine Freude machen?" Schon damit bringt er zum Ausdruck: „Du bist mir wichtig. Ich möchte dir etwas geben, dich ein bisschen verwöhnen, dir zeigen, dass ich dich mag."

Partner sollten sich gegenseitig Wünsche nennen, vielleicht mit dreien beginnen, so bleibt es überschaubar und sie müssen sich nicht von einer Fülle von Wünschen überfordert fühlen. Sie sollten sich gegenseitig sagen, was sie gerne voneinander hätten und sich gegenseitig diese Wünsche erfüllen. Damit geben sie sich Wertschätzung machen sich gegenseitig Freude. Sie erleben, dass sie sich etwas geben können, was sie brauchen, und dass sie dabei beide gewinnen.

Auch dabei geht es nicht um großartige und aufwendige Aktionen. Wünsche können sein:

- „Ich möchte mit dir ungestört zusammensitzen und wir erzählen uns, wie es uns geht."
- „Lass uns mal wieder zusammen in die Badewanne gehen."
- „Ich wünsche mir eine Fußmassage."
- „Schau mit mir einen Film an."
- „Lies mir etwas vor."
- „Führe mich aus in ein gemütliches Restaurant."
- „Überrasch mich mit einem Vorschlag für eine Unternehmung am Wochenende."
- „Schick mir ein Zeichen, wenn du Lust hast."
- „Mach einen Striptease für mich."

So bescheren Partner sich schöne Erlebnisse und gute Gefühle. Gute Gefühle, so einfach ist das, lassen negativen Gefühlen keinen Platz. Negative Gefühle kommen immer wieder zum Vorschein. Aber mit den hier beschriebenen Akut-Maßnahmen zur Beziehungspflege schützen sich die Partner davor, von

Ärger, Angst, Wut oder Trauer überflutet zu werden und sich haltlos treiben zu lassen in Konfrontation oder Resignation.

Das ist die Botschaft: es sich mit einfachen Handlungen gut gehen zu lassen. Daraus schöpfen Partner Kraft, um sich grundsätzlichen Fragen zu nähern, tiefergehende Gemeinsamkeiten zu entdecken, aber auch Unsicherheiten anzusprechen, unterschiedliche Ansichten und Erwartungen darzulegen. Zu bedenken und zu bereden haben sie ihre grundlegenden Annahmen, wie ihre Beziehung gelingen könnte, was sie dafür tun und was sie lassen müssten. Dazu sollten sie auch über die bisher unausgesprochenen Verletzungen und Enttäuschungen sprechen, darüber, wie sie sich als Partner haben entgleiten lassen, sich voneinander distanziert und an ihren Entwicklungen nicht mehr teilgenommen haben, entschwunden sind in verschiedene Welten, die sie einander nicht mehr vermitteln wollten. Zu prüfen ist zudem:

- Auf welchen Vereinbarungen gründen wir unsere Beziehung?
- Was wollen wir als Partner füreinander sein?
- Was möchten wir miteinander erreichen?
- Was wollen wir unbedingt fortsetzen, was unbedingt ändern?
- Welchen Stellenwert haben andere Menschen und Beziehungen?
- Wie wichtig ist uns Treue?
- Was bedeutet Treue für uns überhaupt?

Beide Partner müssen für ihre Beziehung Verantwortung übernehmen. John Gottman meint allerdings: „Eine Versöhnung kann nicht stattfinden, wenn der untreue Partner darauf besteht, das der betrogene Partner eine Mitschuld an der Affäre übernimmt." Damit widerspricht er sich jedoch selbst. Gottman erklärt nämlich, dass Affären oder heimliche Lieben aus

Schwierigkeiten in einer Paar-Beziehung entstehen, wenn emotionale Bedürfnisse ignoriert werden. Zum Ignorieren gehören allerdings beide. Beide Partner haben ihren Anteil daran, dass Bedürfnisse nicht (ausreichend) zur Geltung kommen. Beide haben die Verhältnisse, in denen sie sich befinden, mitgestaltet. Wenn einer denkt, er habe mit all dem nichts zu tun, ist es schwer, wieder auf einen Nenner zu kommen. Dann geht es nicht um Verständigung und Versöhnung, sondern um Schuldzuweisung und – wie Gottman fordert – um Schuldbekenntnisse.

Denn die Verführung, Schuld zu verteilen, ist groß. Wer Schuld verteilt, entlastet sich. Schuldzuweisung dient als Erklärung für die Ursachen der Misere. Sie ist ein Freispruch für den, der die Schuld zuweisen kann. So stellt der Schuldzuweiser in emotional turbulenten Lagen für sich wieder eine innere Ordnung her, beruhigt sich selbst – und nimmt sich aus der Verantwortung. Allerdings führen Schuldvorwürfe zu Rechtfertigungen, auf die dann Schuldvorwürfe an den Schuldvorwerfer folgen. So treiben Schuldvorwerfer sich wechselseitig an, entfachen eine Vorwurfsdynamik, aus der sie keinen Ausstieg mehr finden. Sie nehmen sich damit nur gegenseitig gefangen und martern sich – unaufhörlich.

„Es gibt kein richtiges Leben im falschen." Adornos Satz aus seiner „Minima Moralia" gilt auch für Partnerschaften. Partnerschaft kann nur gedeihen, wenn beide wirklich Partner sind. Sie müssen ihre Individualität zulassen, schätzen, unterstützen. Sie dürfen nicht aus falschen Gründen zusammen sein:

- Weil einer den anderen braucht
- Um sich zu kümmern oder bekümmert zu werden
- Aus Angst, sonst allein zu sein
- Weil einer für den anderen das Leben regeln muss
- Um sich versorgen zu lassen
- Aus Bequemlichkeit

Wenn Partner wirklich Partner sind, funktionalisiert der eine nicht den anderen. Es bestehen keine Hierarchien und keine Abhängigkeiten. Gemeinsam entscheiden Partner, wie sie mit ihren Interessen und Ambitionen, ihren Fähigkeiten und Unzulänglichkeiten ihre Partnerschaft gestalten wollen – was gemeinsame Ziele sind und wie sie gemeinsam dort hingelangen. Dann ist Partnerschaft ein Pakt, mit dem sich beide vertrauen und gegenseitig aufeinander verlassen können.

Falls es eine echte Partnerschaft bisher nicht gegeben haben sollte, müsste das festgestellt und offen ausgesprochen – als das falsche Leben benannt – werden. Dann kann es zu einem gemeinsamen Ziel werden, im gegenseitigen Bemühen und mit vereinten Kräften, die Beschränkung der Beziehung zu überwinden – auf eine richtige Partnerschaft, ein richtiges Leben hinzuarbeiten. Auch das kann ein Zukunftsbild sein.

Treue ohne Reue?

Treue ist ein zentrales Thema. Oft haben Partner darüber keine klare Vereinbarung ausgehandelt. Jeder hatte so seine Vorstellungen. Ohne sie unumwunden darzulegen und freizugeben für gemeinsame Überlegungen. In der Verliebtheit, in der es nur den anderen gibt, Eins-Sein alles ist, Symbiose das Ideal, kommen Schwüre wie von selbst – „Du, nur du. Immer nur du". Dass es jemals anders sein könnte, taucht im Bewusstsein nicht auf. Das Hier und Jetzt scheint sich auszudehnen in alle Zukunft. Verliebte genießen ihre abenteuerliche Entdeckungsreise miteinander. Sie machen sich keine Gedanken über ihre Lust auf spätere Ausflüge. Sie kosten das gegenwärtige Hochgefühl aus und saugen die mitgelieferte Harmonie in sich ein. Obwohl sie es besser wissen könnten, nehmen sie im Rausch der Verliebtheit ewige Treue als selbstverständlich an. Ohne es explizit auszusprechen oder ausdrücklich zu vereinbaren.

„Dein ist mein ganzes Herz, wo du nicht bist, kann ich nicht sein", textete und komponierte Franz Lehár. So schuf er uns „Das Land des Lächelns". Zumindest als Operette. Das Lied rührt jede Seele, weil es Sehnsüchte weckt, die in allen von uns schlummern. Auf YouTube ist es als vielfache Darbietung großer Künstler anzuschauen und anzuhören, als ewiger Klassiker und großes Versprechen. Als Karaoke-Video lädt es zu tieferer Empfindung durch Mitsingen ein. Momente ungetrübten Glücks – und der gepflegten Illusion. Eine wunderbare Version des Liebesgesangs liefert uns ein flotter Dreier – Anna Netrebko schwankt zwischen Placido Domingo und Rolando Villazón. Beide Männer umschwärmen sie als ihre Diva. „Dein ist mein ganzes Herz." Wer ist bereit es zu teilen?

Das Leben ist aber keine Operette, kein Land des ewigen Lächelns. Heinz Rudolf Kunze weiß es und rockt: „Dein ist mein ganzes Herz, du bist mein Reim auf Schmerz." Denn plötzlich ist ein anderer aufgetaucht und nahm ihm das Herz seiner Geliebten. Nun ist sein Herz gebrochen, zerplatzt die Illusion. Schwer zu ertragen das Leid und die Trauer: „Statt Pech und Schwefel plötzlich nur Gletscher und Geröll. Wir haben so viel Glück auf dem Gewissen."

Der Irrtum beginnt damit, dass wir uns wünschen, Herz und Lust möchten miteinander verwoben sein, sodass es reines und edles sexuelles Verlangen nur mit Liebe geben dürfe. Doch die sexuelle Fixiertheit schwindet mit der Verliebtheit. Sexualität macht sich wieder als Bedürfnis nach Sex bemerkbar, ausgelöst durch äußere Reize, entkoppelt womöglich von Beziehung überhaupt. So erodiert die ursprüngliche Beziehungsvereinbarung, füreinander die ausschließliche Quelle von Lust zu sein. Wenn sie es bemerken, sprechen Paare oft nicht darüber. Das Thema ist heikel. Eine Erörterung erschütterte schnell grundlegende Beziehungs-Annahmen. Eher klammern Partner sich an die harmonierende Vorstellung, so weit dürfe es bei wahrer Liebe nicht kommen. Sie pflegen Wünsche, Illusion und Selbstbetrug und schieben andere Bedürfnisse in ein von der Beziehung abgetrenntes Abteil. Sie halten sich an ein Ideal, wie sie sich auch nach der Verliebtheit lieben wollen. Als stabiles Beziehungs-Konzept taugt das jedoch für die meisten Menschen auf Dauer nicht.

Partner können sich verständigen, eine monogame Beziehung zu führen. Das ist fein, wenn es eine durchdachte und ausverhandelte Vereinbarung ist, die den Bedürfnissen beider entspricht. Wenn beide abgewogen haben, welche individuellen Einschränkungen sie freiwillig eingehen wollen, um damit ein für sie wichtigeres Bedürfnis – nämlich Ausschließlichkeit – besser abzusichern. Mit Monogamie verzichtet jeder auf Freiheiten. Manchen fällt das nicht so schwer. Andere müssen sich dafür stark in die Pflicht nehmen, hadern wegen des auferlegten Verzichts womöglich immer wieder mit sich. Viele merken, dass Vorsätze und Wünsche für sie nur schwer miteinander in Einklang zu halten sind.

Jeder findet sein Leben lang nicht nur einen einzigen anderen Menschen begehrenswert. Aber jeder kann für sich prüfen, ob er einem sexuellen Verlangen nachkommen möchte, welche Konsequenzen voraussichtlich daraus folgen würden, ob er auch diese Konsequenzen für sich in Kauf nehmen und anderen zumuten will. Der Lauf des Lebens und die Begegnung mit anderen Menschen mag ihn zu der Erkenntnis führen, dass die Monogamie, für die er sich vormals entschied, für ihn – auf immer und ewig – doch keine erträgliche Einschränkung ist. Dann ginge der Beziehung allerdings eine wesentliche Vereinbarung verloren. Die Änderung der Haltung müsste daher erklärt und die Beziehungsgrundlage neu verhandelt werden.

Affären-Prophylaxe

Es ist mit Affären so wie mit Krisen überhaupt, wir kommen besser mit ihnen klar, wenn wir akzeptieren, dass sie eintreten können. Dann achten wir sogleich mehr auf Anzeichen, die eine Krise andeuten, und können viel tun, damit sie erst gar nicht ausbricht. Wir entwickeln ein für uns taugliches Konzept von Beziehungspflege und Krisenprävention. Wer eine Affäre für möglich hält und sich dann nicht von der Angst leiten lässt, in einem solchen Fall unentrinnbar Opfer eines Beziehungs-Tsunamis zu werden, bleibt wachsamer und gelassener. Er schaut genauer hin und spürt feiner, was in der Beziehung passiert, wie es um ihn selbst, den Partner und um die Partnerschaft bestellt ist. Wenn Partner anerkennen, dass Risiken auftreten können, haben sie die Chance, sich darüber zu verständigen, welche Vorkehrungen sie gemeinsam treffen wollen, um ein für sie adäquates Frühwarnsystem zu entwickeln.

Zu einem Frühwarnsystem kann es gehören, sich Eifersucht einzugestehen, sie anzusprechen, wenn sie auftritt, gemeinsam zu überlegen, aus welchen Anlässen sie entsteht, abzuwägen, ob sie einer angemessenen Wahrnehmung entspringt. Partner können dann entscheiden, was sie dazu beitragen können und wollen, dass Eifersucht nicht entsteht oder zumindest nicht wuchert und nicht auszehrt. Sie können aushandeln, mit welchem Verhalten und mit welchen Versprechen Eifersucht einzudämmen ist, und auch, welche Zugeständnisse sich Partner machen wollen, unter welchen Bedingungen. Sie legen die Maßstäbe gemeinsam für sich fest.

Partner mögen sich gegenseitig zugestehen, andere anziehend zu finden. Sie lassen damit Andersartigkeit gelten, lassen zu, dass es an anderen etwas Attraktives gibt, das sie selbst nicht haben. Aber das ist natürlich, da wir alle unterschiedlich sind. Unterschiede machen unsere Besonderheit aus. Auf unsere Besonderheiten können wir stolz sein. Aber wir können nie alles sein. Nicht für uns selbst und nicht für einen anderen.

Frauen, die an ihrem Partner feinsinnige Intellektualität lieben, können sich durchaus von weniger gedankenbeladenen Muskeln-Männern angezogen fühlen. Fühlen sie sich wohl an der Seite eines selbstbewussten und eloquenten Mannes, mögen sie es doch einmal genießen, selbst mehr aufzutrumpfen, zu dominieren und einen Schüchternen zu bezirzen. Der eigene Partner wünscht sich womöglich, von einer Domina auf die Knie befohlen zu werden oder anstatt einer durchtrainierten Schlanken eine ausladend Üppige ins Bett zu zerren – oder sich zerren zu lassen.

Partner können sich gestatten, mit anderen zu flirten und damit spielerisch zu erleben, wie sie als geschlechtliche Wesen wahrgenommen und für wie attraktiv sie gehalten werden. Bei einem solchen Flirten geht es nicht um Anmache, obwohl Erotik natürlich mitschwingt. Ein guter Flirt ist leicht, geistreich, taktvoll, transportiert in einer Bemerkung durchaus verschiedene Bedeutung, wird dadurch herausfordernd, anregend, witzig, kann – mit einem Augenzwinkern – dick auftragen oder Unbedarftheit vorgaukeln, mit ironischer Note, durchschaubar als spielerische Inszenierung. Flirts sind Gesten, Worte, Augenspiele. Ein guter Flirter wird nie plump. Er zielt nicht darauf, sexuelle Verfügbarkeit anzubieten oder hervorzulocken. Ein derartiges Verständnis beeinflusst, wie man flirtet, nämlich nicht so, dass es anzüglich wird und jemand es als Angebot verstehen könnte, dem Flirter auf den Leib zu rücken. Für den Partner wiederum ist das beruhigend. Er kann sogar daran Gefallen finden, es aus der Distanz womöglich selbst beobachten, dass seine Liebste/sein Liebster auch bei anderen ankommt – ohne fürchten zu müssen, gleich Zeuge einer Verführung zu werden.

Manche Partner reagieren auf Flirtereien ihres Gefährten allergisch. Dass er/sie attraktiv gefunden wird von anderen, können sie verkraften, nicht jedoch, dass ihr Partner seine Attraktivität austestet und damit spielt. Wenn allerdings Grenzen vereinbart und Vereinbarungen auch eingehalten werden, kann der, der sonst Angst vor einem Fremdgehen spürt, es womöglich doch gelassen nehmen. Und es sich selbst ebenso zugestehen und damit sein Ego ein wenig aufpolieren.

Partner, die füreinander aufmerksam sind und die Beziehung pflegen, akzeptieren, dass jeder sich immer ein Stück für sich entwickelt. Sie gestehen sich diese Entwicklung zu, aber sie wollen um die Entwicklungen wissen, sie verstehen und, soweit möglich, daran auch teilhaben. Sie möchten wissen, wie sich ihr Partner verändert und was sich dadurch in der Beziehung ändert – wenn er sich zum Beispiel mehr als erwartet um seine Karriere kümmert, mehr Zeit mit Freunden oder Kollegen verbringt, einem Club beitritt, eine Religion für sich entdeckt oder einem Glauben abschwört, oder eben Gelüste entwickelt, die ihn selbst überraschen, und er ein immer stärkeres Drängen fühlt, ihnen nachzugehen.

Achtsam bleiben, um nicht misstrauisch zu werden

Achtsamkeit ist wesentlich! Auch wenn sie meinen, es sei eh alles im Lot, prüfen achtsame Partner, wohin ihre Partnerschaft geht. Keine Liebe ist ständige Starkstrom-Liebe. Partner akzeptieren zeitweilige Distanzen, die gibt es immer wieder. Aber achtsame Partner lassen Distanz nicht treiben und unüberbrückbar werden. Sie halten sich gegenseitig immer wieder dazu an, eine enge Verbindung herzustellen und immer wieder mal eine Bestandsaufnahme ihrer Beziehung zu machen, sich zu sagen, was gut und was weniger gut läuft. Sie behalten ihre

Ziele im Auge und verfolgen sie. Sie achten darauf, ob ihnen dabei etwas in die Quere kommt, was sie vielleicht hinnehmen, vielleicht aber auch aus dem Weg räumen wollen. Manche Entwicklungen können sie ausreichend im Griff behalten, manche können sie kaum oder gar nicht beeinflussen. Ein Partner kann krank werden, an Körper oder Seele, sich mit Freunden verkrachen, einen Karriere-Dämpfer erleben oder gar seinen Job verlieren, in einen Unfall verwickelt werden; angelegte Wertpapiere können abstürzen und Rücklagen schwinden und mit ihnen die Sicherheit, die sie versprachen. Die Wechselfälle des Lebens sind vielfältig. Eine Beziehung muss als Beziehung bereit sein, mit ihnen fertig werden zu wollen. Auf das Wollen kommt es an! Denn wo ein Wille ist, ist tatsächlich meistens auch ein Weg.

Partner, die meinen, Monogamie sei auf Dauer vielleicht ein frommer Wunsch, aber für sich kein lebbares Konzept haben, können sich zugestehen, dass es zu Affären kommen kann. Sie räumen sich ein, nicht immer alles so genau wissen zu müssen. Sie können sich bereit erklären, nicht misstrauisch über Treue zu wachen – solange sie empfinden, dass der Partner ihnen nichts vorenthält, sie von ihm kriegen, was sie sich wünschen und was sie brauchen, was sie für angemessen in einer gut gehenden Partnerschaft halten. Ist das nicht mehr der Fall, sprechen sie an, was sie empfinden, und forschen mit dem Partner nach Ursachen. Sie stellen sich ihrer Beziehung, sie arbeiten an ihrer Partnerschaft und kämpfen um sie, falls sie tatsächlich in Gefahr gerät. Beide kämpfen. Nicht nur einer.

Vielleicht stellen sie fest, dass sie sich Freiheiten eingeräumt haben, die sie doch nicht aushalten. Dann können sie vereinbaren, diese Freiheiten wieder einzuschränken. Das Leben ist Versuch und Irrtum. Beides muss man sich zugestehen. Denn jeder Versuch schließt die Möglichkeit des Irrtums ein. Wer nichts versucht, um Irrtümer zu vermeiden, irrt, wenn er

meint, damit könne er sich selbst und einer Partnerschaft gut-
tun. Wer nichts versucht, entwickelt auch nichts weiter. Wer
sich nicht weiterentwickelt, entwickelt sich zurück – weil er
der Welt, die sich immer weiterentwickelt, immer weniger ge-
wachsen ist. Wer sich nicht entwickelt, wird langweilig, kraft-
los, unerotisch.

Lust miteinander, nicht nur beim Sex

Liebe lebt von Spannung. Spannung können Partner erzeugen. Indem sie neugierig bleiben, sich selbst ständig weiter-
entwickeln, ihren Partner einladen, daran teilzunehmen, ihn
inspirieren und sich von ihm inspirieren lassen, ihn immer
wieder auch auf seinen Reisen und Entdeckungen begleiten.
Für Beziehungs-Pflege und -Entwicklung sind beide zuständig.

Beziehung soll Lust aufeinander machen. Lust aufeinander entsteht zu einem großen Maße durch Lust miteinander,
Lust, die alle Sinne erfasst und nicht allein Sex ist. Welchen
sinnlichen Erlebnissen sie besonders zugetan sind, müssen
Partner für sich und gemeinsam aufspüren. Zu sinnlichen
Erlebnissen, die einer für sich entdeckt (oder schon zuvor für
sich entdeckt hat), die er genießt, kann er den Partner einladen, ihm Offerten machen, Zugänge eröffnen. Vieles können
sie sich gemeinsam erobern.

Essen und Trinken kann Genuss sein. Jeder muss nur für
sich finden, was er genießen kann. Die Möglichkeiten sind unbegrenzt, wenn man persönliche Blockaden überwindet, aus
festen Gewohnheiten immer wieder aussteigt, selbst gesetzte
Grenzen überwindet, immer wieder etwas Neues ausprobiert.
Wer nicht spontan zu sagen weiß, wann er zuletzt etwas gemacht hat, was er noch nie gemacht hat, bekommt für sich einen Hinweis, dass er sich zu sehr in Routinen gefangen nimmt.

Wie alles, so will auch Genuss gelernt sein. Auch hier gilt: Übung macht den Meister. Genuss verlangt Neugier und Achtsamkeit für Feinheiten und Nuancen, für die eigenen Empfindungen. So ist Genuss zu entwickeln. Wer genießen will, geht immer wieder über sich hinaus.

Essen und Trinken sind kein Ersatz für sich verflüchtigende sexuelle Lust, sondern gehören zu einer erweiterten Lust. Zu solch erweiterter Lust kann die Lust auf Musik gehören. Auch Musik lädt ein zu sinnlichen Erlebnissen, die körperlich zu spüren sind, unter die Haut gehen, große Gefühle auslösen, die gar nicht in Worte zu fassen sind, die Herzen öffnen, Gleichklang spüren lassen und Nähe schaffen. Musik, Tanz, Theater. In unterschiedlichsten Varianten und Interpretationen. All das kann es sein.

Auch Natur. Natur erleben wir umso intensiver, je mehr wir sie mit all unseren Sinnen aufnehmen – sie mit unseren Augen erforschen, ihre Schönheit und ihre Gewalten erfassen. Im Großen und im Kleinen. Sonnenauf- und Sonnenuntergänge, Sternenhimmel, monumentale Berge, vorbeiziehende Wolken, krachende Gewitter, sich ausbreitende Täler, verschneite Wälder, Bäche, Flüsse, Wasserfälle, die Vielfalt von Bäumen, Sträuchern, Blumen und Tieren. Achtsamkeit intensiviert Gefühle, Achtsamkeit zum Beispiel für kühle, frische Luft, die wir einatmen und die uns spüren lässt, wie sie Körper und Geist belebt; für Sonne, die unsere Frohsinn weckt, uns die Seele und die Poren der Haut öffnet, uns ihre Wärme und Kraft begierig aufnehmen und wohlig speichern lässt.

Spannung bieten uns Städte, wenn wir sie für uns erschließen – mit ihren Menschen, ihrer Architektur, ihrer Impulsivität, ihren Geschäften, Bars, Restaurants, Museen, Sportstätten, ihren Räumen und Märkten, mit Straßenmusikern, Aktionskünstlern, Graffiti, ihren ständigen Überraschungen, mit der Fülle ihres Lebens, mit ihrer Vitalität.

Je vielfältiger die Lust, umso größer der Lustgewinn. Und meist ist gemeinsam erlebte Lust viel mehr als Lust für sich, individuell. Gemeinsam erlebte Lust verstärkt die Empfindungen. Sie erzählt eine gemeinsame Geschichte, schafft Bindung, fördert Gefühle, zusammenzugehören. Wer sich sinnlichem Leben versagt, sich verschanzt in Gewohnheiten, sich selbst genügt in Routinen und engen Grenzen, blockiert sich in seiner persönlichen Entwicklung und seiner Liebesfähigkeit. Liebe ist kein gedankliches Konstrukt. Liebe muss gelebt werden. Liebe fordert jeden auf, mit seinem Partner immer wieder auf Entdeckungsreisen zu gehen und gemeinsam zu genießen, mit allen Sinnen.

Bricht, trotz allem, trotz aller Achtsamkeit, eine Affäre über eine Partnerschaft herein und fliegt die Affäre auf, ist sie für den Betrogenen schmerzhaft. Und es tut dem Betrüger weh, dem Partner weh zu tun. Es ist nicht leicht, damit fertig zu werden. Aber die Partnerschaft hat ein Fundament, das beide besser trägt, sie überlegen und entscheiden lässt, was nun zu tun ist, was sie miteinander wollen und können.

Eine Übung für beide Partner, die ihnen Gelegenheit zur Besinnung bietet, kann sein, für sich aufzuschreiben, was ihnen zu den Worten „Liebe" und „Sex" einfällt. Anschließend können sie ihre Vorstellungen abgleichen, darüber sprechen, was sie davon nach wie vor gemeinsam haben können, was ihnen verloren gegangen ist und ob sie versuchen wollen, sich das zurückzuerobern.

Gute und schlechte Therapeuten – Anleitung für einen Check

Die Fragen, wo stehen wir, wo möchten wir hin und wie könnten wir am besten dorthin gelangen, sind für Paare oft nicht leicht zu beantworten. Vor allem, wenn Partner viele Enttäuschungen und Verletzungen mit sich schleppen. Damit sind sie schnell verleitet, in Vorwürfe und Konfrontationen abzugleiten. Sie merken, dass sie sich so immer wieder verlieren, womöglich sogar immer weiter voneinander entfernen – und beide darunter leiden.

Wenn sie in eine solche Lage geraten sind, sollten Paare sich Hilfe suchen – bei Profis, die wissen, wie Beziehungen wieder hinzukriegen sind, und beiden Partnern unbefangen Zugang und Unterstützung bieten. Doch auch wenn sie in eine solche Lage geraten sind, zögern Paare oft. Weil einer nicht so will, womöglich weil er meint, es bringe nichts – wenn das Paar sich nicht selbst helfen könne, sei ihm nicht zu helfen. Oder weil ein Partner denkt, es sei ein persönliches Armutszeugnis, wenn man einen Therapeuten in Anspruch nehme. Oder weil beide nicht wissen, wofür und für wen sie sich aus der Fülle der Anbieter entscheiden sollen. Therapeuten machen mehr oder weniger große Versprechungen. Aber welchen Versprechungen ist zu glauben?

Paare sollten Therapeuten, die für sie in Betracht zu kommen scheinen, austesten. Sie sollten sich von ihren Kandidaten in einem Erstgespräch erläutern lassen, welchen Zugang sie haben, wie sie vorzugehen gedenken. Wichtig sind dabei nicht so sehr theoretische Erläuterungen. Gute Therapeuten kleben nicht an Theorien. Sie mögen sich einer Therapie-Richtung besonders verbunden fühlen, sich als Analytiker, Tiefen- oder Kognitions-Psychologen oder als Verhaltens-Therapeuten beschreiben, aber sie folgen keinen Dogmen. Sie versuchen nicht, ihre Klienten zu Anhängern von Schulen zu machen und ihnen Erklärungsmodelle überzustülpen. Sie beladen Klienten nicht mit ihren eigenen Erfahrungen, drängen ihnen nicht ihre persönlichen Schlussfolgerungen auf. Sie tun nicht so, als müsse jeder so empfinden wie sie. Und sie kommen ihren Klienten nicht mit ihrer Moral. Weshalb wir das sagen? Weil das leider allzu häufig passiert.

Gute Therapeuten sind aufgeschlossen und unbefangen. Sie hören aufmerksam zu, richten sich nach den Wünschen ihrer Klienten, ergreifen in einer Paartherapie nicht für einen Partner Partei. Sie zeigen Verständnis und Mitgefühl für beide gleichermaßen und rücken immer wieder die Paar-Beziehung in den Mittelpunkt. Sie agieren als Vermittler zwischen den Partnern, helfen ihnen, sich zu verstehen, um so überhaupt entscheiden zu können, was sie miteinander anfangen möchten.

Paare sollten schon im ersten Gespräch darauf achten, welche Gefühle sich mit einem Therapeuten-Kandidaten bei ihnen einstellen, ob jeder Partner sich aufgenommen, geschätzt und verstanden fühlt. Sie sollten ihren Gefühlen folgen und sich nicht in eine Zusammenarbeit hineinreden lassen. Sie sollten sich gut überlegen, was Therapeuten ihnen zu bieten haben. Sie können, wenn sie es nach der ersten Begegnung noch nicht wissen, sagen, dass sie es sich noch einmal überlegen wollen. Sie können es erneut austesten. Und wenn sie danach finden, sie fühlen sich mit dieser Person nicht wohl oder meinen, von ihr nicht erwarten zu können, was sie sich wünschen und was sie brauchen, dann sollten sie ihr das mitteilen, und dazu reicht eine kurze Mail, „danke, aber wir glauben nicht, dass Sie sind für uns der passende Therapeut sind".

Paar-Berater unterstützen Partner, wenn sie ihre Beziehung retten und ihre Liebe zurückgewinnen wollen. Sie unterstützen sie, aus heillosen Konfrontationen auszusteigen, sich aus Sackgassen zu manövrieren. So gelingt es besser, zu klären, was gemeinsame Ziele sind und welche Wege sie einschlagen sollten, um dorthin zu gelangen. Es gilt, die in Beziehungskämpfen verschütteten Potenziale zu bergen, Wünsche, die beide aneinander haben, zu vermitteln, und auszuloten, welche zusammenpassen und welche womöglich nicht. Therapie (wir sagen auch „Coaching") dient dazu, dass ein Paar sich eine neue Beziehungs-Ordnung schafft, mit Vorsätzen, Vereinbarungen, Übungen und Spielregeln, die ihnen Richtung und Sicherheit bieten, mit denen sie ihre Beziehung selbst gestalten, Gemeinsamkeiten stärken und dabei die Individualität eines jeden Partners anerkennen.

Wenn Partner sich trennen möchten, können Therapeuten ihnen (anders als Rechtsanwälte) helfen, dies so schmerzfrei und so anständig wie möglich zu tun. Allerdings würden Therapeuten immer anbieten, zusammen noch einmal gründlich darüber nachzudenken, ob das wirklich ihre Absicht ist. Ob sie damit erreichen, was beide sich wünschen, oder ob sie sich womöglich falsche Vorstellungen machen. Fast jede Beziehung, die schon länger Bestand und dabei auch beiden viel zu bieten hatte, ist es wert, gründlich geprüft zu werden, ob ein ernsthafter Versuch, sie zu retten, nicht doch vielversprechender sein könnte als eine Trennung aus Frust und Enttäuschung.

Paar-Therapeuten und selbst ein Paar – ein zusätzliches Plus

Wir sind Paar-Berater und wir sind selbst ein Paar, Ehemann und Ehefrau. Wir bieten auch als Paar Paaren unsere Beratung an, mit unserem professionellen Wissen, unserer langjährigen therapeutischen Erfahrung und den Ansichten und Einsichten, die wir in unserer eigenen Partnerschaft und in Partnerschaften davor gewonnen haben. Wir sind, bevor wir ein Paar wurden, in Beziehungen gescheitert und mussten mühsam lernen, mit welchen Eigenheiten und welchem Verhalten wir dazu beigetragen haben. Als Ehepaar haben wir viele gute, aber auch manche schlechte Zeiten erlebt. Wir sind selbst in Turbulenzen geraten und mussten Krisen bewältigen und in ihnen neue Chancen erkennen.

Wir tun nicht so, als wenn wir immer alles gewusst und alles richtig gemacht hätten. Wir erheben uns nicht über andere. Auch wir mussten Fehler machen, um klüger zu werden. Wir wissen, wie Partner sich aus den Augen verlieren und wie sie sich wieder finden, wenn das geschehen ist. Wir streiten miteinander, mitunter heftig. Aber wir haben mit der Zeit besser gelernt, zu begreifen, was der andere fühlt und denkt, was ihm wichtig, was zu respektieren und zu unterstützen ist. Wir können uns nach Streits gut vertragen und sehen, was für uns als Paar das Wesentliche ist.

Was wir vorschlagen, um aus unheilvollen Konfrontationen auszusteigen, sich aus Sackgassen zu manövrieren, neue Perspektiven und neue Hoffnung zu gewinnen, eigene Möglichkeiten wahrzunehmen, eine liebevolle und kraftvolle Partnerschaft zu entwickeln, hat schon zahlreichen Paaren geholfen. Wir haben viel Erfahrung, was funktionieren kann und was eher nicht. Wir wissen, wovon wir reden. Wir können andere verstehen, ihnen unsere Sicht anbieten, mit ihnen entdecken, welche Chancen vor ihnen liegen, sie ermutigen, ihre Chancen zu nutzen.

Wir haben erfahren, was wir als Partner aneinander haben, was wir füreinander sind und sein wollen. Wir wissen, wie wir unsere Partnerschaft pflegen, sie vital, spannend, anregend und aufregend halten und unsere Liebe nähren. Unsere Liebe gibt uns Kraft, Freude und Zuversicht. Wir lassen sie uns nicht mehr nehmen.

Für einen einzelnen Paar-Therapeuten kann es mitunter schwierig sein, in einer Paar-Beratung beiden Partnern zugleich den Rückhalt zu geben, den jeder für sich akut braucht. Partner neigen zunächst dazu, darzustellen, was der andere ihrer Meinung nach falsch macht, und zu fordern, was er verändern soll. Schnell schreiben sich beide selbst die Rolle des Opfers und dem anderen die Rolle des Täters zu. Nach einer Affäre gilt der, der sie angefangen hat, als Betrüger, der andere sieht sich als der Betrogene. Der Affären-Gänger empfindet sich rasch als Angeklagter, von dem verlangt wird, seine Schuld zu bekennen und Reue zu zeigen. Für seine wahren Gefühle, so erlebt er es, ist kein Raum. Für ihn gibt es kein Verständnis und kein Mitgefühl. Dann ist die Konstellation besonders aufgeladen. Der Betrogene ist (natürlich) gekränkt. Er leidet besonders und hofft, dass der Therapeut seine Sichtweise und Erwartung bestärkt.

Eigentlich möchten beide den Therapeuten am liebsten als Verbündeten für sich gewinnen. Ein solches Bündnis würde aber den anderen Partner ausgrenzen, ihn zum (Haupt-) Schuldigen für alle Misere erklären. Damit geriete die Veranstaltung zum Tribunal. Sie wäre keine Therapie mehr. Therapeuten müssen es schaffen, Verständnis und Mitgefühl für beide Partner zu vermitteln, und helfen, dass sie dies auch füreinander entwickeln. Doch wenn ein einzelner Therapeut berät und etwas zum Ausdruck bringt – durch Worte, Gesten, aufmerksames Zuhören mit Blickkontakt, durch zugeneigte Körperhaltung und mitfühlenden Gesichtsausdruck –, was der eine als Unterstützung empfindet und auch so empfinden soll, fühlt der andere sich schnell „hängen" gelassen. Auch er braucht unmittelbare Zuwendung, will sich nicht „blöd" fühlen, soll Rückhalt spüren. Was er braucht, bekommt er – unserer Erfahrung nach – schneller und besser, wenn ein zweiter Therapeut dabei ist und ihm seine Aufmerksamkeit gibt, ihn in Empfang nimmt, dort abholt, wo er ist, auffängt, Verständnis und Mitgefühl zeigt, Raum und Gehör für seine Gefühle und Gedanken schafft.

Wir erfüllen solche Erwartungen als Therapeuten, als Mann und als Frau, mit wechselnden Rollen. So verhindern wir unproduktive „Geschlechter-Solidarität" und selbstgerechtes „Geschlechter-Gegeneinander". Wenn es uns angemessen erscheint, können wir dennoch den Bezug von Mann zu Mann und Frau zu Frau herstellen, und wir können, wenn dies besser ist, es genau umgekehrt anlegen – der männliche Therapeut wendet sich gezielt an die weibliche Klientin und die Therapeutin stellt eine verstärkte Verbindung zum männlichen Klienten her.

Frauen fühlen sich von Frauen häufig besser verstanden. Den Wunsch, weibliche Unterstützung zu finden, sollen weibliche Therapeuten durchaus bedienen. Aber von einem anderen Mann zu erfahren, wie Männer „ticken", ist für sie oft sehr hilfreich – zum Beispiel wenn sie hören, dass Männer in Kontroversen eher eine Mauer hochziehen als Frauen. Als Selbstschutz. Frauen müssen ein solches Verhalten dann nicht mehr so sehr als gegen sich gerichtet empfinden. Sie ersparen sich (Selbst-)Vorwürfe und können ihrem Mann einen Rückzug besser gestatten, anstatt ihn weiter zu bedrängen und so noch verschlossener zu machen und dann selbst noch mehr enttäuscht zu sein.

Öfter suchen auch Männer bevorzugt die Unterstützung der Therapeutin. Das hat vielfach damit zu tun, dass sie sich von Frauen eher beschützt fühlen und ihnen gegenüber weniger Konkurrenz empfinden. Der männliche Therapeut ist, durch die Rolle, die er einnimmt, mit Autorität ausgestattet. Das wird von Klienten schnell als hierarchisches Verhältnis empfunden. Ein männlicher Klient fühlt sich dadurch dem männlichen Pendant unterlegen und mag sich daher davor scheuen, über eigene Unsicherheiten und Unzulänglichkeiten zu sprechen. Besonders schwer kann es ihm fallen, über seine Sexualität zu sprechen. Der männliche Therapeut hilft dem männlichen Klienten, wenn er sich selbst ein Stück von dieser Autorität nimmt, dadurch, dass er eigene Unzulänglichkeiten offenbart. Ein Therapeut, der oberschlau daherkommt, große Reden hält, sich in seiner Rolle gefällt, so tut, als wüsste er genau und jederzeit, was richtig und was falsch ist, verstört jeden Bezug und schadet nur. Jede Eitelkeit ist völlig fehl am Platz. Selbstbewusstsein ist angemessen, wenn es begründet ist und mit Demut einhergeht.

Einer Überhöhung der männlichen Therapeuten-Rolle kann auch die weibliche Therapeutin entgegenwirken. In unserem Setting geht das so, dass Margot über Michael erzählt, auch aus der eigenen Paar-Beziehung, was ihm mitunter danebengeht, wo seine Unzulänglichkeiten sind. Michael macht dabei mit, indem er Margots Bemerkungen annimmt, sich nicht rechtfertigt oder verteidigt. Er fühlt sich nicht bloßgestellt, weil er selbst Eigenheiten und Unzulänglichkeiten von sich beschreibt, sich nicht als unangreifbar darstellt. Er gibt sich nicht undurchschaubar. Er hält Blickkontakt, führt keine Positionskämpfe und weiß, welchen wohltuenden Effekt Margots Bemerkung für den männlichen Klienten haben kann. Positiv ist eine solche Bemerkung auch für die weibliche Klientin, denn sie erlebt unmittelbar, dass sie nicht die einzige ist, die Schwächen hat. Sie muss sich nicht unzulänglich und unterlegen fühlen. Und sie beobachtet, dass Partner offen über Schwächen des anderen sprechen können, ohne ihn anzuklagen. Darin zeigt sich Offenheit. Indem auch in einem solchen Gespräch dem Partner gegenüber Respekt gewahrt bleibt, ein konkretes Verhalten beschrieben und kein Charakterurteil gefällt und keine Kritik an seinen (professionellen) Fähigkeiten geführt wird, gerät Offenheit nicht zur Anbiederei.

Eine derartige therapeutische Intervention kann selbstverständlich auch in die andere Richtung gehen. Also: Michael erzählt etwas von Margot. Oder beide zusammen erzählen etwas von sich. Mit solchen Rochaden und Rollenwechseln schaffen wir vielseitigere und intensivere Beziehungen. Wer welchem der beiden Klienten besondere Aufmerksamkeit zeigt, Verständnis vermittelt und Empathie widerspiegelt, wechselt. Aber beide Partner bekommen jederzeit all das. Keiner bleibt allein. So empfindet sich nie einer als „hängen" gelassen oder angeklagt. Und letztlich fühlen sich beide Partner von beiden Therapeuten unterstützt.

Sich Geheimnisse lassen

In gemeinsamen Sitzungen zu viert kann alles auf den Tisch. Es muss aber nicht alles auf den Tisch. Die Anforderung halten wir – im Gegensatz zu vielen anderen Therapeuten – für falsch, abschreckend und sogar für schädlich. Partner müssen sich gestatten, Geheimnisse voreinander zu haben. In guten und in schlechten Zeiten. Sie müssen sich zum Beispiel gegenseitig zugestehen, dass jeder von ihnen seine Fantasien haben darf, auch sexuelle Fantasien, die er dem anderen nicht mitteilen muss. Fantasien sind Fantasien, nicht unbedingt Wünsche, die man verwirklichen will. Sie können von etwas handeln, das wir uns mit dem Verstand nicht erklären und das unser Über-Ich für moralisch verwerflich hält. In der Fantasie können Vorstellungen ablaufen, die niemals eintreten werden: Gang-bang, Unterwerfung, Vergewaltigung. In ihr können sich ferne und verworrene, nicht leicht erklärbare Bedürfnisse anmelden. Aber in der Fantasie führt der, der Fantasien zulässt, selbst Regie. Er bleibt Herr oder Frau eigener Gedanken und Bilderwelten. In der Fantasie entsteht keine wirkliche Gewalt. Es wäre furchtbar, würde tatsächlich passieren, was in der Fantasie reizvoll und erregend sein mag. In der Fantasie können wir uns – gefahrlos – alles erlauben.

Partner mögen fantasieren, aus der Beziehung auszusteigen, alle Verantwortung von sich abzuschütteln, Partner und

Kinder zu verlassen, den Beruf aufzugeben, ans andere Ende der Welt zu ziehen. In Fantasien können Fluchten stattfinden, unterdrückte Gefühle durchlebt werden. Fantasien von einem anderen Leben können das reale Leben erleichtern. Die Vorstellung davon allein mag völlig reichen. Solche Fantasien müssen nicht das Verhalten zum Partner beeinträchtigen – solange man sie für sich behält. Legt man sie jedoch dar, können sie eine Beziehung durcheinanderschütteln, sie (völlig unnötig) in Konflikte stürzen. Die Fantasien des einen können den anderen verunsichern, an sich zweifeln oder als unzulänglich empfinden lassen, sie können ihn abstoßen, auch wenn es keine realen Wünsche sind.

Will ein Paar eine Affäre eines Partners überstehen, kämpft jeder von beiden mit seinem persönlichen Gefühlschaos. Es kann besser für die Beziehung sein, es nicht vollständig voreinander auszubreiten. Der Betrogene mag Rachefantasien hegen, gegenüber dem eigenen und gegenüber dem Affären-Partner, die helfen, das eigene Selbstbewusstsein zu stärken. Darüber will er vielleicht mit einem Therapeuten reden, um seinen Fantasien so freien Lauf zu lassen und gleichzeitig Hilfe zu finden, wie diese Fantasien so in den Griff zu kriegen sind, dass sie ihn nicht dazu treiben, auszurasten und etwas anzustellen, was andere vernichtet – sozial, finanziell oder gar physisch.

Der, der aus einer Affäre aussteigt – oder noch damit ringt, ob er wirklich aussteigen will –, muss seinen Gefühlen nachspüren können, Trauer über seinen Verlust zulassen, Hoffnungen begraben oder sie wieder aufleben lassen, sein Hin und Her erforschen, seine Wut bändigen, damit fertig werden, dass jede Entscheidung für eine Person eine sehr schmerzvolle Entscheidung gegen eine andere ist. Ihn martert das Bewusstsein, egal was er tut, Leid auszuteilen, keinen richtig zufrieden, geschweige denn glücklich machen zu können, womöglich am wenigsten sich selbst. Dazu peinigt ihn ein zunehmendes schlechtes Gewissen. All das kann in Depression und Sinnkrise stürzen. Bei diesem Wirrwarr der Gefühle kann ihm weder sein Paar-Partner noch sein Affären-Partner helfen. Beiden geht es dafür selbst zu schlecht und zunächst kümmern sie sich (am besten) um sich selbst. Empathie ist von ihnen nur sehr beschränkt zu erwarten.

Beiden Partnern kann ein zusätzliches Einzel-Coaching helfen. Jeder hat seine Wünsche, Konflikte, Kämpfe. Sie haben mit der Paar-Beziehung zu tun und – wenn es sie gab oder noch gibt – mit einer Affäre. Aber dafür muss jeder seinen Umgang finden und sein Innenleben ordnen. Erst dabei zeigt sich, was eigene Anlagen und Anteile sind, die nicht auf den Partner oder den Partner und dessen Affäre zurückzuführen sind. Dazu können zum Beispiel gehören: besondere Bedürfnisse nach Anerkennung, Unsicherheiten, Egoismen, mangelndes Selbstbewusstsein, Schwierigkeiten, Gefühle zu verstehen, die eigenen und die von anderen, Frust über mangelndes Fortkommen im Beruf. All das bettet Beziehungskonflikte in einen Kontext, für den ein Partner keine Verantwortung und keine Zuständigkeit trägt.

Gemeinsam und jeder für sich

In einer Einzel-Beratung geht es um Beziehung (und Beziehungen). Doch im Mittelpunkt steht der Einzelne, der mehr Klarheit über sich selbst gewinnen möchte. Für ihn geht es darum, seine Individualität zu schützen und zu stärken – und so schließlich auch seine Beziehungsfähigkeit weiterzuentwickeln.

Es erscheint uns sinnvoll, das Einzel-Coaching bei einem der Paar-Therapeuten zu machen, weil so nicht alles doppelt und dreifach erzählt und bearbeitet werden muss und Erkenntnisse aus der Paar-Therapie besser zu nutzen sind. Hilfreich kann ein Einzel-Coaching nur sein, wenn es persönlich und absolut vertraulich ist. In Paar-Sitzungen halten Partner sich oft zurück, weil sie sich selbst noch nicht im Klaren sind, was in ihnen vorgeht und was sie letztendlich wollen. Weil sie den Partner nicht verletzen und/oder weil sie nicht angeklagt werden möchten. Solche Zurückhaltung ist nicht nur legitim, sie ist auch klug.

Persönliche Gedanken, Gefühle, Wünsche, Hoffnungen, Zweifel und Selbstzweifel, Wirrnisse, Fantasien, Unklarheiten, Geheimnisse müssen geschützt bleiben. Nur dann können sie in Einzel-Therapie offengelegt und bearbeitet werden. Jeder braucht Unterstützung für seine Ziele. Wer eine entdeckte Liebe aufgibt, braucht auch Trost, ebenso der, der sich betrogen fühlt. Nur so findet der einzelne Partner für sich das Verständnis, das Mitgefühl, den Beistand und den Rückhalt, den er braucht.

Therapeuten sollten nicht bagatellisieren. Sie müssen klar machen, dass Affären verletzen, auch wenn damit keine Verletzungsabsicht verbunden gewesen sein mag. Sie müssen mit einem Paradox fertig werden, warnen vor den Verletzungsgefahren völliger Wahrheit und vor den anhaltenden Schäden mangelnder Aufrichtigkeit. Wir halten es für einen Irrtum der Psychoanalyse, dass Wahrheit heilt. Wahrheit kann so sehr verletzen, dass der Schmerz nie aufhört. Wahrheit kann nicht zu verkraften sein. Es ist nicht möglich, zu bestimmen, welcher Grad an Wahrheit „an sich richtig" ist. An sich richtig gibt es nicht. Es kommt immer auf die jeweiligen Menschen an. Die Beteiligten müssen ihre Grenze spüren und akzeptieren. Immer alles zu sagen, ist distanz- und rücksichtslos.

Therapeuten können erklären, dass sich verraten fühlen nicht heißen muss, verraten worden zu sein. Sie können helfen, dass Partner einander besser zuhören, Verständnis für unterschiedliche Empfindungen und Ansichten gewinnen, gute Erinnerungen auffrischen, dabei Gefühle und Ressourcen wiederentdecken, prüfen, wie viel noch da ist und was noch entstehen könnte.

Mit der Möglichkeit, in der Therapie ihre Probleme zu bearbeiten, einzeln und zusammen, können Partner sich in der übrigen Zeit entlasten. Sie können sich entscheiden, darüber sonst keine Debatten zu führen, sondern sich darum zu kümmern, was sie sich gegenseitig Gutes tun wollen. Sie schieben damit ihre Probleme nicht beiseite. Aber sie geben sich Ruhe und gönnen sich Erholung. Beziehungs-Debatten kosten viel Zeit, Kraft und Energie. Sie können zermürben. Sie sind nicht immer sinnvoll. Vor allem nicht als dauernde Wiederholung von Vorhaltungen, Vorwürfen und Anklagen.

Therapeuten können nicht heilen. Sie können nicht verhindern, dass eine Beziehung scheitert, wenn einer der Partner von ihr genug hat. Sie können helfen zu verstehen, welche Wünsche realistisch und welche unrealistisch sind. Hauptsächlich müssen Therapeuten günstige Bedingungen schaffen, damit ein Paar seine Selbstheilungskräfte entdecken und entwickeln kann. Und wenn diese Kräfte nicht ausreichen, wenn der Wille fehlt, können Therapeuten helfen, eine Trennung in Anstand und mit Achtung zu vollziehen. Doch meist entdecken in einer Therapie auch Partner, die kurz davor stehen, alles hinzuschmeißen, Potenziale. Daraus können sie Kraft und Zuversicht schöpfen. Und damit ist schon sehr viel gewonnen.

Verbündeter und Anwalt der Beziehung

Der Therapeut/Coach übernimmt bei unserem Zugang zwei Funktionen, die er gut auseinanderhalten muss. In der Einzel-Therapie ist er nur für den Einzelnen da, orientiert sich ausschließlich an dessen Themen und Zielen, ist dessen Verbündeter. Er wahrt dessen Geheimnisse. Als Therapeut in den Paar-Sitzungen ist er Anwalt für die Beziehung. Daraus freilich ergibt sich eine wichtige Verpflichtung. Der Therapeut darf sich nicht zum Komplizen eines Einzelnen machen lassen, wenn der die Paar-Therapie nur zum Schein führt, um den Partner hinzuhalten und hinters Licht zu führen. In einem solchen Fall kann der Therapeut das Einzel-Coaching nur fortsetzen, wenn sein Klient mit ehrlicher Begründung aus der Paar-Therapie aussteigt und bei dem Partner, den er tatsächlich ja verlassen will, keine falschen Hoffnungen weckt.

Dieser Coaching/Therapie-Ansatz ist ungewöhnlich. Aber wir sind davon überzeugt, dass er angemessen ist und Partnern und Paaren so am besten geboten wird, was jeder für sich und was die Beziehung braucht. Der Wunsch, allein in Paar-Sitzungen käme alles auf den Tisch, was für die Partner und die Beziehung wichtig, ist fern der Wirklichkeit. Keiner legt dort alles auf den Tisch. Und wenn, wäre das meist gar nicht gut.

Wer in ein Coaching/in eine Therapie geht, wünscht sich jemanden, der versteht, der hilft, auf den Verlass ist. Ein Coach/Therapeut soll und muss ein Verbündeter und ein Mentor sein. Für „Betrogene" und für „Betrüger". Beide verdienen Empathie und Verständnis für das, was ihnen wichtig ist, jetzt und für die Zukunft, ohne moralische Bewertung, mit Gespür, Feingefühl und Verständnis für Gefühle, die in ihnen streiten und sie in entgegengesetzte Richtungen zerren.

Therapie bietet Beistand, wenn es an die eigene Existenz geht. Keiner will allein bleiben. „Die Ur-Ängste von völliger Verlassenheit … sie schlummern in jedem von uns", notiert Wolfgang Schmidbauer in „Die heimliche Liebe", und dafür findet er – und finden wir – Zustimmung bei Irvin Yalom. Diese Angst wird besonders stark in Menschen, die früh schon verlassen wurden, denen Rückhalt entzogen wurde und denen es an Zuverlässigkeit fehlte. Weil Eltern gestorben sind oder sich sonst nicht gekümmert, ihre Kinder unumsorgt zurückgelassen, alleingelassen haben. Solche Angst brennt sich ein ins emotionale Gedächtnis.

Angst ist „innerer Terror", „Seelenfraß", wie unser 2004 erschienenes Buch heißt. Sie springt Menschen plötzlich an und krallt sich fest. Nachts kommt sie mit besonderer Heftigkeit und ist dann mit dem Verstand kaum zu regulieren. In der Nacht setzt der Verstand weitgehend aus. Mit der Angst übernehmen auch andere Gefühle die Vorherrschaft: Selbstzweifel, Wut, Verzweiflung. Dann müssen Therapeuten Klienten dabei helfen, zu lernen, wie sie Angst runter-regulieren können, um sich von ihr nicht zerfressen zu lassen. Um das Ich früh alleingelassener Menschen zu stärken, müssen Therapeuten Schutz und Beistand bieten, den Eltern nicht geboten haben.

Ein Coach/Therapeut ist kein Besserwisser. Und keine moralische Instanz. (Was manche Therapeuten leider meinen, besonders Dogmatiker, Narzissten und Mitglieder von Religionsgemeinschaften.) Ein Therapeut muss sich so nah wie möglich an seinem Klienten orientieren – an dessen Wünschen, Ängsten, Hoffnungen und Illusionen. Er kann nicht wissen, was für diesen das Beste ist. Doch wer in eine Therapie geht, erwartet von seinem Therapeuten eine eigene Haltung und er erwartet Rat.

Klienten fordern oft eine Empfehlung, was sie tun sollen. Dann sollte ein Therapeut sagen, was er sich, so wie er die Lage des Klienten bisher versteht, vorstellen könnte – was für den Klienten hilfreich sein, was er versuchen und austesten könnte. Ratsuchende sind unsicher. Sie wollen Orientierung. Sie möchten nicht auf ihre Fragen nur Gegenfragen eines Therapeuten hören und in irritierende Unsicherheit entlassen werden. Sie müssen die Ideen des Therapeuten allerdings als Vorschlag für einen Versuch verstehen, nicht als Rezept. Wie sehr ein solcher Versuch gelingt, kann nur der Klient selbst herausfinden. Was wie für ihn wirkt, weiß nur er selbst. Und auch das muss ein Therapeut deutlich machen.

Das Doppel-Coaching verbessert die Beziehungsarbeit eines Paares, weil es erlaubt, dass jeder – ohne Scheu, Zurückhaltung oder Taktik – daran arbeitet, sich selbst besser zu verstehen, zu begreifen, welche Gefühle in ihm miteinander streiten und welche seiner Vorstellungen sich gegenseitig blockieren. Solche Dilemmata muss jeder für sich bewältigen. Dann ist es viel eher möglich, dass dabei eine neue stabile, spannende, fröhliche, aufregende, abenteuerliche, inspirierende, lustvolle und anhaltende Liebe entsteht.

GUTER SEX, TROTZ LANGER LIEBE

Sex mit und ohne Liebe

Sich zu lieben, bedeutet nicht automatisch, guten Sex zu haben. Es gibt Liebe mit schlechtem Sex und guten Sex ohne Liebe. „Sexualität ist nicht von Natur aus etwas Schönes, sondern erst, wenn wir etwas Schönes daraus machen", schreibt David Schnarch in „Die Psychologie sexueller Leidenschaft". Trieb ist nicht Leidenschaft. Im Trieb geht es um Triebbefriedigung, aber nicht um Beziehung. Beziehung entsteht erst, wenn Menschen sich aufeinander beziehen, sich wahrnehmen als Person, sich erkunden, erkennen und schätzen in ihrer Individualität.

Sexuelle Bedürfnisse entstehen oft unabhängig von Beziehung. Oder die „Beziehung" ist sehr oberflächlich. Flirterei, Anmache, ohne sich wirklich kennenzulernen. Sie kann reduziert darauf sein, bestimmte Äußerlichkeiten attraktiv und anziehend zu finden – Busen, Beine, Muskeln, Lippen. Wahrgenommen werden muss dazu nicht einmal die gesamte Äußerlichkeit. Wer sich angezogen fühlt von einem bestimmten Blick, muss nicht einmal registrieren, welche Augenfarbe die Person hat. Wer auf Busen oder Muskeln steht, achtet nicht unbedingt auf Gesichter.

Scharf sein ist nicht das Begehren nach einer bestimmten Person. Lust an sich ist etwas anderes als „Lust auf dich". Begehren entwickelt sich im Kopf, nicht in Geschlechtsorganen. Wer sich nur auf sich konzentriert, zieht seine Aufmerksamkeit vom Partner ab. Dann geht es nur noch um Äußerlichkeiten und technische Fertigkeiten, mit denen Triebabfuhr am besten gelingt.

Wer Sexualität in einer Paar-Beziehung als Triebbefriedigung versteht, macht den anderen zum Objekt seiner Selbstbefriedigung. Tun es beide, stellen sie sich gegenseitig als Sex-Objekt zur Triebabfuhr zur Verfügung. Da solche Begegnungen (sexuell) aufregend und befriedigend sein können und als Belohnung erlebt werden, kann daraus durchaus Bindung entstehen. Gestatten sie sich gegenseitig, weitgehend ihre Hemmungen aufzugeben, auszuleben, was ihnen in den Sinn kommt, verstärken sie Anziehung und Bindung. Menschen, die es gut miteinander treiben können, haben Spaß zusammen und mögen sich. Und dennoch kommen sie sich nicht so nah wie in einer Beziehung, in der es beiden wirklich um die ganze Person geht.

Pornos geilen auf. Der Zugriff auf Pornos im Internet ist enorm. Reichhaltig und kostenlos. Wer in seine Suchmaschine „free porntubes" eingibt, erhält blitzschnell unzählige Links, die ihn alles anschauen lassen, was Menschen in irgendeiner Weise anturnt. Pornos stimulieren Frauen und Männer. Auch Frauen, die behaupten, bei solchen Bildern rege sich in ihnen nicht viel. Häufig registriert ihr Kopf nur nicht, was sich in ihrem Unterleib tut. Sie versuchen, Sex als beziehungslosen Trieb aus ihrem Bewusstsein fernzuhalten. Oft finden sie einen solchen Trieb nicht statthaft. Vor allem, wenn sie daran glauben wollen, es dürfe guten Sex nur mit Liebe geben.

Anonymer Sex zwischen Menschen, die sich nicht kennen und gar nicht kennenlernen wollen, Sex, den viele Menschen (in ihrer Fantasie) besonders erregend finden, zeigt besonders deutlich, dass Geilheit nicht mit Personen zu tun haben muss. In der Schwulen-Szene gilt das als völlig normal. Klappen-Cruising (meist öffentliche Toiletten) und Dark Rooms (alles geschieht im Dunklen) richten sie ein für schnelle unpersönliche Ficks. Jeder ist für jeden ein spannender Arsch. Die mildere Variante von anonymem Sex ist die schnelle Abschleppe, der one night stand mit jemandem, dem man erst kurz zuvor begegnet ist – in einer Bar, auf einer Party, während eines Seminars.

Gewohnheit frisst Reiz. Damit kämpfen Langzeit-Paare. Ohne Reiz keine Lust. Dann muss ein neuer Reiz her, um die Lust wieder zu entfachen. Sex als Reiz-Reaktions-Schema – Lust schon ausgelöst durch den Blick in offene Blusen, auf stramme Hosen oder nackte Haut – funktioniert in einer Beziehung auf Dauer nicht. Gewohnter Sex wird langweilig. Für Paare, die in lang anhaltender Partnerschaft weiter aufregenden Sex miteinander wollen, besteht die Herausforderung darin, aus „Lust aufeinander" „Lust miteinander" werden zu lassen. Das heißt: Sie erkennen, dass Lust aufeinander sie nicht wie von selbst immer wieder und unaufhörlich überfällt. Sie müssen füreinander aufmerksam sein, sich aufeinander einlassen und dabei Lust entstehen lassen.

Sex entsteht im Kopf. Das weiß eh jeder. Doch die wenigsten nutzen dieses Wissen richtig. Erotische Gedanken, Bilder, Filme, Fantasien kann jeder im eigenen Kopf produzieren. Jeder kann nachspüren, was ihn anturnt und das in seinem Kopf in Szene setzen. Es können Vorstellungen sein, die mit dem Partner zu tun haben oder auch nicht. Die Gedanken sind frei. Filme im Kopfkino zeigen, was schon einmal als aufregend erlebt wurde oder was gerne einmal erlebt würde. Eigene Wünsche und Bedürfnisse schreiben das Skript. Sie müssen nicht schräg, außergewöhnlich oder akrobatisch sein. Es können Wünsche sein, anders als bisher, aufmerksamer, länger, intensiver gestreichelt, geküsst, angefasst zu werden. Frauen mögen sich vorstellen, wie ihr Partner sich zärtlicher und intensiver als bisher mit ihrer Vagina beschäftigt, Männer davon träumen, dass ihre Partnerin sich ihrem Penis in neuer Weise widmet und dabei auch die Hoden nicht vergisst.

Vagina und Penis – die unbekannten Wesen

Dazu müssen Frauen und Männer wissen, was sie besonders genießen können, was sie besonders erregt. Dazu allerdings müssen sie wissen, wie ihr Körper reagiert. Und dazu wiederum ist es notwendig, mehr über ihre Anatomie zu wissen, zu wissen, so die Sexualwissenschaftlerin Ann-Marlene Henning, „wie sie genital gebaut sind". Tatsächlich wissen das nämlich viele nicht. Viele Frauen schauen sich ihre Klitoris nie richtig an und wissen nicht, wie komplex dieses Organ ist. Die allermeisten Männer haben davon erst recht keine Ahnung. Sie halten die Klitoris für ein kleines Knöpfchen, an dem sie nur heftig rubbeln müssen, um eine Frau zu erregen. Sie wissen nicht, dass „das Knöpfchen" nur der kleinste Teil ist, dass sich die Klitoris darunter in zwei sechs bis acht Zentimeter lange Schenkelbeinchen teilt, dass sich im Eingang der Vagina fast 90 Prozent aller Nervenendigungen befinden, dass auch Frauen eine Prostata haben. An all diesen Stellen sind Frauen zu erregen, und zwar auf sehr verschiedene Weise. Mit Fingern, Lippen, Zunge, nicht nur mit dem Schwanz. Stochern allein beschert nicht das größte Glück. Erregung kommt eher mit Druck als mit Rubbelei, eher mit langsamen als mit heftigen Bewegungen, eher durch Abwechslung als mit Monotonie.

Männer, die ihr Genital deutlicher vor sich haben als Frauen, wissen über das, was sie oft ihr „bestes Stück" nennen, meist auch nicht mehr als über die Organe der Frauen. Männer meinen oft, ihrem Penis komme die beste Behandlung zu, wenn er „ordentlich gewichst" wird. Doch auch das männliche Glied erfreut sich eher an Abwechslung, liefert mehr Lust, wenn es langsamer erregt wird, wenn Aufmerksamkeit auch den Hoden gilt. In langen Akten braucht auch ein guter Steher Pausen, weil sich das Blut im Penis austauschen muss. Erschlafft ihr Gemächt, rubbeln die meisten Männer umso heftiger daran herum. Für einen Penis ist das kein freundlicher Umgang. Da zieht er sich eher noch mehr zurück.

Anhaltende Muskelspannung ist nicht gut für guten Sex. Erregung lässt sich steigern durch Entspannung und Atmung. Der Wechsel von gezielten und lockeren, langsameren und schnelleren Bewegungen steigert die Lust. Auch ein gelegentliches Innehalten. Im Akt steigt die Spannung, wenn der Penis erst vorsichtig im vorderen Bereich der Vagina hin und her gleitet, dann erst heftiger und tiefer hineinstößt.

Gegen ein Verlangen nach schnellem und heftigem Sex ist nichts zu sagen – rein und raus, stramm und nass. Wer sich „durchficken" lassen möchte, soll sich durchficken lassen. Das wird allerdings nicht immer das Bedürfnis sein. Vor allem muss dazu die Geilheit schon sehr fortgeschritten sein. Wenn Partner in einer langen Beziehung spontane Geilheit weniger oft erleben, müssen sie sich erst einmal aufeinander einlassen, um Lust miteinander zu entwickeln. Sie können sich darauf im Kopfkino vorbereiten. Sie können sich gegenseitig ihre Filme erzählen. Sie können sich auch langsam anmachen, mit dem Wissen, wie Frauen und Männer funktionieren, was jeder von ihnen besonders mag, und mit der Neugier, immer wieder auch etwas Neues auszuprobieren. Sonst gibt es nämlich nichts Neues zu entdecken.

Jeder darf sich vom anderen etwas wünschen. Aber Wünsche müssen geäußert werden. Es reicht nicht, den Partner einfach machen zu lassen. Dabei kommt oft nicht das raus, was man / frau sich wünscht. Viele trauen sich nicht, dem anderen zu sagen, was ihnen nicht so gefällt, weil sie fürchten, er könne das als Zurückweisung erleben. Mag schon sein, dass es zunächst nicht so gut ankommt, wenn man hört, dass man den anderen eher abturnt als erregt. Aber nur wenn man weiß, was er mag und was er nicht mag, gewinnt man die Möglichkeit, ihn richtig zu erfreuen.

Por-No-No

Pornos sind keine gute Vorlage. Pornos sind eigentlich langweilig. Ihre Erregung liefern sie nur durch die Vielzahl nah aufgenommener Geschlechtsorgane. In unendlicher Variation. Daher gibt es an ihnen immer etwas Neues zu entdecken. Aber die Abläufe, die Pornos uns anbieten, sind einfältig. In einem normalen Porno wird erst gegrapscht, dann geblasen, gerammelt, von vorne, von hinten und von der Seite, dann spritzt der Mann mit eigenem heftigen Gezubbel ab, auf die Frau, die so tut, als ob sie sich nichts Schöneres vorstellen kann. Dabei blickt sie jedoch oft unsicher in die Kamera und schaut den Regisseur fragend an, ob sie in der Sch(l)uss-Sequenz auch alles richtig gemacht hat.

Wer Pornos als Vorlage nimmt und sehr an ihnen hängt, hat beim wirklichen Sex wenig Freude. Eher eicht er sich selbst auf ein Erregungs-Schema, das ihn abhängig macht von Porno-Stimulation. Er hängt sich an einen Aufgeilungs-Mechanismus, der nicht nur beziehungslos ist, sondern Beziehung überhaupt nicht zulässt.

Männliche Vorstellungen von guter Performance beim Sex werden stärker durch Pornos bestimmt als die Vorstellungen von Frauen. Weil Frauen weniger Pornos schauen. Die ihnen dort zugewiesene Rolle gesteht ihnen überdies nur zu, Lust zu empfinden, indem sie Männer bedienen. Frauen sagen häufiger als Männer, sie wüssten nicht, wie sie sich guten Sex vorstellen sollten. In dieser Irritation deuten sie an, dass sie eigenen Empfindungen wenig nachspüren, von sich selbst wenig wissen. Ihre Lust ist ihnen oft irgendwie unheimlich. Sie möchten dafür keine Verantwortung übernehmen. Das ist auch ein Grund dafür, dass viele Frauen auf masochistische Fantasien abfahren. Wenn sie sich unterwerfen müssen, tragen sie für das, was mit ihnen geschieht, keine

Verantwortung, auch nicht für die Erregung, die sie überkommt.

In einer Paar-Beziehung, in der sie sich selbst nicht erkunden und ihr Partner sie nicht zu Erkundungen einlädt, kann
ihre Lust einschlafen oder abgleiten in die Fantasie. Wenn sie
Kinder haben, liefern die ihnen die Zärtlichkeit, die sie brauchen. Kinder wollen und geben Zärtlichkeit, oft, überfallsartig,
schamlos, ausdauernd. Zum Beschmusen eignen die sich oft
viel besser als der Ehemann.

Nichts tun, auf Sex verzichten, hilft nicht, Lust lebendig
zu halten. Lust überkommt Paare nicht als plötzliche Welle,
die jauchzend hinfortträgt. Abweisungen kränken. Wer von
seinem Partner nicht bekommt, was er braucht, leidet nicht
unter einem Lust-, sondern unter einem Beziehungsproblem.
Beziehungsprobleme sind nicht im Bett zu lösen. Umgekehrt!
Beziehungsprobleme müssen gelöst werden, damit es im Bett
wieder klappt. Es klappt eben nur, abgesehen von Ausnahmen
und Hochdruck-Ausläufen, wenn Partner Beziehung herstellen, Lust miteinander entwickeln. Ist die Beziehung einge-
fahren, kommt sie nicht wieder in Gang, wenn beide darauf
warten, dass der andere etwas ändert. Wer es anders haben
möchte, muss selbst damit anfangen, etwas anders zu machen. Damit setzt er ein Signal und macht ein Angebot. Darauf
kann der andere einsteigen und wird dadurch auch ermuntert, selbst Angebote zu machen.

Über Unlust hinweg zu schweigen, bringt keine neue Lust.
Darüber zu reden, hilft. Aber nur, wenn es ohne Vorhaltungen geschieht. Anklage wie „Du hast nicht …" oder „Du bist
nicht …" führen in Konfrontation. Partner sollten sich eher sagen, was sie sich wünschen. Sie können sich ihre Wünsche auch
aufschreiben, wenn es ihnen schwerfällt, darüber ins Gespräch
zu kommen, und sich ihre Notizen gegenseitig zum Lesen geben. Wenn einer an den anderen keine sexuellen Wünsche hat,

kündigt er die Beziehung als Paar-Beziehung auf. Sie mag fortbestehen als Zweckgemeinschaft. Beide mögen ein liebevolles,
aber sex-loses Verhältnis führen wie Geschwister. Meist nicht,
weil beide es so wollen, sondern weil einer es so bestimmt.
Dann sind sie kein Paar-Paar mehr. Sexualität gehört zum Kern
der Persönlichkeit. An ihr hängen Selbstwert und Selbstvertrauen. Wer Sexualität verweigert, verübt einen Anschlag auf
die Persönlichkeit des Partners.

Meister der Lust

Übung macht den Meister. Auch den Meister oder die Meis-
terin der Lust. Mit Übung entwickeln wir technische Fähigkeiten und mehr Gespür, für uns selbst und für den Partner,
was für ihn prickelnd ist. Wer nicht übt, entwickelt sich nicht
weiter. Schlimmer noch: Wer nicht übt, entwickelt sich zurück.
Mit der Lust ist es wie mit allem anderen. Ohne sich der Lust
und der Lustgewinnung zu widmen, zu üben, wie es am besten gelingt, versiegt die Lust.

Partnern hilft es, sich gegenseitig Lust und Freude zu
bereiten, wenn sie wissen, was sie spannend und erregend
finden, wenn sie sich ihre Sex-Menüs zusammenstellen und
sie immer wieder variieren können. Je größer die Auswahl, die
sie sich anbieten, umso größer die Abwechslung und umso
intensiver die Lust miteinander. Gute Restaurants wechseln
immer wieder die Gerichte und warten auf mit neuen Ge-
schmäckern und Kreationen. Beim Sex in einer Partnerschaft
ist es dann tatsächlich oft so wie beim Essen. Die Lust kommt
mit der anregenden Vorstellung, was man erwarten kann oder
serviert bekommt – oder erst, wenn es losgeht, so wie der
Appetit mitunter erst beim Essen kommt.

Und wie beim Essen sollte beim Sex jeder darauf achten,

dass er kriegt, was ihm schmeckt und was ihn satt macht. Jeder sollte auf seinen Gusto achten. Dazu ist auch ein gewisser Egoismus erforderlich. Man muss dem anderen zuliebe nicht etwas essen, was man nicht mag. Jeder hat seine eigenen Empfindungen für Genuss. Mancher genießt in kleinen Bissen und kleinen Schlucken. Bei anderen kommt Genuss mit Gier. Sie müssen den Mund voll kriegen. Wie beim Champagner-Trinken. Champagner schmeckt auch erst richtig mit einem guten Schluck.

Verlangen und Gier liegen nah beieinander. Beim Sex noch näher als beim Essen. Gier kommt beim Sex mit Leidenschaft. Gier überwindet Hemmungen. Mit ihr kommen auch Egoismus und Rücksichtslosigkeit. Partner sollten sich Gier gegenseitig zugestehen, auskosten, wenn sie sich gegenseitig gierig machen.

Wer Sex betreibt, um dem anderen Lust zu machen, sich dabei selbst zurücknimmt, lässt eigene Bedürfnisse nicht zu. Sein Bestreben ist es, sich als guter Liebhaber zu bestätigen, aber kein eigenes Begehren zuzulassen. Er weiß nicht, was ihm Lust bereiten würde. Er begibt sich in die Rolle des Beobachters und gibt dem anderen keine Gelegenheit, sich selbst als erregend zu erleben, als einer, der Begierden weckt, den anderen gierig macht, auf sich. Solche Rollenzuschreibung gibt es bei Männern und bei Frauen. In eine derartige Rolle schlüpfen besonders Menschen, die unsicher sind und sich daher Egoismus nicht gestatten, die fürchten, beim Sex unzulänglich zu sein. Sie meinen, sie müssten dem anderen stets gute Dienste leisten. Daher sind sie ständig besorgt, ob sie genügen. Oder es sind Menschen, die Angst haben, ihre Bedürfnisse könnten ihnen außer Kontrolle geraten. Sie fürchten sich vor sich selbst und ihren Begierden. Sie bremsen sich ein, ohne sich jemals zu erfahren und richtig zu spüren.

Menschen mit geringem Selbstbewusstsein halten sich nicht für begehrenswert – und damit für machtlos. Erfüllende

Sexualität basiert auf Selbst-Akzeptanz, einem stabilen Selbstwert, Eigenliebe und Zugang zu den eigenen Wünschen. Menschen, die nicht begehren wollen, ertragen die Verwundbarkeit durch den Partner nicht. Das passiert paradoxerweise vor allem, wenn sie sich in symbiotische Abhängigkeit begeben haben und in geschwisterlicher oder be-elternder Beziehung leben. Ist bei beiden das symbiotische Bedürfnis gleich, kann die Beziehung so halten – beide reden sich ein oder mögen es so empfinden, dass sie nichts vermissen. Sind die Bedürfnisse der Partner nicht symmetrisch, will der eine mehr als der andere, entstehen daraus Machtverhältnisse. Wer etwas mehr will und begehrt als der andere, ist immer in der unterlegenen Position. Er fordert und zeigt damit seine Schwäche. Wer weniger will, muss nicht fordern, er kann warten. Wer schwach und bedürftig daherkommt, ist nicht anziehend. Wiewohl mancher gerade Selbstbestätigung und Selbstwert aus dem Kümmern zieht. Die Leitlinie lautet: Der andere braucht mich, also bin ich etwas wert.

Zu gutem Sex und gemeinsamer Lust gehört es, die Kontrolle über sich aufzugeben. Nur dann kann man sich hingeben, fallen- und berauschen lassen. Kuschelsex ist ganz nett. Aber kein Rausch. Kuschelsex ist so wie Cappuccino mit koffeinfreiem Kaffee und Magermilch. Wie Musik aus dem Autoradio. Wie Diät halten im Gourmetlokal. Kann ganz nett sein. Turnt aber nicht völlig an. Macht nicht richtig satt.

Sex ist paradox: Um dabei ganz bei sich selbst zu sein, muss man sich verlieren können. Der Höhepunkt von Einswerden, sich verlieren, sich auflösen ist mit dem Orgasmus erreicht. Orgasmus kann daher euphorisch als Auflösung und Erlösung erlebt werden. Und er kann Bedrohung sein und Angst machen. Deshalb blockieren sich manche Menschen in ihrer Lust. Sie schrecken vor dem mit einem Orgasmus verbundenen Erleben zurück. Menschen können im Orgasmus vor Glück und vor Angst weinen.

Sex, Lust und Liebe sind ein Drahtseilakt. Anmutig. Aufregend. Atemberaubend. Die Kunstfertigkeit besteht darin, die Balance zwischen Sex, Lust und Liebe nicht zu verlieren, konzentriert auf sich zu sein, die Kontrolle auszuschalten, sich gehen zu lassen, dennoch auf den Partner zu achten, aber zu wissen, dass der auf sich selbst achten muss und sich nur jeder selbst vor dem Absturz schützen kann. Wer das schafft, erlebt den aufregenden Nervenkitzel auf dem Seil, hat sich selbst ein Auffangnetz geschaffen. Dann können beide sich – am Ende des Aktes – genussvoll fallen lassen und den totalen Kick genießen.

Lust zelebrieren

Um sexuell in Beziehung zueinander zu treten, Lust herzustellen, müssen langjährige Partner sich für Sex Zeit sichern. Sie müssen ihre Lust zelebrieren. Und dafür den erforderlichen Raum schaffen. Zum Beispiel kann es sein, dass sie zuvor Kinder „entsorgen" müssen. Wenn sie sich Zeit für ihre Lust nicht mehr spontan nehmen, nicht mehr oft, müssen sie Zeit dafür reservieren. Sie sollten sich zum Sex verabreden. Dann können sie sich darauf in aller Fantasie vorbereiten. Sie entscheiden sich, sich bewusst aufeinander einzulassen, miteinander zu sein, Bedürfnisse zu wecken und zu befriedigen. Das mag einer Idealvorstellung von spontanem Sex widersprechen. Aber Spontansex in einer langjährigen Beziehung ist meist selten. Je seltener er stattfindet, um so (noch) seltener wird er. Wer sich nicht zum Sex verabredet, gibt Sex auf.

Verabredung muss nicht heißen, Termine auszuhandeln und in den Kalender einzutragen. Doch auch das kann sinnvoll sein. Zum Beispiel, wenn ein Paar sich „Größeres" vornehmen möchte, etwa ein Sex-Wochenende, zu Hause oder zur

Abwechslung an einem anderen Ort, etwa in einem Hotel. Verabreden kann auch bedeuten, dass Partner sich Signale geben, wenn einer sich sexuelles Zusammensein wünscht. Ein Signal kann sein: die Badewanne volllaufen zu lassen und den Partner zum gemeinsamen Bad einzuladen, einen Champagner zu kühlen und passende Gläser demonstrativ auszustellen, Reizwäsche anzuziehen, Kerzen anzuzünden, einen Striptease hinzulegen, beim Zubettgehen die Nachttischlampe anzulassen oder eine bestimmte Musik einzuschalten.

Sich aufeinander einzulassen, kann bedeuten, dass einer der Lust des anderen nachgibt, auch wenn er selbst keine große Lust empfindet. Doch muss dies mit Nähe und Freude geschehen. Gnadensex ist erniedrigend, ist widerwillig gewährter Sex, mit dem man dem anderen signalisiert: „Ich lass dich ran, damit du Ruhe gibst, aber mach schnell, mir ist fad." Oft wird Sex nicht aus mangelnder Lust vorenthalten. Dahinter steckt ja die Haltung, selbst keine Lust entwickeln zu wollen. Das eigentliche Motiv kann Aggression und Machtbedürfnis sein. Wer dem anderen Gnadensex und ihm die eigene Lust vorenthält, entwertet dessen Selbstwert, weist ihn zurück, demütigt ihn. Und so fühlt sich der, der Gnadensex erfahren hat, dann auch – beschissen.

Nach dem Sex ist vor dem Sex

Sex-Lust muss immer wieder neu geschaffen werden. Sie ist kein Selbstläufer. Sie entsteht, indem Partner ihre Erwartungen pflegen – und auch ihre Rituale. So wie sie miteinander im Gespräch bleiben, um teilzuhaben an dem, was im Leben des anderen geschieht, so bleiben sie in Bezug, indem sie sich körperlich begegnen. Sex ist Kommunikation. Partner spüren und erleben sich, wie sie es in Gesprächen allein nicht können. Je unbefangener sie sich auf das gemeinsame Erleben einlassen können, umso mehr Freude haben sie miteinander. Setzen sie sich unter Leistungsdruck, lassen sie Freude keinen Raum.

Sex und Lust müssen nicht immer auf Orgasmen hinauslaufen. Sich zu spüren, aneinander, aufeinander, ineinander, schafft Nähe und kann lustvoll sein, ohne das einer „kommt". Wer es noch nicht gemacht hat, sollte es einmal ausprobieren: Ruhig ineinander liegen, ohne auf einen Orgasmus hinzuarbeiten, sich miteinander aneinander halten. Wenn dann die Frau immer wieder mal den Beckenboden anspannt, der Mann sich fühlen lässt, ohne sich anzuspannen, kann das auf einmal sogar sehr erregend werden. Und womöglich kommen beide, ganz ohne Arbeit, dann doch zum Orgasmus.

Männer haben es oft zu eilig. Beim Sex. Damit bringen sie sich und ihre Partnerin um einen Großteil des möglichen Vergnügens. Aber Männer haben es auch nach dem Sex oft zu eilig. Mit dem Orgasmus macht es bei ihnen auch im Kopf „puff" – und die Lust ist dahin. Ohne Nach-Wirkung. Ex und hopp. Sie schalten innerlich um, steigen aus der erotischen Begegnung aus. Frauen schwelgen länger, spüren, beben, schmecken nach. Sie erleben einen solchen „Abgang" beim Sex als erweiterten Genuss. Wenn der Mann dabei nicht mitmacht, nicht mitfühlt, kommen Frauen sich schnell ignoriert, verlassen und dann benutzt vor. Damit vergeht ihnen schnell die Lust auf ein nächstes Mal. Statt Zuneigung empfinden sie Wut. Diane Keaton spielt uns eine solche Szene mit Michael Douglas in „Das grenzt an Liebe" vor. Hören wir dazu auch Maria:

„Es gibt für mich keine größere Einsamkeit, als nach dem Orgasmus alleingelassen zu sein. Das ist so schlimm, da verzichte ich lieber gleich auf den ganzen Sex. Dann kann ich erst wieder daran denken, wenn ich wieder Nähe und Innigkeit, Interesse an mir und Verlangen nach mir ohne Sex erlebt habe. Zum Bei-

spiel bei einem romantischen Essen, wo ich Aufmerksamkeit und Zuwendung bekomme, wo nichts anderes wichtig ist, wo sich alles nur um mich dreht. Wo keiner stört und keiner meckert, wenn irgendwas nicht so läuft, wie er meint, dass es sein müsste. Mein Mann kann in einer solchen Situation anfangen, mit dem Kellner über die Gläser zu streiten – wenn er meint, es seien die falschen, oder er beschwert sich über das Essen. Das finde ich furchtbar. Damit versaut er mir die ganze Stimmung. Ich muss spüren, dass ich geliebt werde. Mit aller Aufmerksamkeit. Und wenn er dann wieder Sex möchte, soll er sich bemühen. Mit Zärtlichkeit und Vorspiel und so. Nicht nach dem Motto: Willst du oder willst du nicht. Das finde ich zum Heulen. Da würde ich am liebsten wegrennen und wünschte mir einen einfühlsamen Liebhaber."

Sich fühlen, miteinander reden. Sich verständigen! Das wäre Lösung. Reden allein reicht nicht. Männer wollen nach dem Sex hören, wie gut sie waren, Frauen, dass sie geliebt werden. Bei Männern kollabiert die Romantik des Liebesaktes, weil sie mit ihren Gedanken schon wieder woanders sind. Oder es erst gar nicht so romantisch empfunden haben. Für sie war es eher gut, wenn es „geil" war. Geilheit aber schwindet mit dem Orgasmus abrupt. Geilheit muss sich erst wieder langsam aufbauen. Frauen trägt ihre Lust in ein anderes Wohlgefühl. Nach dem Orgasmus wollen sie Ruhe und Gelöstheit genießen, bewusst erfassen, was sie gefühlt haben und noch immer fühlen. Sie wollen von dem Mann, den sie haben nahe kommen lassen, gehalten werden, bei ihm das Bedürfnis nach Nähe spüren, wenn es nicht mehr, wie Maria sagt, „ums Ficken geht".

Männer verstehen oft nicht, was in Frauen abgeht. Oft verstehen es Frauen jedoch selbst nicht richtig. Gekränkt richten beide sich in ihren jeweiligen Missverständnissen ein. Ihre Missverständnisse beruhen darauf, dass die Geschlechter anders

„ticken". Das hat nichts mit einem Mangel an Wertschätzung oder Respekt zu tun. Eher mit unzulänglichem Feingefühl. Das kann man aber, mit gutem Willen, lernen. Wenn Mann und Frau das wissen, können beide damit umgehen und Enttäuschungen vermeiden. Die beste Variante wäre wohl, Männer würden sich auf die Empfindungen eines, nennen wir es „Abgangs" einlassen. Sie können es ja auch sonst. Als Weintrinker können sie dabei ins Schwelgen und Schwärmen geraten.

Gefühlvoll und beredsam werden Männer auch eher nach Fußballspielen als nach Sex. Dabei offenbaren sie ihr Potenzial, nachzuempfinden. Mit vor Erregung hochroten Köpfen reden sie über den Spielaufbau, einzelne Spielzüge, die Eröffnung von Räumen, filigrane Technik und elegante Ballbehandlung, über Anspannung und Gelassenheit, das Verständnis zwischen Spielern, deren Fähigkeit, sich gegenseitig aufzumuntern und mitzureißen, den klugen Wechsel der Tempi, über Achtsamkeit, Pressing und Gegen-Pressing, die spielerische Aufhebung von Abwehrketten, über die Wahrnehmung von Chancen konzentrierter Abschlüsse. Das könnte ihnen doch auch als Liebhaber nach dem Sex gelingen. Sie brauchten gar nicht sehr nach den wesentlichen Elementen zu suchen. Und in ihrer verfügbaren Sprache finden sie sogar Anregungen für die passenden Worte.

Aus der Traum

Nur wechselseitige Liebe ist wahre Liebe. Sie ist mehr Geben als Nehmen. Sie ist kein Tauschgeschäft. Partner dürfen auch Sex nicht zum Gegengeschäft machen, nach dem Motto: Wenn du tust, was ich will, dann darfst du auch über mich kommen. Eine Haltung, die eher bei Frauen vorkommt. Partner mögen Machtspiele inszenieren, wenn sie daran Gefallen finden, aber sie dürfen nicht Macht anwenden, um den anderen zu unterwerfen. Herr-Knecht-Verhältnisse beruhen auf Gewalt. In ihnen kann Liebe nicht gedeihen. Lust auch nicht.

Traumpartner sind Traumpartner. Das heißt: Es gibt sie nur im Traum. Nicht im wirklichen Leben. Die Idee, einen Traumpartner finden zu können, ist eine Schimäre. Ein Partner ist ein wirklicher Mensch. Zu ihm gehören all seine persönlichen Eigenheiten – Wünsche, Ziele, Sorgen, Unsicherheiten, Ängste, Talente und Unzulänglichkeiten. All ihre Eigenheiten schleppen Partner durch ihre Beziehung und nehmen sie auch mit ins Bett. Partner müssen sich als reale Personen achten und lieben, sich (vermeintliche) Unzulänglichkeiten und Defizite nicht vorhalten. Sie dürfen sich nicht beklagen, dass dem anderen fehlt, was man auch noch gerne hätte. Das gilt für Eigenschaften ebenso wie für Äußerlichkeiten. Ein Junge aus Wanne-Eickel wird nie ein Latin Lover, ein Schöngeist nie zum wilden Stier. Und Bodybuilder sind selten Philosophen. Am vielseitigsten sind wahrscheinlich Köche.

Erotische Vorwürfe sind Erotikkiller. Ein Mann, der seiner Frau vorhält, sie sei nicht feucht genug und ihr Busen sei zu klein, macht sie nur fertig. Ihre passende Revanche wäre, ihm vorzuwerfen, er habe einen zu kleinen Schwanz und halte nicht lange genug durch. Dann setzten sich beide schachmatt. So wie sie sich genommen haben, müssen Partner sich akzeptieren. Sie sollten nicht voneinander verlangen, sich den Busen vergrößern oder den Schwanz verlängern zu lassen. Anstatt zu nörgeln und zu hadern, sollten sie neugierig erforschen, was sie zusammen und füreinander tun können, um mehr Lust und mehr Freude zu haben.

„Die Klagen über sexuelle Unzufriedenheit und Lustlosigkeit nehmen eher zu als ab", notiert Ulrich Clement in seinem Buch „Systemische Sexualtherapie". Bei Frauen viel mehr als bei Männern. In den 70er-Jahren des vergangenen Jahrhunderts klagten 8 Prozent der Frauen über Lustlosigkeit, heute sind es 74 Prozent. Von den Männern sagen das heute nur 17 Prozent, damals 4 Prozent. Aus Lustlosigkeit erklären Männer wie Frauen ihrem Partner, sie könnten keinen Sex haben. Wer sagt, er könne nicht, erklärt damit seine Zurückhaltung. Durch das vorgebliche „Nicht-Können" ist sie gerechtfertigt und darf nicht infrage gestellt werden. Wer nicht kann, ist alle Verantwortung los.

Männer schreckt, dass Frauen immer „können". Männer können unter Erektionsstörungen leiden. Frauen nicht. Sexualtechnisch können sie immer. Sie müssen es nur zulassen. Beim Zulassen haben sie meist keine Freude. Ihre Versagensangst mag sein, nicht attraktiv, nicht feucht, nicht erregend genug zu sein. Aber sie müssen nicht fürchten, dass der Akt an sich an ihnen scheitert. Männer, deren Erektion gestört ist, empfinden, dass sie als Mann versagen. Steht ihr Penis nicht stramm, sehen sie sich in ihrer ganzen Männlichkeit entwertet. Ihr Verdikt „Impotenz" betrifft die ganze Person. Es ist für sie Kränkung und Schmach.

Männer könnten Druck von sich nehmen, wenn sie sich von dem Anspruch befreien würden, dass ihr Schwanz immer stramm stehen müsse, wenn ihr Kopf dazu den Befehl erteilt. Das gelingt dem Kopf jedoch nicht so ohne Weiteres. Vor allem, wenn er mit ganz anderen Gedanken beschäftigt ist oder Ängste ihn in Beschlag nehmen. Männer sollten sich darauf einlassen, Lust auch ohne Erektion zu empfinden, und erleben, dass sie auch so Lust bereiten können – mit Fingern, Zunge, Lippen, mit einem Bein zwischen den Beinen ihrer Frau, an das sie sich pressen, an dem sie sich reiben kann und dabei von ihrem Mann umarmt, gehalten, gestreichelt, geküsst wird. Ohne den selbst auferlegten Druck des „Können-Müssens" können Erektionsschwierigkeiten sich schnell verflüchtigen.

Tatsächlich geht es weniger um ein „Nicht-Können" als um ein „Nicht-Wollen". Wenn wir anerkennen, dass spontane

Lust in einer langwährenden Beziehung schwindet und Partner sich anders aufeinander einlassen müssen, um Lust zu gewinnen, verlangt das ihre Bereitschaft dazu. Bereit zu sein ist ein Akt des Willens. Nicht des Könnens. Partner, die ihre sexuellen Wünsche nicht befriedigen können, leiden, körperlich und seelisch. Sie fühlen sich entwertet, nicht geliebt als Partner.

Partnerschaften, die schon länger bestehen, die als stabil und gesichert gelten, schaffen mehr Zusammenhalt, mehr Vertrauen und Zugehörigkeit. Aber sie sorgen eben nicht automatisch für mehr Lust und besseren Sex. Sexuelles Begehren ist kurzlebiger und wankelmütiger und sinnt mehr auf Abwechslung als auf Stabilität. Oft erleben Paare es so: Je vertrauter ihre Partnerschaft, umso eingefahrener, langweiliger und seltener ihr Sex.

Bei Luststörungen ist zu unterscheiden, ob Lust generell verschwunden ist oder ob sie dem Partner gegenüber nicht mehr empfunden wird. Wer mit seinem Partner keinen Sex hat, sich aber selbst befriedigt, allein unter der Bettdecke oder mit runtergelassenen Hosen vor Porno-Videos, oder es mit anderen treibt, zeigt, dass er Sex sehr wohl kann. Partner müssen, um ihre Partnerschaft zu erhalten, miteinander wollen, sich gegenseitig das Wollen ermöglichen. Wenn einer nicht will, hat das immer auch mit dem anderen zu tun. Wie, dass müssen Partner ermitteln. Immer wird es dabei darum gehen, dass Wünsche nicht zur Geltung kommen. Womöglich fühlt einer sich nicht ausreichend beachtet oder anerkannt, unter Druck gesetzt, dieses oder jenes zu tun oder zu empfinden, ohne Raum, eigene Bedürfnisse zu erkunden oder sich entwickeln zu lassen. Das ist zu klären.

Leitfragen zu einer solchen Klärung, die zunächst jeder Partner für sich beantwortet, können sein:

- Was möchte ich in unserem Sexualleben unbedingt erhalten?

- Was möchte ich besonders pflegen und entwickeln?
- Was möchte ich gerne ausprobieren, was wir noch nicht getan haben?

Partner, die sich das bewusst machen und gegenseitig vermitteln, eröffnen sich neue Möglichkeiten, ihren Sex zu vitalisieren, spannender und befriedigender zu machen. Sie mögen feststellen, dass sie unterschiedliche Wünsche haben, anderes beibehalten, verändern oder neu ausprobieren möchten. Doch dann können sie gemeinsam ausloten, wo sie sich treffen und wo sich weiter entgegenkommen könnten. Entgegenkommen bedeutet: Einer bekommt etwas mehr von dem, was er möchte, was der andere bisher nicht gewährt hat, worauf er sich nun aber ein Stück weit einlässt. Es ist ein Wechselspiel von Hingabe und Zugeständnis.

Berauschende Fantasien

Jeder hat seine eigenen Vorlieben. Partner gleichen diese Vorlieben ab, stellen sich aufeinander ein und entwickeln so ihre eigene Paar-Sexualität. Je mehr sie sich verständigen auf ein Wechselspiel von Hingabe und Zugeständnis, umso mehr öffnen sie sich für neue Erfahrungen und erweitern ihre Sexualität. Eine neue Dimension von Lust können sie sich erschließen, wenn sie ihre Fantasien erforschen.

Fantasien laden uns ein zu abenteuerlichen Entdeckungsreisen in unser Inneres. Sie leiten uns an geheime Orte, führen uns in Schattenreiche, eröffnen uns neue Welten. Sie können uns erschrecken. Doch sich selbst aufzuschrecken hilft, aus Gewohntem auszusteigen. Unser Über-Ich will uns vorschreiben, was normal, was anständig, was zulässig ist. All diese Vorschriften können wir beiseite wischen. Sie sind ohnehin bestimmt von vergänglichen Moralvorstellungen. Am besten verwenden wir den Begriff „Normalität" erst gar nicht, wenn wir sexuelle Fantasien und Lust erforschen und entdecken wollen. In unseren Fantasien, so Esther Perel, „entdecken wir die Freiheit, die uns die Einschränkungen der Wirklichkeit zu tolerieren hilft".

In der Fantasie darf alles stattfinden. Fantasien sind unbegrenzt. Sie offenbaren uns unsere Lüste. Manche von ihnen wollen wir in unserer Fantasie belassen. Dort dürfen sie sich entfalten. Aber wir wollen sie nicht als reales Leben inszenieren. Frauen fantasieren darüber, vergewaltigt und brutal „durchgefickt" zu werden und finden es höchst erregend. Aber sie wollen das nicht wirklich erleben. Frauen können in sich Filme ablaufen lassen, wie sich eine Truppe von Männern über sie hermacht, von vorne, unten, hinten in sie hineinstoßen, sie gleichzeitig einem dritten einen blasen und einen vierten wichsen – und wenn alle sie durchgerammelt haben, spritzen die Männer ab, auf Muschi, Brüste, ins Gesicht. Gangbang. Solche Fantasien haben auch Männer und geilen sich daran auf bis zur höchsten Erregung.

Bei Frauen kann hinter einer solchen Fantasie stecken, für alle Männer so scharf zu sein, dass sie sich nicht mehr beherrschen können. Das ist eine Fantasie von Macht. Indem Frauen sich als Opfer männlicher Gewalt fantasieren, müssen sie alles über sich ergehen lassen. Sie müssen gehorchen. Sie tragen für nichts Verantwortung – auch nicht für die Lust, die sie dabei empfinden. Deshalb können sie sich ganz ihrer Lust ergeben und sie so intensiv wie sonst nie erleben. Männer genießen in Gangbang-Fantasien, dass eine Frau sich wehrlos vor ihnen ausbreitet, sie sich in jeder erdenklichen Art an ihr aufgeilen, sie nehmen, sich von ihr bedienen lassen – ohne für ihre Befriedigung zuständig zu sein. Sie müssen nicht fürchten, nicht potent genug zu sein. Auch wenn der eigene Schwanz zwischendurch schlapp macht, sind Kumpane da, die das Spiel weitertreiben. Es ist frei von Leistungsdruck und Versagensangst.

Wer auf solche Fantasien anspringt, ihnen freien Lauf lässt, sich in opulenten Bildern, nah und detailliert, vorstellt, wie es da abgeht, für den ist die Fantasie geil, berauschend. Er kann sie für sich nach Belieben aufrufen, den Film von Neuem ablaufen lassen, ihn umschneiden, neu inszenieren, die Darsteller und Orte wechseln. Ob er oder sie davon seinem/ihrem Partner erzählt, ist eine andere und nicht leicht zu beantwortende Frage.

Fantasien sind persönliche Fantasien. Privat. Geschützt. Zu schützen. Ob der Partner sie nehmen könnte, ist nicht gewiss. Manche Fantasien mögen ihn abschrecken, anekeln, verunsichern, beschämen, ihm Selbstachtung nehmen, weil er in Fantasien des anderen meint, eigene Unzulänglichkeiten vorgehalten zu bekommen. Fantasien decken auf, dass der eigene Partner nicht der einzige ist, an dem sich sexuelles Verlangen entzündet. Das empfindet mancher als herben Schlag. Selbst wenn der Partner solchem Verlangen gar nicht nachgeht.

Die emotionale Wirkung von geschilderten Fantasien kann so heftig sein, dass der, der sie hört, nicht mehr auseinanderhalten kann, dass Fantasien nur Fantasien und nicht unbedingt reale Wünsche sind. Eine Ehefrau kann sich von ihrem Ehemann heftigst vor den Kopf gestoßen fühlen, wenn der von seiner Fantasie erzählt, seine Sekretärin, das Kindermädchen, die schwangere Nachbarin oder die Freundin der Frau über den Küchentisch zu ziehen, sie von hinten zu nehmen, ihre Brüste durchzukneten, an den Nippeln zu ziehen und eine volle Ladung in sie zu spritzen. Ein Ehemann mag sich wie eine unzulängliche Niete fühlen, wenn seine Ehefrau ihm erzählt, wie scharf sie wird, wenn sie sich vorstellt, zwei dicke Schwänze gleichzeitig in sich zu haben, einen, der tief in ihre Möse fährt, sie zu einem Orgasmus nach dem anderen stößt, in immer größerer Erregung, während sie den anderen Schwanz leckt, mit einer dicken Eichel, die ihren ganzen Mund ausfüllt, und ihn aussaugt bis zum letzten Tropfen. Deep throat. Beide mögen das niemals wirklich tun wollen. Ihnen reicht ihre Fantasie.

Sich solche Fantasien zu erzählen, kann verletzend, aber auch erregend sein. Für den, der erzählt, und den, der zuhört. Fantasien können als Film zum gemeinsamen Sex ablaufen. Leichter verträglich und zugänglich sind Fantasien, die sich um den eigenen Partner drehen: Sie treiben es irgendwo, wo sie entdeckt werden könnten, auf einer Restaurant-Toilette, hinter einer Stellwand, im Wald, am Badesee. Er oder sie ist nackt unter dem Mantel oder trägt sichtbar keine Unterwäsche. Basic instinct. Er sieht ihre Brustwarzen hervorstehen, kann ihr unter den Rock und direkt in die Möse greifen. Sie sieht sein strammes Glied, wie es schon durch die Hose tropft. Er fesselt sie ans Bett, sie muss sich wehrlos nehmen lassen. Sie befiehlt ihm, sich auszuziehen, sich vor sie zu knien und sich den Hintern mit einer Gerte bearbeiten zu lassen. Es gibt keine verbotenen Gedanken. Jeder nach seiner Façon. Das kann den Kick bringen.

Fantasien laden zu erregenden Rollenspielen ein. Einer stellt sich schlafend, der andere macht sich über ihn her, während der zu tut, als schlafe er weiter. Beide geben vor, sich nicht zu kennen, sondern sich nur zufällig über den Weg zu laufen und scharf aufeinander zu werden. Oder sie spielen nach, wie es für sie beim ersten Mal war. Oder Partner inszenieren sich als Handwerker, Gigolo, Freier, Hure, Arzt/Ärztin, Krankenpfleger, Fitness-Trainer, Bar-Tender, mit dem dazugehörigen Outfit und entsprechenden Accessoires, und spielen das ganze Repertoire von Verführung, Anmache und hard core durch, das ihnen dazu einfällt.

Viele Frauen haben eine besondere Vorliebe für masochistische Rollen. Daher boomt derartige Literatur immer wieder.

In verschieden Grautönen und sonstigen Farben. Sie sehnen sich nach starken, mächtigen Männern. Die sagen, was zu tun ist und wo es langgeht. Als Opfer müssen Frauen sich ihrem Herrn und ihrer Lust hingeben. So kann es sein, dass Frauen, die im wirklichen Leben als starke Frauen auftreten, Karriere machen, Positionen erobern, Männer aus dem Weg rempeln, in eine solche Rolle schlüpfen, um sich von den Lasten, die sie sonst mit sich rumschleppen, zu entlasten. Männer, die gerne am Halsband geführt werden und Befehle entgegennehmen, können im wirklichen Leben Top-Manager sein.

Sadisten genießen dagegen ihre Macht. Besonders gern, wenn sie sonst keine haben. So bauen sie ihren Selbstwert auf. Wer sich als Vergewaltiger fantasiert, mag sich vor Frauen fürchten und sich von ihnen abgelehnt fühlen. Inszenierungen, mit denen schlechte Gefühle zu kompensieren und gute Gefühle zu pushen sind, lassen das Leben besser gelingen.

Partner können Rollen nach Belieben wechseln. Wichtig ist, dass die Inszenierung ein Spiel bleibt, aus dem jeder jederzeit aussteigen kann – ohne dass der andere ihn zum Spielverderber erklärt und Druck oder realen Zwang ausübt. Wollen Paare sich an solche Spiele heranwagen, ist es ratsam, vorher einen Exit-Code zu vereinbaren.

Fantasien können auch schlicht und verhalten sein. Dann verweisen sie auf einen sehr realen Mangel und handfeste Wünsche. Zum Beispiel wenn Frauen (es sind eher Frauen als Männer) ihre Fantasie beschreiben, zärtlich geküsst, gestreichelt, massiert zu werden. Männer fantasieren eher Oralsex – aktiv oder passiv – oder davon, öfter die Stellungen zu wechseln. Aber aus solchen Fantasien können Partner ja sehr praktische Anleitung gewinnen. Derartige Fantasien signalisieren Wünsche, die nicht schwer umzusetzen sind.

Sexuelle Fantasien bilden nicht unbedingt reale Wünsche ab, aber sie sagen etwas über uns, was sich anders nicht erschließen lässt. Was uns erregt, passt oft nicht zu unserem Selbstbild und unseren Vorstellungen von einem korrekten Leben. Es passt oft gar nicht zu unseren impliziten und expliziten Beziehungsversprechen. Lassen wir Fantasien dennoch zu, bereichern wir damit unsere Gefühlswelt und unser inneres Leben.

Welche Fantasien ein Partner dem anderen mitteilen will, muss er sorgsam überlegen und vorsichtig austesten, was der andere nehmen kann, als stimulierend oder als abturnend empfindet. Manches will er nie wissen. Manches mag ihn richtig anmachen. Beim Sex in einer Affäre riskieren viele eher etwas Neues als in einer festen Partnerbeziehung. Eine neue Person macht neugieriger. Sie bringt etwas mit, was man nicht kennt. Schon ihren Körper in allen Einzelheiten und Neuheiten zu entdecken, ist aufregend, ebenso, ihre besonderen Empfindungen und Empfindlichkeiten zu erleben. Zu spüren, was der andere durch ungekannte Berührung auslöst, ist spannend und anregend. Allein dadurch wird vieles anders. Solange eine Affäre nicht zur Gegen-Beziehung avanciert, bindet sie beide Liebhaber nicht so stark und ein möglicher Verlust wiegt nicht so schwer. Dadurch tut sich mehr Raum für Experimente auf.

In der Partnerschaft, wo Vertrauen viel mit Vertrautheit zu tun hat, herrscht eher Gewohnheit vor. Da Partner ihre Paar-Gewohnheit schätzen, wollen sie ihre Gewohnheiten nicht stören oder einfach außer Kraft setzen. Sie pflegen lieber ihre Rituale, auch beim Sex. Rituale verbinden. Mit ihnen versichern Partner sich, dass mit ihnen und ihrer Beziehung alles in Ordnung ist, sie weiter zusammengehören, ein Paar sind. Das ist wohltuend, und es ist eine Erregungs-Falle. „Wir übersehen häufig, dass simple, langweilige Beziehungen oft die Folge verdrängter Fantasien sind", schreibt Ester Perel.

Mut bringt Paare weiter. Mit Vorsicht. Also nicht Übermut. Sie sollen ihre individuellen Fantasien bis in die Tiefen erkunden. Dann können sie überlegen, was sie sich davon mitteilen wollen. Am Anfang ist auf jeden Fall Zurückhaltung angebracht. Wenn Partner gute Erfahrungen damit machen, sich Fantasien mitzuteilen, wenn sie dadurch Lust gewinnen und ihre Liebe beleben, können sie darüber nachdenken, ob sie noch einen Schritt weiter gehen und Fantasien in der Realität Geltung verschaffen wollen. Auch da gilt es sorgsam zu sein. Vorsichtig zu experimentieren. Anzufangen mit Aktivitäten, die möglichst geringe Verletzungsgefahr in sich bergen. Jeder Genuss verlangt Achtsamkeit.

Im Laufe der Jahre

Sex soll immer aufregend sein. Möglichst oft. Möglichst lange. Dafür können wir in unserem Kopf viel tun. Aber im Laufe der Jahre verändern sich Hormone, die unser Sexualleben beeinflussen. Bei Frauen und bei Männern. Wechseljahre, Klimakterium, Prämenopause. Frauen wissen, dass sie ihnen nicht entgehen. Aber sie wissen nicht unbedingt, was in dieser Zeit wirklich mit ihnen geschieht. Männer wissen meist nicht einmal, dass auch sie von gravierenden hormonellen Veränderungen betroffen sind. Für sie ist das Thema geradezu tabu. Doch auch Männer bleiben – egal, was sie sich einreden oder verdrängen – von Wechseljahren nicht verschont. Auch wenn sie sich geben wie Dorian Gray, ins Fitnessstudio rennen, jungen Frauen nachstieren, sich offene Hemden und enge Hosen anziehen oder ein Cabrio kaufen. Die Jahre beginnen früher, als die meisten ahnen, die wissen, dass sie unvermeidlich sind. Sie können im Alter von Mitte vierzig einsetzen. Spätestens mit Mitte fünfzig kann kein Mann ihnen enteilen.

In den Wechseljahren sinkt bei Männern der Testosteron-Spiegel. Hoden und Nebennierenrinde liefern nur noch halb so viel wie in jungen Jahren. Damit einher geht ein Verlust an spontaner Lust. Sie meldet sich nicht mehr überschwänglich von selbst. Sie reagiert nicht mehr so auf Reize wie zuvor.

„Bis ich 55 war, musste meine Sekretärin nur den Rock zwei Zentimeter höherrutschen oder einen Knopf mehr an der Bluse offen lassen und dann stand mein Schwanz. Mehr musste gar nicht geschehen. Es ging ganz automatisch. In den folgenden Jahren, bis 65, stellte sich mein Schwanz in solchen Situationen nicht mehr zuverlässig von selbst auf. Und als ich dann älter wurde, tat sich beim Blick unter Röcke und in Blusen gar nichts mehr von selbst. Seither muss ich meinem Schwanz schon sehr mit erotischen Vorstellungen helfen, bei denen es heftiger zur Sache geht“, gibt Thomas zu.

Der Penis richtet sich mit fortschreitendem Alter nicht mehr so steil auf und bleibt nicht mehr so anhaltend hart wie ehedem. Orgasmen stellen sich nicht mehr wie selbstverständlich ein. Lust bleibt bisweilen ohne Höhepunkt, kann aber, wenn das akzeptiert wird, sehr intensiv und erfüllend sein. Während der Testosteron-Level bei Männern runtergeht, steigt ihr Östrogen-Spiegel. Das gibt ihren Empfindungen einen zusätzlichen Dreh. Dadurch können Männer emotional feinfühliger werden und größere Bedürfnisse nach Zärtlichkeit entwickeln.

Bei Frauen geschieht hormonell so ziemlich das Gegenteil. Ihr Östrogen-Anteil sinkt und das ihnen verbliebene Testosteron wirkt vehementer. Frauen werden dann für andere weniger umsorgend, achten mehr auf sich, können oft sogar stärker Lust empfinden. Dann wollen sie öfter und länger. Und kommen häufiger zum Höhepunkt. Für gleichaltrige Männer werden sie zu einer neuen Herausforderung. Die Rollen von Partnern können sich radikal verändern und damit die gesamte Architektur der Partnerschaft auf den Kopf stellen.

Männer, die meinen, ewig den jugendlichen Liebhaber geben zu können, müssen erleben, dass sie an dieser Rolle scheitern. Sie machen sich als Draufgänger und Don Juans lächerlich. Vor anderen und vor sich selbst. Irgendwann können sie nicht mehr ignorieren, wie nachlässt, was sie ihre „Manneskraft" nennen – eine Kraft, die nach verbreiteter Vorstellung einzig und allein im Penis residiert. Mit Medikamenten können Männer ein Gemächt, das ihnen die Gefolgschaft verweigert, aufrichten. Sogenannte PDE-5-Hemmer wie Viagra, Cialis oder Levita unterstützen die physiologische Versteifung. Damit können Männer Versagensängste und Stress angehen. Denn: Wer einen Schlappschwanz hat, empfindet sich auch als Schlappschwanz. Er sieht sich nicht mehr als ganzer Mann. Und damit kollabiert der Selbstwert.

Die Mittel der Pharmaindustrie fördern zwar die Blutzufuhr und die Steherfähigkeit, aber nicht unbedingt die Lust. Sicher, wer nicht fürchten muss, vom Zentrum der Männlichkeit hängen gelassen zu werden, kann eher Lust empfinden. Versagensangst blockiert Lust. Weil sich der Kopf ständig damit beschäftigt, ob zwischen den Beinen alles so funktioniert wie gewünscht und jede kleine Unregelmäßigkeit als Fehlermeldung registriert. So leisten Medikamente nützliche Dienste und steigern die Selbstachtung und die Lebensfreude. Aber Lust hängt nicht nur davon ab, was sich in den Genitalien tut. Um Lust zu empfinden, muss im Kopf mehr geschehen, als einen Blutstau im Unterleib wahrzunehmen. Zur wahren Lust gehören alle Dimensionen der Erregung und Verbundenheit. Es geht nicht um Performance, sondern – immer noch – um Beziehung. Die stellen Medikamente jedoch nicht her.

Zu wissen, dass Veränderungen nicht zu vermeiden sind, und zu begreifen, welchen Einfluss sie auf Sex und Lust haben, hilft jedoch, beides viel besser zu bewahren. Auch ohne Steher-Pillen. Dazu greifen nämlich meist Männer, die nicht zulassen können, dass ihr Penis sich nicht mehr so aufrichtet, dauerhaft hart bleibt, sondern schon mal eine Pause braucht – um erst dann zu neuem Leben zu erwachen. Männer, die sich von ihrem bestimmenden Glied im Stich gelassen fühlen, behandeln es meist schlecht. Sie nehmen es heftig heran, reiben, rubbeln, ziehen, pressen, um es zu stimulieren – und nehmen ihm damit nur mehr Kraft und Ausdauer. Bis schließlich gar nichts mehr geht.

In der Ruhe liegt die Kraft. Es mag abgeschmackt klingen. Aber mit Anspannung und Züchtigung ihres Wunsch-Organs vermasseln Männer sich nur selbst die Tour. Durchatmen, entspannen, sich reizen und empfinden lassen, spüren, Fantasien nutzen, den Penis langsam aufrichten, dazu die Muskulatur des Beckenbodens einsetzen, den Partner wahrnehmen, sich von ihm verführen und verwöhnen lassen, den Penis weiter sorgsam und pfleglich behandeln, technische Finesse nutzen – und nicht stur rammeln.

„Kunst kommt von Können, nicht von Wollen, deshalb heißt es Kunst und nicht Wulst", bemerkte Karl Kraus. Und tatsächlich geht es auch in der Kunst der (körperlichen) Liebe um Können. Im Sinne von: gewusst, wie. Und gewusst, wie nicht.

Zum „Gewusst wie" gehört es auch, einen lustfördernden Lebensstil zu pflegen. Sport ist nicht nur gesund, sondern verhilft auch zu besserem Sex. Ein gut trainierter Beckenboden steigert das sexuelle Empfinden von Frauen und Männern. Mit regelmäßigem Kraft- und Ausdauertraining, dreimal in der Woche mindestens, können Männer ihren Testosteron-Level um 30 Prozent steigern. Alkohol kann auflockern. Zu viel davon schränkt die Lust jedoch ein. Wann viel zu viel wird, muss man ausprobieren. Gescheite Ernährung hilft. Wer schwer isst, dirigiert sein Blut in Körperteile, die für etwas anderes als Lust zuständig sind. Safran, Ginseng, Yohimbin, der Wirkstoff in der

Rinde des Yohimbe-Baumes, und Maca sind Mittel zur Lust-
und Leistungssteigerung.

Sich auf Hormonveränderungen, einen anderen Zugang
zur Lust, womöglich eine neue Rollenverteilung in der Partnerschaft einzustellen, bringt nur Gewinn. Sex kann zärtlicher
werden. Er mag seltener werden, aber besser – lustvoll, nah,
nährend und verbindend. Partner dürfen ihre Lust nicht aufgegeben. Gerade in fortgeschrittenem Alter – mit mehr Gelassenheit und Verbundenheit, mit dem festen Willen, ein sich
liebendes Paar zu bleiben – können beide Partner all das tun:

- aufmerksam füreinander sein
- erotische Stimmung schaffen
- den eigenen Körper und den des Partners besser kennenlernen
- sorgsam mit den eigenen Sexualorganen umgehen und
  mit denen des Partners
- neugierig bleiben
- immer wieder aus Gewohnheiten ausbrechen
- Stress fernhalten
- alle fünf Sinne beleben
- alle Leidenschaften pflegen
- sich und den Partner immer wieder neu erforschen
- sich entdecken, sich sagen, was an- und was abturnt
- sich Wünsche erzählen und erfüllen
- lernen, was für beide (!) gute Techniken sind
- Fantasien entdecken

Jeder kann viel für sich, für seinen Partner, für die Partnerschaft
tun. Partner können ihre Liebe nähren. So kann ihre Liebe verlässlich und aufregend bleiben. Liebe, Lust und Ehebett. Das
Leben kann so schön sein.

LITERATUR

Bodenmann, Guy (2012): Verhaltenstherapie mit Paaren.
2. Auflage. Bern: Hans Huber

Clement, Ulrich (2014): Systemische Sexualtherapie. 6. Auflage. Stuttgart: Klett-Cotta

Clement, Ulrich (2013): Wenn Liebe fremdgeht. Vom richtigen Umgang mit Affären. 5. Auflage. Berlin: Ullstein

Gottman, John (2014): Die Vermessung der Liebe – Vertrauen und Betrug in Paarbeziehungen. Stuttgart: Klett-Cotta

Henning, Ann-Marlene/Keiser, v. Anika (2014): Make More Love. Berlin: Rogner & Bernhard

Jellouschek, Hans (2013): Die Kunst, als Paar zu leben. Freiburg: Herder

Langsdorff, Maria (2005): Die Geliebte. Was es heißt, die andere zu sein. BoD

Marshall, Andrew G. (2011): Kann ich dir jemals wieder trauen? So bewältigen Sie den Seitensprung Ihres Partners. 3. Auflage. München: Goldmann

Perel, Esther (2010): Wild Life. Die Rückkehr der Erotik in die Liebe. 2. Auflage. München: Piper

Schmidbauer, Wolfgang (2013): Die heimliche Liebe. Ausrutscher, Seitensprung, Doppelleben. 6. Auflage. Reinbek: rororo

Schmitz, Margot/Schmitz, Michael (2009): Emotions-Management. München: Piper

Schmitz, Margot/Schmitz, Michael (2006): Seelennahrung. Sich aufmachen zum Glück. Wien: Ueberreuter

Schmitz, Margot/Schmitz, Michael (2005): Seelenfraß. Wie Sie den inneren Terror der Angst besiegen. Wien: Ueberreuter

Schnarch, David (2013): Die Psychologie sexueller Leidenschaft. 15. Auflage. München: Piper